DE PAARDENTEKENAAR

DE PAARDENTEKENAAR

De beste verhalen van

Tim Krabbé

1995
Uitgeverij Bert Bakker
Amsterdam

Omslagontwerp Marten Jongema
Foto achterplat Klaas Koppe
ISBN 90 351 1591 0

DE PAARDENTEKENAAR

Ik ging met Jolanda Verdissel. Dat was ik te weten gekomen doordat er briefjes in de klas rondgingen waar het op stond. 'Louis Hanraads en Jolanda Verdissel gaan met elkaar.' Ik vertelde het aan mijn vader. Ik was verliefd op een meisje. Wat moest ik nu doen? 'Haar mee naar huis nemen,' zei hij.

Dus de volgende dag vroeg ik of ze bij me kwam, en ze zei ja. Om vier uur liepen we samen naar mijn huis.

Daar was alleen mijn moeder.

'Is dat Jolanda?' vroeg ze. 'Dag Jolanda.'

'Dag, mevrouw,' zei Jolanda.

In mijn kamer nam ik mijn liefste boek, over de Wonderen van de Wereld. Ik liet haar het plaatje zien waar ik zelf het vaakst naar keek. Je zag een rij mannen die allemaal een arm of een been minder hadden. Bij de stompjes stonden letters. Er was een apart plaatje met kunstarmen en benen. Daar stonden ook letters bij. Zo kon je zien wat voor wie gemaakt was.

Jolanda keek er een hele tijd naar.

'Zullen we nu gaan zoenen?' vroeg ik.

'Goed,' zei ze.

Ik ging naast haar zitten en zoende haar op haar wang. Dat deed ik een tijdje achter elkaar. 'Nu jij mij,' zei ik. Ze drukte haar mond tegen mijn wang en zoende.

'We moeten op bed gaan liggen,' zei ik.

'Waarom?'

'Weet ik niet. Dat zei m'n vader. Als je met een meisje zoent moeten jullie maar op bed gaan liggen.'

'O,' zei Jolanda en ze klom op het bed.

Ik ging naast haar liggen en we begonnen opnieuw met zoenen. Het was hetzelfde als op de grond.

'Lia zegt dat jullie niet Christelijk zijn,' zei Jolanda.

'Zijn we ook niet.'

'Weet je dan niet dat Onze Lieve Heer daar heel verdrietig van wordt?'

'Mijn vader zegt dat Onze Lieve Heer helemaal niet bestaat.'

Met een ruk ging Jolanda overeind zitten, tranen in haar ogen.

'Als jij zegt dat Onze Lieve Heer niet bestaat mag je mij nooit meer bezoenen!' zei ze.

'Toch bestaat-ie niet.'

Jolanda snikte. Ze klom van het bed af en ging de kamer uit. Ik bleef liggen.

Even later hoorde ik de voordeur. Ik hoorde haar langs het raam lopen en toen was ze weg.

Mijn moeder kwam mijn kamer binnen.

'Wat is er?' vroeg ze. 'Jolanda is huilend weggelopen.'

'Haar eigen schuld! Ze zegt dat Onze Lieve Heer bestaat en dat is stom.'

'Maar Lowietje, heel veel mensen geloven dat Onze Lieve Heer bestaat en daar zijn heel aardige mensen bij.'

'Nee!' riep ik. 'Pappa zegt dat alle Christelijken geitekoppen zijn.'

'Dat mag je toch niet zeggen,' zei mijn moeder, zacht. 'Louis, je gaat nu meteen achter die aardige Jolanda aan en je zegt dat je er spijt van hebt.'

'Nee!' schreeuwde ik.

'Louis nou toch,' zei mijn moeder en ze boog zich naar me toe.

Ik sloeg haar. Verschrikt ging ze weer rechtop staan, en ze keek me aan. Daarna liep ze de kamer uit.

Ik zat een tijd na te denken op de rand van mijn bed. Ten slotte stond ik op. Uit mijn bureau pakte ik mijn sportschriftje. Er zaten foto's in die ik uit de krant knipte, van voetballen en wielrennen. Ik sloeg het open bij de bladzij met mijn geheime lijst. Die kon je niet zomaar zien, want hij stond onder een foto. Maar van die foto zaten de twee onderste hoeken niet vastgeplakt. Als je hem omhoogklapte zag je de lijst.

Het was de lijst voor als de wereld zou vergaan en ik tien mensen mocht uitkiezen die samen met mij zouden overblijven. Er stond:

Pappa
Mamma
Jan Punt
Mevrouw Hagedoorn
Tante Eveline
Eddy Christiani
Wout Wagtmans
Wim van Est
Meneer Ligtveld
Jolanda Verdissel

Ik streepte Jolanda Verdissel door en zette er Louison Bobet voor in de plaats.

Ik trok mijn jas aan en ging naar buiten. Eerst liep ik zomaar wat rond. Ik keek in de etalage van de postzegelhandel. Bij het raam lag de postzegel van Australië die ik zo mooi vond, een lichtpaarse met de wereldbol erop. Ik vroeg er vaak om, maar mijn vader vond hem te duur. Daarna ging ik toch de kant op van het huis van Jolanda. Ik zou haar gaan zeggen dat het me speet. Het was dan misschien weer aan.

Maar aan het begin van haar straat bedacht ik dat ik dan voor haar Christelijk moest gaan doen. Dus sloeg ik een andere straat in.

Ik kwam bij het kanaal terecht. Terwijl ik erlangs liep hoorde ik roepen, een stuk verderop.

Aan de waterkant, in het grasperk waar je eigenlijk niet mocht komen, stond een politieagent. Zijn fiets lag schuin tegen het hekje aan.

'Kom onmiddellijk naar de kant of er zwaait wat voor je!' riep hij uit over het water.

Midden in het kanaal voer een vlot. Er stond een jongen op, die rustig met een plank in het water bewoog, waardoor hij langzaam aan ons voorbijdreef. Hij lette nauwelijks op de agent. Een of twee keer draaide hij zijn hoofd naar hem toe, maar dan keek hij weer voor zich uit, alsof het hem niets kon schelen.

'Je moet mee naar het bureau!' riep de agent, maar de jongen deed of hij het niet hoorde en hield zijn vlot onverstoorbaar in de koers. Hij dreef verder en verder in de richting van de brug. Nog even en we zouden hem niet meer zien. Na de brug kwam de brede rivier. Met zijn vlot, helemaal alleen door hem bestuurd, zou hij daar tussen de echte schepen varen. De kapiteins en hij zouden elkaar groeten en hij zou aan land komen als hij daar zin in had, misschien pas bij de gasfabrieken.

'Nou moet ik erachteraan en op de Amstel krijg ik hem nooit terug,' zei de agent en hij vloekte.

'Het is Jan Punt!' zei ik. 'Het is Jan Punt, en hij zit bij mij in de klas!'

Ik was te laat thuis. Mijn vader en moeder zaten al aan tafel. Ze zeiden niets.

Pas aan het eind van het eten zei mijn vader: 'Je hebt een overtreding begaan. Je mag zelf je straf uitkiezen.'

Ik keek naar mijn moeder, maar die liet niets merken.

'Een week zelf m'n schoenen poetsen,' zei ik. Dat vond m'n vader redelijk.

Ik had dus goed gegokt. Als hij had geweten dat ik m'n moeder een klap had gegeven had ik een veel zwaardere straf moeten kiezen.

Jan Punt was de beste jongen van mijn klas, eigenlijk van de hele school. Hij vocht nooit, maar het was bekend dat hij van iedereen zou winnen en dus begon niemand tegen hem. De laatste keer dat hij had gevochten was al lang geleden, in de tweede klas. Toen had Piet Ammer op een dag bepaald dat iedereen u tegen hem moest zeggen. Als je het niet deed draaide hij je arm om. Er waren maar een paar jongens die het zover hadden laten komen. De meesten gaven hem meteen zijn zin. Uit hen, beloofde hij, zou hij ten slotte zijn hoofdhelper kiezen, tegen wie ook u gezegd moest worden.

Maar het was duidelijk dat zijn hele reglement niets waard was zolang Jan Punt geen u tegen hem zei. Piet Ammer had hem voor het laatst bewaard. Op een dag was er niemand anders meer over en hij was naar Jan Punt toe gegaan.

'Zeg u tegen me,' zei hij.

'Nee,' zei Jan.

'Dan draai ik je arm om,' zei Piet.

Piet Ammer pakte de arm van Jan Punt maar die rukte zich los en een ogenblik later had hij Piet Ammer al op zijn rug. Hij drukte met zijn knieën op de spierballen van Piet en bleef een tijdje zo zitten.

Na die dag begonnen de kinderen een voor een weer je tegen

Piet Ammer te zeggen zonder dat hij daar bezwaar tegen maakte. En Jan Punt had nooit meer gevochten.

Ook niet toen op een keer zijn broertje Rinus, die twee klassen lager zat, geslagen werd. Ik vroeg of hij niet moest gaan helpen, maar Jan zei: 'Daar zou Rinus juist kwaad om worden.'

Jan Punt was ook goed in voetballen, en bij zwemmen hoefde hij zelfs niet mee te doen aan de lessen van school. Zo goed kon hij het al. Hij liep dan wel mee met onze klas naar het zwembad, maar terwijl wij rondjes zwommen of watertrapten zat hij aan een tafeltje in het restaurant en las een krant.

Maar wat hij het best kon was tekenen. Niet alleen dat hij het zelf erg goed kon, hij wist ook hoe je er cijfers voor moest geven.

Dat was voor het eerst gebleken in de tweede klas. In die tijd kreeg ik van mijn vader tekenblokken, en die tekende ik vol met auto's.

Op een keer had Jan gezegd: 'Laat eens zien.'

Ik gaf hem mijn blok. Eerst bladerde hij het snel door. Daarna begon hij weer voorin. De tweede keer keek hij lang naar iedere tekening en voor hij het blaadje omsloeg krabbelde hij er iets op. Toen hij opnieuw aan het eind van het blok was gekomen gaf hij het terug.

Hij had me cijfers gegeven. Links onder iedere autotekening. En rechts eronder stond op iedere bladzij een onleesbare kras: zijn paraaf.

Mijn cijfers waren niet hoog. Er waren vieren bij, vijven en een paar zes minnen. Drie auto's hadden een echte zes gekregen, en één een zeven.

Sinds die keer gaf ik Jan Punt, zodra het af was, ieder nieuw tekenblok met auto's.

Altijd bekeek hij de tekeningen even zorgvuldig. Over ieder cijfer dacht hij eerst goed na. Eén keer kreeg ik een acht min. Toen vroeg ik: 'Waarom een acht min en geen acht?'

'Omdat je de sleutelgaten in de deurknoppen hebt vergeten,'

antwoordde hij, zonder nog naar de tekening te kijken.

Die acht min was het hoogste cijfer dat hij me ooit gaf. Maar ik wist zeker dat, als ik de auto zou tekenen die een tien waard was, Jan Punt niet zou aarzelen die tien te geven.

Mijn vader was kunstschilder. Hij was de hele dag thuis en maakte schilderijen. Mijn moeder verdiende het gèld. De kinderen op school begrepen dat niet. Op een keer had meneer Ligtveld verteld over 'het gezin'. 'Je vader verdient het geld en je moeder doet het huishouden,' had hij gezegd. Toen stak ik mijn vinger op. 'Meneer, bij ons thuis verdient mijn moeder het geld.'

'O ja? Dan doet je vader zeker de vaat,' zei meneer Ligtveld, en de hele klas had gelachen. Ze begrepen het gewoon niet. Als ik zei dat mijn vader kunstschilder was, zei Friso Ringers: 'Mijn vader ook.' Maar zijn vader schilderde muren in huizen!

Soms tekende ik ook thuis. Dan vroeg ik aan mijn vader of hij het een mooie tekening vond. Maar ik wist het antwoord al van tevoren. Alles wat je uit jezelf maakte vond hij mooi. Een tekening kapot scheuren, zoals meesters op school wel eens deden als ze het erg lelijk of fout vonden, noemde hij een misdaad.

Als ik hem een tekening liet zien, zei hij altijd: 'Ja, die tekening vind ik erg mooi,' en dan ging hij vlug weer verder met het schilderij waar hij aan bezig was. Ik had er gewoon niets aan. Hij wilde me niet eens leren hoe je een voetbalveld kon tekenen, met doelen erop, zodat het echt leek.

Op een keer gaf ik hem mijn nieuwste tekenblok met auto's. Jan Punt had er net die middag zijn cijfers in gezet.

'Nou moet jij me ook eens cijfers geven,' zei ik. 'Ga weg,' zei hij, 'je ziet toch wel dat ik aan het werk ben.'

Ik keek naar zijn schilderij. Allemaal kleuren en lijnen door elkaar heen. Er zat ook een woldraad opgeplakt. Je kon niet eens zien wat het voorstelde.

Maar na het eten vroeg hij om m'n tekenblok. Naar de eerste tekening keek hij heel lang. Hij pakte zijn vulpen en schreef er iets bij.

Mijn vader gaf me ook cijfers! Bij de volgende tekeningen schreef hij ook iets, maar hij bladerde steeds sneller verder. Het leek wel of hij helemaal niet goed naar de auto's keek. Hij sloeg de bladzijden meteen om nadat hij er iets op had geschreven. Toen hij het blok uit had gaf hij het aan me terug.

Bij de eerste auto stond nu naast het cijfer van Jan Punt het cijfer van mijn vader: een nul. Bij de volgende tekening stond ook een nul. Bij alle tekeningen stond een nul.

'Dit zijn totaal waardeloze tekeningen,' zei mijn vader. 'Als je iets tekent moet je het tekenen zoals je het vóelt en je moet geen clichés nadoen. Clichés zijn doods.'

'Rotzak,' riep ik, en met mijn vuist gebald sprong ik op hem af. Met mijn eerste stompen raakte ik hem, in zijn maag. Terwijl hij me beetpakte, en de klappen veranderden in klappen van hem aan mij, schreeuwde ik: 'Hij heeft m'n hele schriftje van Jan Punt verpest, hij heeft m'n hele schriftje van Jan Punt verpest!'

Ik moest meteen naar bed. Toen m'n moeder me kwam instoppen fluisterde ze: 'Ik vind het ook gemeen van pappa dat hij al die nullen in je schriftje heeft gezet. Dat is ons geheim.'

Toen ze de deur opendeed om weg te gaan riep ik zo hard als ik kon: 'Nullen bestáán niet eens, één is het laagste!'

Ik hoopte dat mijn vader het gehoord had, maar ik was bang dat hij me nu weer zou komen slaan.

Nooit heb ik Jan Punt een auto zien tekenen. Hij tekende paarden. En altijd hetzelfde paard. Een groot, sterk paard met fladderende manen. Alles klopte eraan, het was net echt. Niemand op de hele school kon het hem nadoen. De kinderen uit de hogere klassen niet, en de meesters ook niet.

Op alle tekenlessen tekende Jan dat paard. Als het af was werd het in de klas rondgegeven. 'Jan Punt heeft weer een paard getekend,' zei meneer Ligtveld dan.

Hij had er bij ons een aan de muur gehangen. Zelfs als de hele klas een opdracht kreeg, een boom, een huis of een vogel, hoefde Jan Punt daar niet aan mee te doen. Hij mocht altijd een paard tekenen.

Soms tekende hij het paard in het speelkwartier, op de tegels van de speelplaats. Hij nam krijtjes mee uit de klas, hurkte en begon.

Snel vormde zich dan een kring toeschouwers om hem heen. Je moest het op tijd in de gaten hebben om nog iets te kunnen zien. Onze klas was natuurlijk in het voordeel. Als de bel voor het speelkwartier ging en Jan Punt vroeg om krijtjes, dan wisten we dat hij weer een paard zou gaan tekenen. Ik had het vaak van dichtbij gezien. Misschien het vaakst van de hele school.

Als de bel ging was het paard af. Het was groot, sterk, het brieste en zijn manen fladderden. Als het niet regende bleef het weken staan. Het duurde lang voor het verbleekt was. Bij spelletjes op het schoolplein werd die plek ontweken. Wie er toch overheen rende werd kwaad aangekeken. Door mij bijvoorbeeld. Dat iemand de tekening met zijn voet uitstufte kwam nooit voor. Eén keer liep een dom jongetje uit een lagere klas expres over het paard heen. Piet Ammer pakte toen de arm van dat jongetje vast en wilde die al omdraaien. Maar Jan Punt ging naar ze toe, en zei: 'Laat los.'

Toen mijn vader me een keer uit school kwam halen wees ik hem zo'n paard van Jan Punt op het schoolplein aan.

'Cliché,' zei hij.

Op een ochtend, het was in de vorige klas, zat Jan Punt weer eens in het speelkwartier met zijn krijtjes op de tegels. Ik was die keer niet direct gaan kijken, zodat ik een beetje achteraan stond. Ik kon alleen het hoofd van Jan zien, en af en toe zijn hand met het krijtje erin. Maar niet het paard.

Vlak voordat de bel zou gaan begon iemand te lachen. Het was een jongen uit de zesde klas. Hoe durfde hij Jan Punt uit te lachen? Een tweede jongen begon ook, een derde volgde. Het hele publiek lachte. Kinderen van overal op de speelplaats kwamen kijken wat er aan de hand was.

Ik lachte niet. Zou er iets met het paard zijn?

De bel ging. De kring week uiteen, de kinderen holden alle kanten op, naar hun klassen. Jan Punt zat nog steeds gehurkt bij zijn tekening. Ik bleef ook staan. Toen het geluid van de schoolbel was uitgestorven waren we met z'n tweeën over.

Jan Punt bewoog nog steeds niet. Eenzaam op het plein keek hij naar zijn paard. Hij merkte niet eens dat ik er ook was. Ik zag wat hij zag.

Het paard was deze keer mislukt. De voorbenen stonden een tegelrij lager dan de achterbenen.

Het zag er belachelijk uit. Tenminste, ik kon begrijpen dat dommere kinderen hier om lachten.

Ten slotte richtte Jan zich op en hij begon met zijn voet de tekening uit te stuffen. Het leek of hij niet bang was voor straf van meneer Ligtveld. Het was nog nooit voorgekomen dat een jongen op het speelplein bleef als de bel was gegaan.

Ineens kon het me niet schelen of ik straf zou krijgen. Ik ging naar Jan toe. 'Zal ik helpen?' vroeg ik. Hij zei niets, maar hij vond het goed. Samen stuften we het paard uit. We waren wel tien minuten bezig. Toen je er bijna niets meer van kon zien gingen we naar de klas.

Meneer Ligtveld was allang met de les begonnen. Terwijl we de klas in liepen deed hij alsof hij ons niet merkte, maar toen we zaten zei hij: 'Jan Punt en Louis Hanraads, jullie zijn te laat. Jullie krijgen allebei straf.'

Ik hoorde een harde bonk. Jan Punt sloeg met zijn vuist op

tafel! Eerst dacht ik: hij heeft nog nooit zo laten merken dat hij kwaad was. Maar toen ik keek zag ik dat niet zijn vuist maar zijn hoofd op tafel was gekomen. Meteen daarna gleed hij op de grond. Hij was flauwgevallen.

'Jongens, we blijven rustig,' zei meneer Ligtveld. 'Jan is alleen maar flauwgevallen. Iedereen blijft op zijn plaats. Friso Ringers, ga jij zijn broertje Rinus even halen, hij zit bij meneer d'Arny.' Friso rende de klas uit. Meneer Ligtveld hurkte bij Jan. Die lag op de grond als een hulpeloos dood beest. Zoals de dode rat die we een keer met zijn staart in de brievenbus van mevrouw Kantorowicz hadden gehangen zodat ze niet meer thuis durfde te komen. Die rat had daar uren gebungeld tot mijn vader hem weghaalde, maar al die tijd was hij een soort ding aan een touw geweest, in plaats van een dier.

Even later wandelde Rinus Punt bedaard onze klas binnen. Hij trok het laatje van Jans tafeltje open, nam er een flesje uit en goot hem een paar druppels tussen zijn lippen.

Jan bewoog een arm en opende zijn ogen.

'Gaat het?' vroeg Rinus.

'Suiker,' zei Jan.

'Ja,' zei Rinus. Uit de borstzak van Jans hemd pakte hij twee klontjes, die hij hem voerde.

Na een tijdje stond Jan op, zijn gezicht nog heel bleek.

'Nu moet hij frisse lucht hebben,' zei Rinus, en zonder verder op meneer Ligtveld te letten nam hij Jan mee naar buiten. Ze gingen samen op een bankje op de speelplaats zitten. De hele klas kon ze zien. Rinus had zijn arm om de schouders van Jan geslagen. Die zat rustig, met zijn hoofd in de richting van onze klas, maar je kon aan zijn ogen zien dat hij niet naar ons keek.

'Jan Punt is suikerpatiënt,' legde meneer Ligtveld uit. 'Daardoor valt hij wel eens flauw. Als hij dan maar niet op een gevaarlijke plek is, is er niets aan de hand. Hij moet dan gewoon wat suiker eten. Morgen komt hij weer op school.'

Hij ging niet verder met de les, we keken allemaal toch naar buiten. We mochten voor onszelf werken en hij zei er niets van toen niemand iets deed en iedereen naar buiten bleef kijken. Net zolang tot Rinus en Jan van het bankje opstonden en naar huis gingen.

Meneer Ligtveld vergat mij straf te geven.

In het speelkwartier kwam Jan Punt naar me toe.

'Waarom heb je m'n naam gezegd tegen die agent?' vroeg hij. 'Toen ik gisteravond thuis kwam zat hij op me te wachten.'

'Ik...'

'Was het soms om me te verraden?'

'Nee! Ik zei het per ongeluk!'

'Op je erewoord?'

'Ja! Op m'n erewoord.'

'Dan geloof ik je,' zei Jan. 'Ik moest bijna mee naar het bureau. Maar waar m'n vlot ligt heb ik niet verraden.'

'Waar ligt het?'

'Wil je het zien?'

'Ja.'

'Ga dan maar om vier uur met me mee.'

Met Jan Punt liep ik de hele straat van de school uit, tot we bij de Amstel waren. Onderweg keek ik of we niet gevolgd werden door een politieagent. Jan scheen er niet bang voor te zijn. Hij keek geen enkele keer om.

Schuin tegenover de gasfabrieken namen we de pont over de rivier. Aan de andere kant liepen we nog een stuk door het wilde land, naar de brug in aanbouw. Waar later een pijler zou komen was nu een waterpoel, met een opening naar de rivier. Er stonden dikke palen van beton in.

Jans vlot lag voorbij een hoge stapel puin in het zand. 'Hier vindt niemand het,' zei hij. Het vlot bestond uit planken die met spijkers aan elkaar getimmerd waren. Twee dwarsplanken en stukken touw zorgden voor de stevigheid. Er lag een losse plank bij, Jans peddel.

Onder aan de puinhoop lichtte Jan een grote witte steen op. Ik zag een hamer en een blikken trommel. Jan maakte de trommel open. Er zaten spijkers in en stukken touw.

'Voor als het vlot kapot is,' zei Jan, 'dan kan ik het maken.' Hij deed de trommel weer dicht en legde de steen erbovenop.

We sleepten het vlot naar de poel en lieten het in het water glijden. Het klokte er zacht van onderen tegenaan. Jan ging op zijn vlot staan. Ik gaf hem de peddel. Hij duwde zich af en voer snel en behendig om de palen heen. Hij ging het verbindingskanaal door, peddelde een rondje op de Amstel en kwam weer terug.

'Nu jij,' zei hij.

Ik bleef staan.

'Wil je niet?'

'Ja, goed.'

Ik stapte op het vlot. Het schommelde ontzettend.

'In het midden staan!' riep Jan.

Ik ging in het midden staan en het schommelen werd minder. Hij gaf me zijn peddel. Ik duwde me af zoals ik het hem had zien doen. Het vlot botste tegen een betonpaal. Door de schok viel ik er bijna af. Ik liet de peddel vallen. Hij dreef langzaam van me weg, naar de opening, erdoorheen, de Amstel op.

'Hoe moet ik nu terug?' riep ik. Het vlot lag nog steeds tegen de paal. Jan beduidde me te wachten en liep naar de puinhoop.

Ik wachtte stokstijf, mijn ogen gericht op de rivier. Als het vlot daar terecht zou komen was ik verloren. Ik zou verdrinken.

Jan kwam terug met een stuk touw. Hij wierp een eind naar me toe. Het kwam tegen me aan en ik kon het vastpakken. Langzaam trok hij me naar de kant.

'Nou ja, je moet ook een tijd oefenen voor je het goed kan,' zei

Jan. 'Nu moeten we een nieuwe peddel zoeken.'

We trokken eerst het vlot weer op de kant en droegen het samen naar de plek achter de puinhoop. Daarna liepen we rond over het bouwterrein, op zoek naar een geschikte plank.

Ik pakte er een stuk of wat op en liet ze aan hem zien. 'Te kort.' 'Te lang.' 'Zitten te veel spijkers in.' Maar ten slotte keurde hij toch een plank die ik had gevonden goed. Hij legde hem bij zijn vlot.

Daarna liepen we terug naar de pont. Samen hingen we over de reling en we keken uit over de rivier, in de richting van de gasfabrieken. Het werd donker.

Voor het eten ging ik naar mijn vader.

Hij zag het al aan me.

'Ik heb een overtreding begaan,' zei ik.

'Erg?' vroeg hij.

'Ik ben op het water geweest.'

'Alleen?'

'Nee.'

'Natuurlijk weer met Jan Punt. En voor zo'n jongetje breek jij de beloftes aan je vader? Die ook nog eens levensgevaarlijk zijn om te breken? Dan zal ik deze keer zelf maar een straf voor je bedenken. Jij kent voor zaterdag vijftig nieuwe Franse woordjes.'

We hadden geen Frans op school, maar mijn vader wilde graag dat ik het toch al zou leren. Want als hij door zijn schilderijen beroemd en rijk was gingen we in Frankrijk wonen. Daar moest ik me op voorbereiden.

Mijn verjaardag vierden we bij Tante Eveline, in Den Helder. Mijn moeder ging ook mee.

Op het perron in Amsterdam stond Jan Punt zich al warm te trappelen naast onze trein. Hij strikte zijn schoenveters nog eens extra goed en lachte naar mij.

Toen de trein begon te rijden holde hij in looppas mee over het perron en na het station rende hij over de rails naast ons en door de weilanden. We gingen steeds sneller maar hij hield het gemakkelijk bij. Hij sprong over sloten, tuinhuisjes, prikkeldraadhekken, schopte soms tussen twee passen door een hele rits kropjes sla uit de grond of trapte het gaas van een kippenhok omver. Eenmaal struikelde en viel hij, maar het leek of hij dat expres deed om te laten zien hoe snel hij ons daarna weer kon inhalen. Af en toe kwam hij vlak naast de trein en zigzagde tussen de seinpalen door. Hij sprong over hoogspanningskabels, je zag hem zijn aanloop uitmeten als een echte hoogspringer. Bij het Noordzeekanaal zette hij af op de steiger van de pont, hij sprong met zijn ene voet op een schip dat in het midden voer en haalde zo precies de overkant.

Hij moest er zelf om lachen dat het gelukt was en stak zijn duim naar me op.

Bij mijn cadeaus waren: een echte microscoop van Tante Eveline, een getekend verhaal (in het Frans), een nieuwe trui, een blauw postzegelalbum van mijn vader (maar de Australische postzegel had hij er niet ingedaan), een kilometerteller voor als ik nog eens een fiets zou krijgen en van mijn moeder een zakmes met acht dingen eraan.

Mijn vader werd de nieuwe tekenmeester op onze school. Meneer Ligtveld en hij waren kennissen geworden. Ze kwamen 's avonds wel eens bij elkaar, en dan praatten ze over tekenen. Mijn vader vond dat de kinderen verkeerd les kregen. Clichés. Ze zouden moeten tekenen zoals ze met hun hart voelden. Een stam van een boom hoefde niet altijd bruin te zijn en de blaadjes niet altijd groen. Het kon ook best andersom.

Dat vond meneer Ligtveld allemaal ook. Hij zou erover praten met meneer Lemeler, het hoofd van de school.

Een week later was beslist dat het kon. Een paar weken zou mijn vader proeflessen geven. Daarna werd bekeken of het doorging.

Meteen de eerste dag kon je kinderen bij wie hij in de klas was geweest tegen elkaar horen zeggen: 'Meneer Hanraads is geschift. Bij hem mag je de zon groen maken, en de bomen geel met paars.'

Op een maandag kwam hij ook bij ons.

Hij zei: 'Kinderen, we gaan een beetje anders tekenen dan we tot nu toe hebben gedaan. Jullie hebben geleerd om een meeuw zo te tekenen,' (hij tekende op het bord een V met de poten iets gebogen, maar het krijtje brak en een paar kinderen lachten), 'maar dat is niet goed. Een meeuw is geen V. Een meeuw is een vogel. Soms is hij woedend en soms is hij blij. Net als jij. Als hij woedend is heeft hij misschien vierkante vleugels omdat hij alles wil vergruizelen en als hij blij is heeft hij misschien zachte vleugels omdat hij alles wil aaien. En hij heeft alle kleuren die je maar wil, precies hoe je denkt dat hij zich voelt. We tekenen dus vandaag allemaal een vogel zoals we denken dat hij zich voelt. Of zoals jij jezelf voelt. En wees maar niet bang. Je hoeft maar één ding goed te onthouden: een tekening kan nooit fout zijn.'

Er werd papier rondgedeeld en de klas begon. Ik maakte een rode vogel die hard wegvloog met allemaal veren die recht overeind stonden, maar bij het kleuren invullen drukte ik zo hard dat mijn rode kleurpotlood brak. Ik stak mijn vinger op.

'Wat is er?' vroeg mijn vader.

'Meneer, mijn rode kleurpotlood is gebroken.'

De klas brulde van het lachen. 'Hij zegt meneer tegen zijn eigen vader!'

'Ik heb tegen hem gezegd dat hij me in de klas meneer moet noemen,' zei mijn vader. 'Dan weten jullie dat ik hem niet voortrek. En nu weer aan het werk.'

Om vijf voor twaalf werden de tekeningen opgehaald. Mijn vader keek ze door. Ik zag dat hij er een opzij legde. Toen hij ze allemaal bekeken had hield hij die ene tekening omhoog. Er stond een paard op. Het was de tekening van Jan Punt.

'Jan Punt,' zei mijn vader, 'je wilt toch niet beweren dat dit een vogel is.'

'Het is een paard,' zei Jan Punt.

'Wat voor de hele klas geldt geldt ook voor jou,' zei mijn vader. 'Je krijgt voor deze tekening dus een één.' En hij gooide het paard van Jan Punt terug op zijn tafel alsof het een waardeloos stuk papier was.

De tweede les wilde mijn vader dat we de boom zouden tekenen die we graag wilden zijn als we een boom waren.

Ik maakte een boom die met zijn blaadjes aan de grond zat en met zijn wortels omhoog groeide. Ook de andere kinderen tekenden de gekste bomen die helemaal niet meer op bomen leken. Maar ik wist van tevoren dat mijn vader dat prachtig zou vinden. Hoe minder de boom op een gewone boom leek hoe hoger het cijfer, dat was op de hele school al bekend. Maar er waren ook kinderen die vanzelf een hoog cijfer kregen. Friso Ringers bijvoorbeeld had voor zijn eerste tekening, de vogel, al een negen gehad. Terwijl hij vroeger altijd keet zat te schoppen onder tekenen en onvoldoendes kreeg. Nu keek hij niet op of om, zo ingespannen was hij aan zijn boom bezig.

Toen aan het eind van de les de tekeningen waren ingeleverd bleek dat Jan Punt opnieuw een paard had getekend.

Mijn vader bleef heel kalm. Hij hield de tekening omhoog.

'Dit lijkt verdacht veel op wéér een paard,' zei hij.

'Ja meneer,' zei Jan Punt.

Mijn vader scheurde de tekening in stukken.

De hele klas schrok stil. Nog nooit had iemand iets tegen een paard van Jan Punt durven doen.

'Ik vind het vervelend dat er een ongehoorzame jongen in de klas zit,' zei mijn vader. 'Dus moet ik maar laten zien dat ik ook best ouderwets kan zijn. Jan Punt, jij levert de volgende keer honderd strafregels in: *Ik mag geen paarden meer tekenen.*'
Toen ging de bel voor het speelkwartier.

De woensdagmiddag daarna nam mijn vader me mee naar het Stedelijk Museum. Er was een tentoonstelling van schilderijen van Chagall. Ik had geen zin, maar ik moest.

Toen ik er was bleken het toch mooie schilderijen te zijn. De kleuren waren prachtig en wat het voorstelde was geheimzinnig.

'Nu kan je zien wat ik bedoel,' zei mijn vader. 'Normaal komt het niet voor dat iemand boven de grond zweeft. Toch heeft Chagall dat zo geschilderd, omdat hij voelt dat die man zoveel van zijn bruid houdt dat hij niet meer door de krachten van alledag aan de aarde is gebonden. Dat heeft Chagall alleen maar gevóeld. Als je het hem zou vertellen zou hij misschien zeggen: goh ja, daar had ik niet aan gedacht. Zo wil ik jullie laten tekenen, naar je gevoel. Kunstenaars en kinderen, dat zijn de enigen die dat kunnen. Maar kinderen willen ze het afleren met clichés.'

We gingen de volgende zaal in. Op een bank in het midden zaten Jan Punt en Jolanda Verdissel. Ze keken stil voor zich uit, naar een schilderij aan de grote wand. Ze zagen ons niet.

Mijn vader draaide snel zijn hoofd naar de andere kant. Hij keek even naar het schilderij dat daar hing en liep door naar de volgende zaal.

Mijn vader zei: 'Jan Punt, kom je strafregels inleveren.' Jan Punt kwam naar voren en gaf mijn vader een paar velletjes papier.

'Het is in orde,' zei mijn vader. 'Nou jongens, laten we hopen dat Jan Punt zijn leven heeft gebeterd. Ik ben hier tekenles gaan geven om jullie daar meer plezier in te laten krijgen. En dat kan alleen als alle kinderen meewerken. Jongens – vandaag tekenen we een huis. Ons eigen huis. Dus met mamma erin, met pappa erin, misschien met oma en opa, en je broer en je zus. En natuurlijk ook met alle huisdieren erin. Maar bij Jan Punt hebben ze geen paard als huisdier.'

Ik tekende een huis dat een meter boven de grond zweefde. Ik was benieuwd of Jan Punt het zou durven nòg een keer een paard te tekenen. Ineens hoopte ik dat het niet zo zou zijn, dat hij ook een huis zou tekenen en dat mijn vader het mooi zou vinden.

Toen aan het eind van de les de tekeningen werden opgehaald en ingeleverd bleek dat Jan Punt voor de derde keer bij mijn vader een paard had getekend. En bovendien: Piet Ammer had óók een paard getekend. Een helemaal mislukt paard, hij kon er niets van. Het leek op een poes.

'Jan Punt,' zei mijn vader langzaam, terwijl hij hem recht aankeek, 'heeft nu ook al een knechtje ingeschakeld om paarden voor hem te tekenen.'

Hij scheurde de twee tekeningen door.

'Goed, Jan Punt, jij wil de boel dus verpesten. Voor de volgende keer maak jij vijfhonderd strafregels: *Ik mag geen paarden meer tekenen*. Vijfhonderd! En Piet Ammer, die nemen we niet serieus. Piet Ammer krijgt voor straf géén straf.'

De bel ging voor het speelkwartier. Sommige kinderen stonden al op.

'We blijven zitten tot ik het zeg,' zei mijn vader. 'De goeden moeten dan maar onder de kwaden lijden. Ik zal deze klas nu eens laten zien waar Jan Punt zijn tekenkunsten vandaan heeft.'

Uit de andere klassen renden kinderen naar buiten. We zaten midden in het lawaai van hun geschreeuw.

Mijn vader pakte uit zijn tas een boekje. Hij sloeg het open en gaf het de klas rond. Ondertussen vertelde hij: 'In dit boekje staat precies het paard van Jan Punt. Hij heeft er met overtrekpapier net zo lang op geoefend tot hij het uit zijn hoofd kon. Hij kan helemaal niet tekenen. Hij kan alleen maar natekenen.'

Op de speelplaats kwamen kinderen bij onze klas om te kijken waarom we binnen bleven. Ook meneer Lemeler kwam in de buurt. Ik was bang dat hij er wat van zou zeggen tegen mijn vader. Op onze school werden nooit strafregels gegeven of klassen in het speelkwartier binnengehouden.

Toen het boekje bij mij kwam zag ik dat er een paard in stond dat misschien iets leek op het paard dat Jan Punt altijd tekende. Maar zijn paard stond altijd naar links en dit paard stond naar rechts! Hoe had hij het dan door overtrekken kunnen leren?

Ik lette speciaal op wat Jan Punt zelf zou doen. Hij keek even lang als de andere kinderen en toen hij het boekje verder gaf kon je niets zien aan zijn gezicht.

Toen iedereen had gekeken liet mijn vader ons naar buiten gaan. Er waren vijf minuten speelkwartier over.

Piet Ammer kwam naar mij toe.

'Hé, tekenmannetje,' zei hij en hij gaf me een duw.

Jan Punt ging er meteen tussen staan. 'Laat hem met rust,' zei hij.

Ik liep met Jan Punt mee naar een andere hoek van het speelplein.

'Als je het aan mij had gezegd, had ik óók wel een paard willen tekenen,' zei ik.

'Ik heb niks tegen Piet Ammer gezegd,' zei Jan. 'Hij heeft het uit zichzelf gedaan.'

'O,' zei ik. 'Geloof jij eigenlijk in God?'

In een hoek van het speelplein stonden mijn vader en meneer Lemeler met elkaar te praten.

Mijn vader zei: 'Zullen we naar een voetbalwedstrijd gaan?'

Ik was verbaasd. Hij hield helemaal niet van voetballen. Hij zei altijd dat het belachelijk was om achter een bal aan te rennen. Je kon veel beter achter een vlinder aan rennen. Met wandelen waren we een keer achter de dijk bij de voetbalvelden van de onderbond terecht gekomen. Toen zei hij dat hij het zo leuk vond, al die verschillende kleuren van de shirts. Daar werd ik woedend om, het ging om de goals! 'Wat heb je er nou aan om een voetbalwedstrijd te winnen,' zei hij.

Maar nu wilde hij samen met me naar het stadion.

'Gaat mamma ook mee?' vroeg ik. Die wist er veel meer van, die las de sport in de krant.

'Nee,' zei mijn vader.

Ik keek naar mijn moeder. Ze zat bij het raam en keek terug.

We zaten op echte zitplaatsen. Ik keek naar de jongenstribune. Als ik daar jongens zag die mij kenden, konden ze mij misschien ook zien.

De wedstrijd was spannend en mijn vader vond goed dat ik hem uitlegde wat buitenspel was. Maar als de mensen juichten, juichte hij niet. En hij zei dingen die er niets mee te maken hadden. 'Wat loopt die jongen lelijk daar.' Ik hoopte dat niemand het gehoord had, want dat was de middenvoor van het Nederlands Elftal!

Na een tijdje begon het hem waarschijnlijk te vervelen dat hij nooit juichte. Hij riep ineens: 'Hoi.' De bal was op dat moment op het middenveld waar een speler een rustige pass gaf aan een ander.

Om ons heen werd gelachen. Toen even later op net zo'n moment weer twee spelers de bal overspeelden, riep iemand vlak bij ons 'Hoi' op precies dezelfde manier als mijn vader had gedaan. Hij riep het zo hard, en het was verder zo stil, dat zelfs de speler die de bal had afgespeeld even verbaasd in onze richting keek.

Mijn vader had niet eens in de gaten dat hij in de maling werd genomen. Maar iedereen zag dat ik zijn zoontje was.

Thuis zat mijn moeder op ons te wachten.

'Louis heeft me buitenspel uitgelegd,' zei mijn vader. 'We hebben genoten van de wedstrijd, heb jij ook een leuke middag gehad?'

'Nou enig,' zei mijn moeder.

'Ach jij rare meid,' zei mijn vader en hij gaf haar een zoen.

De volgende dag hadden we weer tekenles van mijn vader.

'Zo,' zei hij. 'Vandaag gaan we tekenen maar eerst hebben we nog het punt Jan Punt.' Hij grinnikte erbij, maar het bleef doodstil in de klas. 'Jan Punt kom je strafregels inleveren,' zei hij.

Jan ging naar voren en leverde zijn velletjes in.

'Ik hoop dat je er zo langzamerhand genoeg van hebt,' zei mijn vader. 'Ga terug naar je plaats.'

Toen Jan weer zat zei mijn vader: 'Vandaag tekenen we een schip. Het mag het schip zijn waar je van droomt, het schip waar je wel eens op bent geweest en Piet Ammer mag het schip tekenen waar zijn vader op vaart, als hij daar zin in heeft. Aan je werk.'

We begonnen. Ik maakte een gezonken schip, met een grote schat aan boord. Toen het tekenuur half voorbij was ging mijn vader rond in de klas.

'Dat wordt een hele mooie tekening,' zei hij bij mij, maar dat sloeg nergens op. Dan had hij me ook maar eens meer dan een zes min moeten geven.

De hele klas zat te wachten op wat mijn vader bij Jan Punt zou zeggen. Die zat achterover geleund alsof hij nog niet had bedacht wat hij zou maken.

'Ik zie dat Jan Punt nog niets heeft,' zei mijn vader. 'Het hele papier van Jan Punt is nog leeg. In elk geval heeft hij dus nog geen paard getekend, zullen we maar zeggen.' Jan zweeg en bleef in dezelfde houding zitten.

'Het mag ieder schip zijn,' zei mijn vader. 'Een oceaanstomer, of een grote rijnaak die je op de Amstel tegenkomt op je vlot. Of je vlot.'

'Ja meneer,' zei Jan.

Mijn vader liep verder. Bij verschillende kinderen zei hij: 'Dat wordt een hele mooie tekening.'

Een kwartier voor het eind van de les zag ik dat Jan Punt ineens ging tekenen. In een paar minuten was hij klaar. Hij keek weer uit het raam. Mijn vader zag het ook maar bleef aan de tafel van meneer Ligtveld zitten.

Aan het eind van het tekenuur liet hij de tekeningen weer bij zich brengen. Hij bladerde ze vlug door. Het waren allemaal schepen en één paard.

'Dat dacht ik wel,' zei mijn vader en hij beet op zijn lip. Hij stond op.

'Duizend regels *Ik mag geen paarden meer tekenen*,' zei hij, maar zijn stem klonk schor.

Hij verscheurde het paard en liep de klas uit, de andere tekeningen onder zijn arm.

Aan Jan Punt kon je niets zien.

In het speelkwartier liep mijn vader heen en weer naast meneer Ligtveld en meneer d'Arny. Anders praatten ze met z'n drieën, maar nu keek mijn vader steeds recht voor zich uit.

In een hoek van de speelplaats hurkte Jan Punt en hij begon te tekenen. Dat had hij lang niet gedaan. Toen ik in de gaten kreeg dat hij bezig was stond er al een grote kring toeschouwers om hem heen. Ik kon niets zien. Meneer Ligtveld en d'Arny bleven even stilstaan bij de kring. Mijn vader liep in zijn eentje verder.

De bel voor het einde van het speelkwartier ging. De groep week uiteen. Jan zat nog op de grond bij zijn tekening. Eindelijk kon ik zien wat het was. Het was een schip.

Het was een groot vlot, dat recht op je toevoer, zodat het water opspatte. Het was volkomen echt, misschien nog echter dan zijn paard.

Ik keek naar mijn vader. Hij kwam dichterbij en zag het vlot in de golven. Hij kneep zijn lippen samen en richtte zijn ogen op die van Jan Punt. Die keek recht terug. Nog nooit had ik hem zien lachen, maar nu leek het of er een glimlach op zijn gezicht verscheen. Ze keken elkaar een hele tijd aan zonder iets te zeggen.

Die zondag vroeg mijn moeder of ik zin had met haar op de Amstel te gaan roeien. Mijn vader hoorde het, en hij zei: 'Dat is een leuk idee, dan gaan we met z'n drieën.'

'Je zei toch straks dat je wou werken?' zei mijn moeder.

'Maar het is zulk mooi weer,' zei mijn vader.

'Dat was het straks ook al,' zei mijn moeder zacht.

'Wat zei je?'

'Niks. Dat het straks ook al mooi weer was.'

'Wat maakt dat nou uit. Dan gaan we er op de fiets naar toe.'

'Je weet dat ik niet van fietsen hou.'

'Dan ga je maar niet mee,' zei mijn vader.

Ik fietste met mijn vader bij de Amstel. Het roeien vergaten we helemaal, we gingen kijken bij een voetbalwedstrijd uit de onderbond.

'Hoi,' riep mijn vader toen er een doelpunt werd gemaakt.

'Net riep je ook hoi toen de anderen een doelpunt maakten,' zei ik.

'Een doelpunt is een doelpunt,' zei mijn vader, 'of het nou van de paarsen is of van de gelen.'

Toen de wedstrijd was afgelopen kreeg ik een Coca-Cola. We lieten het flesje dicht, dan kon ik het zelf met mijn zakmes openmaken. We klommen halverwege de dijk en gingen in het zand zitten. Je kon een heel stuk over de kronkelingen van de Amstel kijken.

Misschien zag ik Jan Punt wel ergens op zijn vlot! Ik keek naar beide kanten over de rivier, maar hij was nergens.

Ik klapte de opener uit, zette hem op het flesje, en trok hem omhoog. De opener brak eraf en viel in het zand.

'Ach jezes,' zei mijn vader, 'nu heb je nog maar een zakmes met zeven dingen.'

Ik begon te huilen, en hij sloeg zijn arm om me heen.

'Je moet niet zo overal om huilen,' zei hij. Maar ik moest aan mijn moeder denken, hoe zij het zakmes speciaal voor mijn verjaardag had uitgezocht, en ik huilde nog een hele tijd door.

'Louis,' zei mijn vader, 'jij vindt het niet leuk hè, dat ik bij jou in de klas tekenles geef.'

Ik durfde niet te zeggen dat het klopte en ik haalde mijn schouders op.

'En hoe vinden de andere kinderen het?'

Ik keek voor me uit. Op Jan Punt na en misschien Piet Ammer wist ik niemand die het nieuwe tekenen echt naar vond. Ik haalde weer mijn schouders op.

'Ik weet niet,' zei ik.

'In de andere klassen vinden ze het leuk,' zei mijn vader. 'Dat weet ik zeker. Alleen bij jou zit Jan Punt en die probeert het te verpesten. Wil je mij helpen? Louis? Wil je mij helpen door te zorgen dat Jan Punt zijn paard niet meer tekent?'

Ik zei niets, en hij hield erover op. We zaten nog een tijd zo naast elkaar op de dijk en keken uit over de rivier.

Ten slotte knikte hij naar het Coca-Colaflesje dat nog steeds in het zand lag. 'Kom nou maar,' zei hij. 'We hebben die cola nog. Die nemen we mee naar huis. Dan kan je hem bij het eten opdrinken. Een geluk bij een ongeluk.'

Na het eten zei mijn vader: 'Weet je wat Louis? Nu zal ik je een echt voetbalveld leren tekenen, met echte doelen.'

'Ik moet nog huiswerk maken,' zei ik.

'Voor maandag?' zei hij. 'O. Nou, ga dan maar vlug.'

In mijn kamer deed ik mijn bureaulamp aan. Ik nam mijn papier en begon te schrijven: *Ik mag geen paarden meer tekenen.*

Ineens voelde ik de hand van mijn vader op mijn schouder. Ik was zo ingespannen bezig geweest dat ik hem niet had gehoord. Ik had geen tijd om een boek over het papier te leggen.

Mijn vader trok me achterover en pakte de strafregels van mijn bureau.

'Als ik het niet dacht,' zei hij. Hij keek naar het papier alsof hij nog niet wist wat er stond. Alsof hij echt stond te lezen. Hij bekeek alle velletjes.

Ik keek naar de knoop van zijn jasje. Die was er met bruin garen aangenaaid. Het garen was bruiner dan de knoop. Maar veel scheelde het niet.

'Heb je de vorige keren ook het strafwerk voor Jan Punt gemaakt?'

'Ja.'

'Hij bedreigt je.'

'Nee.'

'Waarom dan.'

'Omdat je hem zo pest!' schreeuwde ik. Ik sloeg met mijn vuisten op mijn bureau, ik huilde. 'Omdat je hem zo verschrikkelijk pest!'

Ik bleef met mijn vuisten slaan tot ik hoofdpijn had. Toen keek ik op. Mijn vader was weg. Hij had de strafregels meegenomen.

Jan Punt was niet op de plek waar ik hem zijn strafwerk zou geven. Ik liep door naar school. In de klas was hij ook niet.

Er werd rondverteld: 'Jan Punt is gisteravond niet thuisgekomen.' Rinus had het gezegd aan de kinderen uit zijn klas en zo wist onze klas het ook. 'Hij is kwaad om het strafwerk en wil niet meer naar school.' 'Hij is meegegaan met een kinderlokker en moet nu alles aan de politie vertellen.' De gekste dingen.

Mijn vader kwam de klas in voor de tekenles.

'Jan Punt kom je strafwerk inleveren,' zei hij.

Er gebeurde niets.
'Wat is dat?' zei mijn vader.
Friso Ringers stak zijn vinger op: 'Jan Punt is niet op school gekomen, meneer.'
Mijn vader keek verbaasd. 'O ja? Als hij maar niet denkt dat hij er zo af komt. Zeggen jullie maar tegen Jan Punt dat hij zijn strafregels morgen komt brengen in de klas van meneer d'Arny want daar geef ik dan les. Nou jongens, wij gaan vandaag een gezicht tekenen. Maar het wordt geen gewoon gezicht, het wordt een cijfergezicht. Jullie weten natuurlijk dat ieder cijfer eigenlijk een eigen karakter heeft, en daarom...'

In het speelkwartier had de hele school het erover: Jan Punt is de vorige avond niet thuisgekomen. Er stond een dikke kring kinderen om Rinus heen. 'Hoe laat is hij uit huis gegaan?' 'Is de politie er al bij geweest?' 'Heeft hij gezegd wanneer hij terugkomt?'
Meneer d'Arny ging ernaar toe.
'Jullie moeten Rinus maar met rust laten,' zei hij. Hij nam hem bij de hand en bracht hem naar de rand van de speelplaats.
Niemand speelde.
Ik ging naar een groepje jongens uit mijn klas. Ze stonden bij het vlot dat Jan Punt de vorige maandag had getekend.
'Ik denk dat hij ingebroken heeft in de hut van de padvinders en dat de politie hem toen gesnapt heeft,' zei Friso Ringers.
'Het is tekenmannetje zijn schuld,' zei Piet Ammer.
'Dat lieg je,' zei ik.
'Bomen met paarse stammen en blauwe blaadjes! Jouw vader is geschift!'
'En jouw vader is een stomme geitekop!'
Piet Ammer gaf me een stomp. Meteen rolden we samen over de grond. Ik sloeg blindelings en zonder te voelen of ik zelf geraakt werd.

We werden uit elkaar gehaald door meneer Ligtveld en een paar jongens. We kregen geen straf.

De volgende dag kwam Jan Punt weer niet op school. 's Avonds stond er in de krant: 'Jongen (11) vermist.' Er stond een foto bij, maar die leek helemaal niet. De vermiste jongen leed aan suikerziekte maar had toch de gewoonte met vlotten te varen. Voor een ongeluk werd gevreesd.

Mijn moeder kwam mijn kamer binnen. Ik zat aan mijn bureau, zij ging op de rand van mijn bed zitten.

'Wat is er?' vroeg ik.

'Zomaar. Ik kwam zomaar even bij je.'

We zeiden een hele tijd niets. Toen vroeg ik: 'Denk jij dat Jan Punt van school wegblijft omdat hij kwaad is op pappa?'

Rinus Punt bleef op school komen. Nieuws had hij niet. Hij liep heen en weer over het plein, alleen. We moesten hem met rust laten.

Een keer ging hij op zijn rug liggen, naast het gazon. Hij had zijn ogen dicht en zijn handen over zijn buik gevouwen.

Ik ging voor hem staan, met mijn rug naar hem toe en mijn gezicht naar het speelplein, met mijn armen over elkaar.

Zaterdag wilde ik de straat op maar mijn vader vond het niet goed. 'Zolang we niet weten wat er met Jan Punt is gebeurd kan het gevaarlijk zijn hier in de buurt,' zei hij.

Ik ging naar mijn kamer. Ik pakte een vel papier en schreef: *Ik mag geen paarden meer tekenen.* Ik bekeek de regel en las hem over. Ik schreef hem er nog eens onder. En nog eens, en nog eens, tot we gingen eten.

Mijn vader kwam de klas in en keek naar de lege plek van Jan Punt.

'Vandaag,' zei hij, 'tekenen we allemaal een paard.'

Ieder geluid verdween uit de klas.

Mijn vader praatte verder maar mijn gedachten waren stil blijven staan bij wat hij het eerst gezegd had: 'Vandaag tekenen we allemaal een paard.'

Hij merkte de schrik in de klas. 'Maar van dat paard, dat heb ik natuurlijk niet echt gemeend,' zei hij. 'Dat was een grapje. Nu goed, misschien niet zo'n geslaagd grapje.'

Hij zweeg even, aarzelend. 'Goed, het spijt me. We tekenen vandaag... laat me even denken.'

De klas staarde hem aan.

Er moest iets gebeuren. Ik wist dat ìk nu iets moest doen. Het was mijn vader. Terwijl ik nog aan het bedenken was wàt ik moest doen, deed ik al vanzelf iets.

Ik nam mijn vel papier, hield het omhoog zodat mijn vader het goed kon zien en scheurde het aan snippers.

'Louis,' zei mijn vader.

Ik hoorde het geluid van nog meer scheurend papier. Ik keek rond. Jan Michael, Kees Wampuis, Kees Duvekot, Lia Smeets, Jolanda Verdissel, Piet Ammer, Roel Hoenderdos, Jan Taylor Kraai, allemaal scheurden ze hun vel papier in stukken en de snippers gooiden ze op de grond.

Niemand zei iets.

'Ik heb een fout gemaakt,' zei mijn vader. 'Ik heb me daarvoor verontschuldigd. Daar hadden we het bij kunnen laten. Maar dit moet ik bij meneer Lemeler rapporteren.' Hij pakte zijn tas onder zijn arm en ging het lokaal uit.

Er gebeurde niets in de klas. We zaten stil. Na een tijdje stond Lia Smeets op en verzamelde de stukken papier. Ze maakte er een grote prop van en gooide die in de prullenmand.

Daarna ging ze zitten. Het bleef stil tot meneer Ligtveld de klas binnenkwam.

'Tekenen gaat vandaag niet door,' zei hij. 'Halen jullie je cijferboekjes maar voor de dag.'

Tussen de middag stond mijn vader bij de uitgang op me te wachten. Ik schrok en wilde weglopen, maar hij had me al gezien.

'Kom hier,' riep hij.

Ik ging naar hem toe. Bij iedere beweging dacht ik dat hij me wilde slaan, maar dat was niet zo.

'Nou, dat was m'n laatste tekenles,' zei hij. 'Dank je wel, Louis.'

'Wat heeft meneer Lemeler dan gezegd?'

'Dat ik eruit geknikkerd was.'

'Waarom?'

'Ach stomme jongen. Als ik iets fouts doe in de klas is dat al erg genoeg. Dan heb ik jou toch niet nodig om dat aan iedereen te laten merken.'

'Het is je eigen schuld. Dan had je maar niet zo rottig tegen Jan Punt moeten doen,' riep ik en ik rende een heel stuk van hem weg. Bij een plantsoen bleef ik staan. Hij stond ook stil. Zo keken we elkaar een tijd aan.

Ten slotte haalde hij zijn schouders op. Hij wenkte mij, en riep: 'Kom nou maar terug, ik zal je heus niks doen.' Ik liep weer naar hem toe.

'Ik maak ook mijn fouten,' zei hij, en hij sloeg zijn arm om mij heen. Zo begonnen we naar huis te lopen.

'Het was toch niks voor me, lesgeven op school,' zei hij. 'Weet je wat, zullen we mamma verrassen?'

Bij een stalletje kocht hij een bos bloemen.

Toen 's middags de les een halfuur aan de gang was zagen we door het hek van de school een man de speelplaats op komen. Hij ging het kantoortje van meneer Lemeler in. Even later kwamen ze samen naar buiten. Meneer Lemeler ging naar de klas van meneer d'Arny, tegenover ons. Hij klopte aan. Meneer d'Arny liep naar de deur. Ze praatten even. Daarna ging meneer d'Arny terug in zijn klas. Hij zei iets, en Rinus Punt stond op. Hij zocht zijn spullen bij elkaar en deed ze in zijn tas. Daarna liep hij de klas uit. Hij liep mee met de vreemde man naar de uitgang van de school. De hele klas keek ze na tot ze het hek uit waren. Meneer Lemeler klopte op onze deur. Meneer Ligtveld ging naar hem toe, en kwam een paar ogenblikken later de klas weer in.

Hij schudde zijn hoofd.

'Jullie begrijpen het al wel,' zei hij langzaam. 'Vanmorgen hebben ze Jan Punt bij de gasfabrieken gevonden. Hij is verdronken.'

Het bleef volkomen stil.

'Die Jan Punt,' zei meneer Ligtveld. 'Die Jan Punt.' Hij ging zitten, maar stond meteen weer op. Geen geluid uit de klas.

'We kunnen zo natuurlijk niet lesgeven,' zei meneer Ligtveld. 'We moeten maar naar huis gaan. Ik zal het aan meneer Lemeler gaan vragen.'

Maar hij ging de klas niet uit. Hij bleef staan. 'Wie wil huilen die mag huilen,' zei hij.

We kregen de hele week vrij. Jan Punt werd op woensdag begraven. De klas werd niet gevraagd te komen.

Ik wist die week meestal niet wat ik moest doen. Ik ging vaak aan mijn bureau zitten en schreef verder aan de strafregels. Ik kreeg er over de tweeduizend.

Donderdagmiddag kwam mijn vader bij me. Hij had iets voor me gekocht. Het was de lichtpaarse postzegel van Australië met de wereld erop.

'Als je wilt gaan we samen kijken naar het graf van Jan Punt,' zei hij.

We reden met de tram de hele stad door. Pas bij de eindhalte stapten we uit. Daarna moesten we nog een stuk lopen. We kwamen langs een school. Binnen zaten de kinderen te werken, ik had vrij.

Door grote ijzeren hekken kwamen we op de begraafplaats.

We liepen langs de graven. Ik probeerde aan de jaartallen te zien of er iemand bij was van meer dan honderd jaar.

Op een bankje tegenover een grafsteen gingen we zitten.

Het was een grafsteen voor iemand die vijfendertig jaar was geworden. Ook op de andere graven die ik vanaf onze bank kon zien stond niets van Jan Punt.

'Hier ligt Jan Punt helemaal niet,' zei ik.

'Hij ligt er juist wel,' zei mijn vader. 'Dat zal ik je uitleggen. Begraven is iets Christelijks. Het wordt alleen maar gedaan om de mensen hun verdriet in te peperen en ze op die manier bang te maken. Want als ze goed bang zijn worden ze wel Christelijk. Om in de hemel of in de hel te komen. Ze komen nog liever in de hel dan dat ze toegeven dat er na het leven niets meer is. Maar er ìs niets. Jan Punt is nu nergens meer. Maar dat is juist een reden om minder verdrietig te zijn! Want het geldt voor alle mensen, doodgaan is het enige waarin alle mensen gelijk zijn. Door dood te gaan bewijs je dat je erbij hoort. Dat heeft Jan Punt nu ook gedaan. Daarom ligt hij toch een beetje onder deze steen. Want iedere grafsteen is een monument dat alle mensen bij elkaar horen. En als je dat goed begrijpt ben je minder verdrietig.'

Hij had me beloofd het graf van Jan Punt te laten zien en hij had zijn belofte niet gehouden. Als ik dat had geweten was ik niet meegegaan.

We bleven nog een tijdje zitten. De wind stak op. Het begon te druppelen en even later barstte er een geweldige regenbui los, de eerste in weken.

We vluchtten.

's Middags was het droog. Ik pakte al mijn strafregels bij elkaar. Het waren bijna honderd velletjes. Ik maakte er een dikke rol van, deed er een elastiekje om en stak hem bij me. Daarna ging ik de deur uit.

Ik liep langs het kanaal en waar het uitkwam op de Amstel

sloeg ik rechtsaf. Ik ging aan de waterkant lopen, tot bij de gasfabrieken. Daar nam ik de pont.

Ik keek in het water. Zou het waar zijn, wat Piet Ammer vertelde, dat het hoofd van Jan Punt er niet meer aan had gezeten? Dat ze het apart hadden gevonden en dat ze het er in de kist weer bij hadden gelegd?

Aan de overkant ging ik naar rechts. Door het zand en de graspollen van het wilde landje liep ik naar de waterpoel met de betonnen palen.

Het was stil. Het water klotste rustig. Ik ging naar de puinhoop en keek erachter. Jans vlot was er niet. Ik lichtte de grote witte steen op waaronder hij zijn hamer en zijn spijkertrommel had bewaard. Ze lagen er nog.

Ik ging zitten en maakte de trommel open. Hij was halfvol met spijkers, de meeste geroest. Ook zaten de stukken touw er nog in. Daaronder zag ik iets wits. Ik haalde het eruit. Het was een briefje. Er stond:

Als mij iets zou overkomen dan sta
ik mijn lichaam af voor de wetenschap.

Daaronder stond, met een andere pen geschreven en dus waarschijnlijk later:

Als mij iets zou overkomen en iemand
dit vindt moet hij aan Jolanda Verdissel
zeggen dat ik van haar houd. (Jolanda
Verdissel zit bij mij in de klas).

Ik stak het briefje bij me en legde de rol strafregels in de spijkertrommel. Ik sloot hem en bond een van Jans stukken touw eromheen. Daarna ging ik weg. Ik nam de trommel mee.

Toen de pont midden op de Amstel was gooide ik de trommel over de reling. Hij verdween even onder water maar wipte meteen weer omhoog en bleef drijven.

Ik wilde hem nakijken tot hij zou zinken. Maar toen ik aan de stadszijde van de Amstel terug was zag ik hem nog steeds in het midden. Langzaam dreef hij met de stroom mee.

Ik besloot te wachten tot ik de trommel niet meer kon zien.

DE MUUR

Met Georges Chichepartiche, bijgenaamd Zouïka, later ook: 'de uitgewiste van Talayac', en met diens absurde dood kwam ik in aanraking door Anneke Leeman.

Haar ouders hadden een huis bij Talayac, een dorp in de Cevennen in Zuid-Frankrijk. Beter, huis*jes*. Mas d'Aussel zoals het eigendom heette was een groepje bouwsels, je kon niet eens zeggen hoeveel, zozeer lagen ze ingestort en dakloos dooreen, afgebroken balken priemend in de lucht. Er was sinds mensenheugenis niets meer aan gedaan, behalve aan het hoofdgebouw dat min of meer bewoonbaar was gemaakt.

De auto waar we, toen Anneke me er voor het eerst mee naar toe nam, dizzy van de reis en het schetterende zonlicht uitstapten, was niet onze eigen auto maar een jeep met vierwielaandrijving die bij het huis hoorde en waar je beneden in over moest stappen. Mas d'Aussel lag boven op een woeste heuvel en grote stukken van de klim voerden over de kale rotsbodem. Haarspeldbochten, kuilen en krankzinnige steilten maakten het voor een gewone auto ondoenlijk, nog afgezien van een halsbrekend afdalinkje langs een overhellende rotswand vlak voor je boven was. Zelfs met de jeep moest je in sommige bochten vier keer heen en weer en soms moest je uitstappen om een omlaaggerold stuk rots weg te duwen dat je dan de volgende dag een zigzag lager weer tegenkwam.

Het uitzicht vanaf het grasveld bij Mas d'Aussel overweldigde me. Alsof een balustrade waartegen ik had geleund het begaf, zo tuimelde mijn blik de mosblauwe verten in.

Ik schreeuwde.

Anneke schreeuwde ook, en we lachten. 'Dat komt door de stilte,' zei ze. 'Je hebt altijd het gevoel dat je iets moet terugdoen.'

Nog voor we onze spullen naar binnen hadden gebracht nam ze me mee naar een soort binnenplaats van stenen en graspollen die aan één kant op het dal uitzag en die verder begrensd werd door ingestorte stallen en een blinde zijmuur van het woonhuis. Ik maakte een mentale notitie: bal kopen.

Als Anneke het verhaal van die muur niet al onderweg had verteld had ik het, bij het zien van de plaquette die erin gemetseld was, zelf kunnen bedenken. Mas d'Aussel was zo moeilijk bereikbaar, zo verscholen, dat het een ideale onderduikplaats was en tegen het eind van de oorlog had er dan ook een groepje verzetsstrijders gezeten. Geen van hen had de bevrijding gehaald, en die plaquette herdacht hen. Lichtgrijs marmer, een halve bij een hele meter, vastgemetseld met slordig aangestreken specie. Je zag hem haast niet tussen de onregelmatige keien van de muur die bijna dezelfde kleur grijs waren. En je moest goed kijken om de letters te lezen; ze waren alleen maar in het marmer gegraveerd en niet ingeschilderd.

AAN ONZE GLORIEUZE WAPENBROEDERS VAN AUSSEL
GEVALLEN OP HET VELD VAN EER
RUST IN VREDE

Dan kwamen er negen namen, alfabetisch gerangschikt in twee

naast elkaar staande rijtjes van vier met daaronder in het midden de negende naam:

ZOUÏKA

En dan:

10 OCT 1944
DE STEM VAN EEN GEHEEL VOLK WIEGT HEN IN HUN GRAF
DE FTPF VAN GARD/LOZÈRE

Deze FTPF moest de vereniging van oud-verzetsstrijders zijn die de plaquette had geplaatst; FTPF stond voor *Francs Tireurs et Partisans Français*, de officiële naam voor de maquis.

'Die Zouïka, wat was dat voor iemand?'

'Intrigerend hè?' zei Anneke. 'Dat vraagt iedereen. Al die gewone namen en dan zo'n koosnaam. Wij weten het gewoon niet.'

Ze wisten helemaal niet veel over hun muur. Eigenlijk alleen dat bij Mas d'Aussel zelf geen doden waren gevallen. De Leemans gingen nauwelijks om met de inwoners van Talayac. Ze waren de eerste Nederlanders die er, in de jaren vijftig al, een huis hadden gekocht. Ze hielden pretentieloze vakanties; zwommen en wandelden, luierden en lazen bij hun huis, voorboden van een golf die het dorp later zou overspoelen.

Mijn grote liefde, bleek spoedig, was niet Anneke Leeman maar Talayac. Dat eerste bezoek was in de zomer van 1968 en ik ben er meer dan tien jaar lang ontelbare keren teruggeweest.

Het was alleen jammer dat Annekes vader, toen het uit was, mijn briefje waarin ik vroeg of ik het huis toch nog mocht huren beantwoordde met: 'Zoek jij maar een andere plek.' En dus heb ik in en rond Talayac in de loop der jaren minstens tien verschillende huizen gehuurd waarvan er geen de vergelijking met

Mas d'Aussel kon doorstaan. Mijn verblijf moest dan ook wel heel kort zijn wilde ik daar niet een kijkje gaan nemen. Dan maakte ik de wandeling langs het jeep-pad en keek met de ogen van die verzetsstrijders naar de natuur. Niets veranderde daar, wat ik zag hadden zij ook gezien. Als ik boven was groette ik die acht brave namen op de muur als vage kennissen, maar Zouïka voelde als een oude vriend. Hij stond daar zo uit het gelid met zijn rare naam, alsof hij er niet echt had bijgehoord en alleen maar een goochelaar was geweest die de groep een avond was komen verstrooien.

Ik ging niet naar boven als ik dacht dat er Leemans konden zijn en ik kwam nooit iemand op de heuvel tegen. Op één keer na, in april 1974, toen ik kinderstemmen boven me hoorde. Als horizontale jojo's gingen we gelijk op en dan weer tegen elkaar in. Ik liep sneller en na een tijdje zag ik ze op de rug. Vader, moeder, twee kinderen van een jaar of twaalf. Ze liepen in steeds wisselende formatie, sloegen met takken naar kastanjebolsters, plukten bloemen, stonden stil om steentjes uit hun schoenen te kloppen. Ik had ze met alle plezier willen zeggen dat het pad boven op de heuvel doodliep maar toen ik ze inhaalde vroegen ze niets. We knikten en we groetten. De man miste een arm.

Een paar minuten later zag ik ze weer op het grasveldje van Mas d'Aussel. Ik vond het vervelend dat ze daar waren. Mijmeren lukt niet met toeschouwers. Dat zevenarmige gezinnetje stond daar maar te dralen bij een zwartgerotte regenton. Een kind ontsnapte even, de vrouw snauwde het terug. De man stond naar zijn schoenpunten te kijken. Het leek wel of we op elkaar stonden te wachten om op te rotten.

'Ik heb hier een tijdje gewoond,' zei ik.

'Ja ja, prachtig hoekje hier,' zei de man zacht, haast afwezig. Hij had een gebronsde piratenkop, sympathiek van lelijkheid, en hij zweette. 'Bent u familie?' vroeg hij.

Van wie, had ik bijna gevraagd. Ineens snapte ik het, lomperik die ik was. Ik zag nu ook dat de man de bloemen die ze hadden geplukt een beetje stond weg te houden. Familie van de gevallenen natuurlijk – die negen moesten bij elkaar aardig wat herdenkers hebben. Ja, dan was het aan mij om op te rotten.

'Nee nee,' zei ik. Ik knikte nog eens en begon aan de afdaling.

Kort na die ontmoeting gebeurde er iets waarvoor de Talayac-kenner in mij zich diep schaamde.

Ik kan zeggen dat ik Talayac voor Amsterdam heb ontdekt. Er moeten daar tientallen mensen direct of indirect door mij met vakantie zijn geweest. Aan kennissen die dat ook van plan waren vertoonde ik op een avond mijn Talayac-dia's. Hun dochtertje van twaalf, eerstejaars gymnasiaste met drie uur Frans per week, las trots alle opschriften voor. 'Agence Immobilier Euromas,' zei ze (ik verbeterde mah niet tot mas); 'Garage L. Pech' met *pesj* als in perzik; door haar keurige uitspraak snapte ze de hele dia pas doordat haar ouders lachten; 'Rue Elie Bonifas, Héros de la Résistance.' Daar stokten haar hinkelende lettergrepen, want wat daarachter volgde, (1925–1944), kon ze niet zomaar in het Frans zeggen.

De vlammen sloegen me uit. Nooit gezien dat er naar Elie Bonifas, van mijn eigen Aussel-muur, een straat in Talayac was genoemd. Nooit bij me opgekomen dat er bij die groep een zo jonge jongen kon hebben gehoord. Maar daar prijkte hij ineens, negentien jaar oud, in de linkerbovenhoek van mijn stamcafé.

'Weten jullie dat ik dat voor het eerst zie?' zei ik. 'Dat is ook het typische van zo'n dorp – niemand gebruikt er ooit de straatnamen.'

De enige straatnaam van Talayac die ik wèl kende, bedacht ik, was de Rue des Maquisards, omdat hij vanuit het dorp in de richting van Mas d'Aussel voerde. En op dat moment besefte ik dat hij daaròm zo heette.

Ik ging eerder terug naar Talayac dan ik van plan was geweest. Wat ik had voelen aankomen was waar: alle namen van de muur waren straten in Talayac. En niet de minste, zoals ik met een zeker chauvinisme vaststelde. Tweeëneenhalve meter hoog tegen de muren zaten ze gespijkerd in geblutst blauwgrijs email: Adolphe Monteux, Emilien Camplan, Octave Camplan, Francis Escobar, Jacques Baby, Elie Bonifas, Jean Jallatte, Gérard Ménatory. Het was alsof ik, hoek na hoek, een vers massagraf ontdekte. Hun straten kruisten elkaar, knoopten bij elkaar aan, vormden het skelet van het dorp. Bij allemaal stonden hun jaartallen. Niemand van de muur was ouder geworden dan eenentwintig.

Maar een Rue Zouïka zag ik nergens. Het zou echt iets voor Zouïka zijn om met een Impasse Zouïka, een achterafsteegje in het oude dorpscentrum te zijn afgescheept of om juist een heel plein te hebben – maar ook om helemaal te zijn overgeslagen. Ik nam me voor om hem systematisch te zoeken.

Het kwam er niet van. De gewone vakantiegenoegens maakten dat ik het steeds uitstelde, die keer, mijn volgende keren in Talayac. Zelfs de wandeling naar Mas d'Aussel raakte een beetje in de knel. De jaren gingen voorbij, Talayac veranderde. De brug werd verbreed, er kwamen stalletjes waar je strooien hoeden kon kopen die in Korea waren gemaakt, een *chien méchant* die bij mijn allereerste bezoek met Anneke grommend als een straaljager naar zijn hek was gevlogen werd trager, maakte plaats voor een bord dat voor een elektronische alarminstallatie waarschuwde. Er kwamen tennisbanen, exen van exen met hun nieuwe liefdes, terrasjes met mensen die het *Algemeen Dagblad* lazen. Ik begon de zomers te mijden.

De baas van mijn stamcafé zei: 'Jou zien we niet als toerist hoor.'

In februari 1979 bracht ik een bezoek aan de muur dat alles veranderde.

Het was echt winter: op het pad naar Mas d'Aussel lagen langwerpige ijsdekken die doffe gonggeluiden maakten als je erover liep, en aan de rotswanden hingen reusachtige ijspegels. Boven, in de stilte van het veldje van Aussel, groette ik mijn oude bekenden van de muur. Het huis was aan het veranderen. Wie weet had Leeman het verkocht. Er was een begin gemaakt met de aanbouw van een patio die een vrij uitzicht over het dal zou bieden. Op een tafeltennistafel zonder netje lagen kleine rode vruchten, iets tussen grote bessen en kleine tomaten in. Het was of kinderen ze hadden zitten sorteren tot op het moment dat ik kwam. Er stonden wat terrasstoelen, verder waren er geen tekenen van leven. De luiken waren dicht en vergrendeld.

Ik voelde me niet op mijn gemak en ging vlug weg.

In de eerste haarspeldbocht bleef ik staan. Hoeveel nieuws en onverwachts ik ook had gezien – er was iets geweest dat niet klopte. Maar wat? Werktuiglijk liep ik terug naar de muur.

Ik kon mijn ogen niet geloven: er stond geen ZOUÏKA meer op de plaquette. Ik ging er vlakbij staan. Zouïka's letters waren niet dichtgestreken met vulsel – de naam was verdwenen, opgeslokt door het marmer, weg. Verder was de plaquette zoals hij altijd was geweest. Twee nette rijtjes van vier namen, alfabetisch: Jacques Baby, Elie Bonifas, Emilien Camplan, Octave Camplan, Francis Escobar, Jean Jallatte, Gérard Ménatory, Adolphe Monteux. A NOS GLORIEUX FRÈRES D'ARMES... De datum was dezelfde: 10 OCT 1994.

Maar de specie waarmee de plaquette was vastgemetseld leek me van een andere kleur dan vroeger. Ik grinnikte in mezelf om dat verzamelen van bewijzen tegen het bovennatuurlijke. Er kon maar één ding zijn gebeurd: de oude plaquette was verwijderd en een nieuwe zonder Zouïka was ervoor in de plaats gekomen. Ik telde de namen: het waren er echt maar acht – het was dus niet zo dat Zouïka's ware naam ontdekt was en op de nieuwe plaquette erbij gebeiteld. Hij was verdwenen.

Waarom? En waar zou de oude plaquette zijn? Voor het eerst keek ik rond bij de bouwvallen. Geroeste motoronderdelen, vergane weckfles-ringen, planken. Een plank waar ik op trapte wierp me als in een acrobatisch nummer met z'n andere uiteinde een drinkkroes toe. Was die van de jongens geweest? In een schapenstal lag op z'n kant een lange tafel waaraan ik me de negen makkelijk kon voorstellen. Er was een laag houten kastje waarvan het deurtje open kon, met een stapel borden erin. Het bovenste was gevuld met ontelbare versteende minuscule keutels. Waren die van één klein dier; de resten van alles wat hij in zijn leven had gegeten? De plaquette zag ik nergens.

Ik ging naar het gemeentehuis van Talayac. Het meisje dat me te woord stond wist van dergelijke plaquettes alleen dat de gemeente er geen bemoeienis mee had.

'Maar toch wel met de straatnamen?'

Dat wel, maar van een Rue Zouïka had zij nooit gehoord. 'Maar weet u, in een dorp als dit gebruik je de straatnamen nooit.'

We keken samen in de straatnamenlijst van Talayac. Geen Rue Zouïka, geen Impasse Zouïka. En als er nu eens een Rue Zouïka was geweest die tegelijk met de naam op de plaquette was verdwenen?

'De straatnamenboekjes van de Romeinen hebben we niet meer, quand-même,' zei het meisje.

Ik ging naar het café en dacht na. Misschien wist de oude Leeman er iets van. Maar ik had zijn telefoonnummer niet bij me, en een halve dag op het postkantoor zitten om het te weten te komen trok me niet. Hem bellen nog minder en bovendien: de Leemans hadden nooit veel van hun muur geweten.

De naam Zouïka zei mijn cafébaas niets, noch als mens, noch als straat. Met moeite wist hij het antwoord op mijn quizvraag hoe de straat van zijn eigen café heette. Hij wist zelfs dat die Elie Bonifas een maquisard was geweest. Een groep van Mas d'Aussel was hem onbekend. 'Er zaten hier overal van die jongens, uit de hele streek, zelfs uit Parijs! Doken onder voor de tewerkstelling bij de moffen. Dat waren lang niet allemaal verzetsstrijders hoor.'

Ik kon proberen die afdeling Gard/Lozère van de FTPF op te sporen, de stukken te vinden van de gemeenteraadsvergadering waar na de oorlog over die straatnamen gepraat moest zijn. Ik kon ook doen waar ik voor gekomen was: vakantie houden.

Bij vakantie hoorde: de *Midi Libre* lezen. Ik liep naar het boekwinkeltje aan de overkant van de straat waar ik hem altijd kocht. Uit loyaliteit met het ondergaande echte Talayac ging ik niet naar de nieuwe, veel beter gesorteerde inloopzaak naast het café. In een opwelling vertelde ik de oude boekverkoper van mijn speurtocht.

'Ah, dat interesseert u?' zei hij, en hij leek gevleid. 'Logeerde u vroeger niet zelf in Mas d'Aussel? Dan moet u beslist Puechelong eens lezen, die heeft de hele geschiedenis van die groep beschreven.'

Hij nam me mee naar een kast tegen de achterwand en pakte er een boek uit. Over het omslag liepen bruinige strepen van elkaar overlappende vergelingen. *Les 'bandits' de Talayac* was de titel. Ondertitel: *Avec les* FTPF *du Mas d'Aussel.* Op de titelpagina stond: © *by Désiré Puechelong 1951.*

De winkelbaas slofte terug naar zijn toonbank.

Ik kon wel door de grond gaan. Er was gewoon een boek over de muur. Uit negentieneenenvijftig – een boek van bijna dertig jaar oud stond daar gewoon in de rekken. Al die jaren dat ik in Amsterdam de Talayac-kenner had uitgehangen had het daar gestaan. En ik maar kletsen: 'Sterk communistische streek, haard van verzet geweest. Dat trotse, weerbarstige van de heuvelbewoner, hè. De Friezen van Frankrijk. Er zitten daar nog heel wat kogelgaten in de muren en op de straatnaambordjes vind je mensen die in 1944 zijn doodgegaan. Ik heb nog in het huis gewoond waar de belangrijkste verzetsgroep van die streek zat.'

Hier stond het allemaal in.

Ademloos bladerde ik, op zoek naar Zouïka. En daar stond, achteloos in een opsomming van maquisards, van wie ik de meesten van de muur kende, de mededeling waar ik jaren naar had gezocht: '..., Zouïka (Georges Chichepartiche), ...'

Chichepartiche – alsof de oplossing van het raadsel er nog een schepje bovenop gooide om mijn gezoek belachelijk te maken. Even dacht ik: ze hebben hem met zijn koosnaam op de plaquette gezet en geen straat naar hem genoemd omdat zijn naam te belachelijk was.

Ik las staand, flarden, te onbeheerst om veel tot me door te laten dringen. Van een paar van de jongens van de muur stonden foto's in het boek met ernstige, engelachtig mooie gezichten. Er was ook een foto van de onthulling van de plaquette op 10 oktober 1944 met mannen in uniform, een vlag, een doek die onder de plaquette op het gras is gevallen. Het was een vegerig amateurkiekje, maar de negen namen op de plaquette waren goed te lezen. Misschien waren ze ingetekend. Zouïka stond in het midden onderaan.

Op een van de eerste bladzijden stond er bij Zouïka het cijfertje van een voetnoot. Die luidde: 'De werkelijke naam van Zouïka was niet aan zijn makkers bekend, noch aan de verantwoordelijken van het overkoepelend verzet in Talayac. Daarom werd hij onder zijn roepnaam vermeld op de plaquette die kapitein Henri Pin op 10 oktober 1944 in Mas d'Aussel onthulde. Het was ook deze omstandigheid die het gemeentebestuur van Talayac in 1945 deed besluiten geen straat naar hem te noemen. Pas in 1950 wist schrijver dezes te achterhalen dat "Zouïka" Georges Chichepartiche heette en uit St. Dézery (Gard) afkomstig was.'

'Dat is één boek, en één krant,' zei de oude boekverkoper en hij sloeg de bedragen traag en zorgvuldig op zijn kassa aan.

De maquis van Mas d'Aussel was een idealistische, communistisch getinte afscheiding geweest van het officiële verzet in Talayac. Het groepje hield zich bezig met dynamiet stelen bij de mijnen, schapen stelen, een enkele aanslag op een transformatorhuisje, maar in de eerste plaats met in leven blijven. Puechelong noemde de groep de *Maquis d'Aussel*, maar Mas d'Aussel was maar een van hun schuilplaatsen geweest. Ze hadden er twee maanden gezeten, in februari en maart 1944, wanneer het op die hoogte in de Cevennen twintig graden kan vriezen. De gezamenlijke ontberingen maakten er een harde, hechte groep van. Ze waren één in hun nachtelijke bevoorradingstochten, hun discussies, hun bevroren tenen, hun plannen voor 'een wereld zonder oorlogen en met warmere kachels'.

Slechts een paar maal noemde Puechelong Zouïka met name, en dan meestal in opsommingen. 'Onder de jonge maquisards, die op 30 januari 1944 de moeilijke tocht naar Mas d'Aussel aanvaardden bevonden zich...' Dan weer dertig bladzijden zonder Zouïka. Hij was natuurlijk op iedere bladzij aanwezig in 'de jongens', 'de vrienden', 'de jeugdige verzetsstrijders', hij zal wacht gelopen, gesprokkeld, mee gevoetbald hebben aan de voet van zijn eigen muur, en misschien was hij wel degeen die het bordje 'JE SUIS SEUL CE SOIR' had geschilderd dat bij een kippendiefstal om de nek van de overblijvende haan werd gehangen. Maar op de een of andere manier lukte het hem niet zijn kop uit de toekomstige bladzijden omhoog te steken.

Pas op het moment dat hij door een kogel wordt getroffen blijkt dat Zouïka deel uitmaakt van een vijf man sterk commando dat een succesvolle wapendiefstal heeft uitgevoerd bij de gendarmerie van een naburig dorp en dat dan onvoorzichtigerwijs ook nog eventjes een verrader wil gaan liquideren van wie iemand ineens bedenkt dat die in de buurt woont. Dat gaat mis, een kogel verbrijzelt Zouïka's rechterarm, en meteen is het de enige zorg van de groep hem in een ziekenhuis te krijgen. Ze weten er een waar de moeder-overste geen vragen zal stellen, maar een paar dagen later komt het bericht dat Zouïka het niet heeft overleefd.

Hij is de eerste dode van de groep en, aldus Puechelong: 'wellicht heeft zijn dood die van de anderen verhaast, want dit onnodige, uit onverantwoordelijkheid geboren drama had een sterke weerslag op het moreel van de overgeblevenen.'

Ze gaan meteen weg uit Mas d'Aussel, een standaard veiligheidsmaatregel. Het is als een verdrijving uit het paradijs. Nog geen twintig bladzijden na Zouïka zijn ook al zijn kameraden dood. Hun volgende schuilplaatsen verbleken bij het arendsnest van Aussel. Een week bivakkeren ze in een vochtige grot, ze slapen in zelfgegraven kuilen in de grond, hun verliezen aanvaarden ze steeds gelatener. Escobar en de broers Camplan gaan op watertocht (voortdurend kampen ze met een gebrek aan drinkwater) en worden de volgende dag honderd meter van mijn favoriete zwemplekje doodgeschoten aangetroffen. Bij een identiteitscontrole, gevolgd door een schietpartij in de Rue Adolphe Monteux, zo heet die tenminste tegenwoordig, verliest Dodo Monteux het leven. Er is nog een samengaan met een andere, minder gedisciplineerde groep en even later verdwijnen er vijf man tegelijk, onder wie Bonifas en Jallatte, in een droogstaande waterput – hèt massagraf van de streek: ik had het kolossale, protserige Lotharingse kruis wel eens gezien dat daar als verzetsmonument is verrezen. Baby en Ménatory, de laatste twee van de maquis d'Aussel, laten zich als vergiftigde muizen arresteren. Ze krijgen een heus proces en worden op 23 juni 1944 gefusilleerd.

Die arm – voortdurend had ik tijdens het lezen dat gezinnetje voor me gezien dat ik een paar jaar eerder bij Mas d'Aussel had gezien. Had die man nu de rechterarm gemist of de linker? Hoe meer ik me op mijn herinnering concentreerde hoe meer die arm me ontglipte, alsof het een tak was waarmee hij had lopen zwaaien, nu eens in zijn ene, dan weer in zijn andere hand.

De volgende ochtend zat ik met het departementale telefoonboek voor me in het café. St. Dézery: geen Chichepartiches. Le Vigan: geen. Alès: drie Chichepartiches. Ik belde de eerste. Naam Zouïka zei niets. Wel een Georges in de familie, maar die had twee armen. Het is gewoon pesten dacht ik, om je kind Georges te noemen als je Chichepartiche heet. De tweede Chichepartiche in Alès nam niet op. De derde wilde weten hoe ik aan zijn nummer was gekomen. Nîmes: twee Chichepartiches. Het was dus in ieder geval een naam van de streek. De eerste had nooit van Zouïka gehoord. De tweede kon voor mijn part naar de pomp lopen; ik sloeg het telefoonboek dicht – speld in hooiberg. En sloeg het weer open. Vond in Uzès, waar Puechelong volgens het titelblad woonde, een nummer onder die naam. Désiré Puechelong, de schrijver van het boek over de maquis van Mas d'Aussel, was al twaalf jaar dood.

Dan niet.

Ik gebruikte dat verblijf in Talayac verder om met Puechelongs boek en de stafkaart in de hand de tochten van die jongens na te lopen. Ik kwam door grijze verlaten dalen met gebouwtjes die uit de verte op burchten leken. Daken hadden ze niet meer, en soms stond tussen de muren een boom die zelf ook allang dood was. Ik sprong op van het grommen van een hond – het was een plak leisteen die achter me langs de rots omlaag was gegleden. Overal bleken sluippaden en schapesporen te zijn waarvan ik nooit weet had gehad. Alleen al van Mas d'Aussel naar Talayac liepen er vijf; nooit hadden die jongens het jeep-pad gebruikt. Het was of mijn manier van kijken naar Talayac ineens een decimaal fijner was afgesteld: ik zag een nieuwe wereld.

Toen ik zo'n sluippad wilde volgen ontdekte ik dat mijn stafkaart verouderd was. Vijftig meter na Mas d'Aussel wist ik niet te kiezen tussen twee open plekken die allebei de voortzetting van het pad konden zijn en nog tien meter verder was ik in volle wildernis. Het bos was zo dicht dat ik me niet eens op de zon kon oriënteren en terwijl ik definitief aan het verdwalen was ging die ook nog onder. Soms zag ik een bergbeekje dat ik wilde volgen maar dan dwong de begroeiing me ervandaan. Vond ik het beekje terug dan bleek ik stroomop- in plaats van -afwaarts te lopen. Het werd zo donker dat ik alleen nog bij watervallen, waar het beekje in jurken van ijs omlaaghing, kon zien welke kant het opging. Een paar keer raakte ik verstrikt in vette roodachtige stengels, een soort lianen met grote doornen. Ik haalde mijn handen open, ze haakten in mijn kleren en nagelden me gewoon vast. Dan moest ik ze in de juiste volgorde ontvlechten, anders raakte ik nog verstrikter. Het angstzweet bevroor op mijn wangen. Een paar keer zakte ik tot aan mijn borst in een kuil vol overgebleven herfstbladeren. Het was denkbaar dat ik hier helemaal niet meer uitkwam. Een keer hielden de lianen me een kwartier aan de grond vast. Ze gebruikten m'n eigen kracht tegen me. Ik schreeuwde. Ik was volkomen uitgeput. Ik moest me dwingen niet te huilen.

Ik weet niet hoe ik er uitgekomen ben. Ik stond ineens op een breder pad, volgde het en was zo versuft dat ik niet merkte dat het steeg, dat het het jeep-pad naar Mas d'Aussel was. Dat zag ik pas toen ik daar was, ik moest helemaal terug. Het was twee uur voor ik thuis was.

In het café in Amsterdam waar we na jaren hadden afgesproken was Anneke Leeman gepast onder de indruk van de schrammen op mijn handen en mijn gezicht – trots vertelde ik haar dat het hun heuvel was die me zo had toegetakeld.

Ze kwam nog regelmatig in Talayac, haar ouders lieten het huis een beetje opknappen. Ze overwogen het te verkopen. Wist ik dat er in hun eigendomsakte een clausule stond dat ze niet eigenaar waren van de muur? De plaquette was buiten hun medeweten verwisseld.

‘Ze hebben ontdekt dat Zouïka nog leeft,’ zei Anneke.

Toen haar ouders in december in Mas d’Aussel waren hadden ook zij de verandering op de plaquette gezien. Ze belden kapitein Henri Pin, die nog steeds voorzitter van de plaatselijke vereniging van oud-verzetsstrijders was, en uit wat hij hun verteld had hadden ze het verhaal gedestilleerd.

In het ziekenhuis was Zouïka op het randje van de dood geweest. Door een misverstand werd zijn overlijden zelfs gemeld en een herroeping van dat bericht bereikte zijn groep niet meer. Hij kon onderduiken en na de oorlog volgde hij zijn ouders naar Florac, honderd kilometer noordelijker. Daar woonde hij nog steeds. Zodra hij kon was hij naar Talayac gegaan waar hij te horen kreeg dat zijn hele groep dood was. Bij Mas d’Aussel ontdekte hij de plaquette waarop hij samen met zijn kameraden als gesneuvelde vermeld werd. In de jaren daarna bezocht Zouïka Mas d’Aussel nog vaak, maar pas onlangs had hij er voor het eerst een familielid van een van de anderen ontmoet. Aan dat familielid maakte hij zich bekend, en deze herrijzenis kwam ook Pin ter ore. Die wist meteen wat hem te doen stond. Al betekende het een forse aanslag op de kas van de FTPF van Gard/Lozère, Pin liet een kopie van de plaquette maken minus Zouïka, en die in plaats van de oude aanbrengen in de muur.

Een half jaar later kreeg ik een dikke envelop uit Talayac. Afzender: Anneke Leeman. ‘Omdat jij van iedereen degeen was die zich het meest voor onze muur interesseerde.’

Ik was er niet meer geweest, en ik was niet van plan nog te gaan. Talayac had me op mijn plaats gezet. Meer dan tien jaar had ik er rondgelopen met het idee dat ik het kende, maar het had me ingepeperd dat ik niets wist. Dat boek over mijn hoogsteigen helden waar ik geen weet van had gehad! Ik had oog in oog met Zouïka gestaan zonder het te beseffen. De lol was eraf. De echte autochtonen en de *Algemeen Dagblad*-lezers moesten Talayac maar verder delen.

Annekes envelop bevatte een dik pak knipsels uit de *Midi Libre* met een complete voorpagina erbij die me rillingen bezorgde.

Zouïka was nu echt dood.

Toen Zouïka na Pins actie weer eens een bezoek aan de muur bracht zag ook hij de nieuwe plaquette waar hij niet meer op stond. Hij was verbijsterd, kapot van verdriet. Hij beklaagde zich bij Pin die echter voet bij stuk hield. In zijn ogen had Zouïka een probleem gecreëerd. Een levende hoorde niet op een herdenkingsplaquette. Vergissingen waren mogelijk en er stonden in Frankrijk ongetwijfeld tientallen namen op herdenkingsplaquettes van mensen die niet op de vereiste manier of zelfs helemaal niet gestorven waren, maar iemand die eer te bewijzen van wie vaststond dat hij nog leefde, dat was iets anders.

Zouïka smeekte en dreigde Pin, en toen dat niet hielp bracht hij zijn verontwaardiging in de openbaarheid. Het lukte hem de *Midi Libre* voor zijn geval te interesseren. Een beetje onkies misschien want dat was een rechtse krant en de maquis d'Aussel was communistisch geweest. Maar Zouïka's klacht was ook wel erg schrijnend: 'Voor de tweede maal zijn mijn vrienden mij ontnomen.'

Pin gaf geen krimp. 'Georges Chichepartiche is voor ons een held,' zei hij tegen de *Midi Libre*, 'maar dood is hij niet. Plaquettes zijn er voor de doden.'

'Was één arm niet genoeg?' zei Zouïka dan weer een paar dagen later in een interview. 'Hadden het er twee moeten zijn? Kan ik nog een klacht indienen tegen de arts die mijn leven heeft gered?'

Eén benaming begon in de koppen bij al die verhalen terug te komen: Zouïka werd *l'effacé de Talayac*: de uitgewiste. Hij dreigde Pin met een proces wegens geestelijke wreedheid. Hij had de publieke opinie mee; over Pins hoofd brak een kleine volksverontwaardiging los als je de *Midi Libre* mocht geloven.

Zouïka ketende zich vast aan het hek van het gemeentehuis van Talayac maar staakte die actie toen hem duidelijk werd gemaakt dat de gemeente er niets mee te maken had. Hij ketende zich vast aan het hek voor het huis van Pin. Foto's van dat wanhopige piratengezicht. MOET IK MIJZELF DODEN OM TERUG TE MOGEN BIJ MIJN KAMERADEN? stond er op het protestbord dat hij naast zich aan het hek had gehangen.

'Een verzetsheld dreigt niet met zelfmoord,' zei Pin. 'Er is een vergissing gemaakt, die hebben wij hersteld. Ik ben gelukkig voor Chichepartiche dat hij in de maatschappij kan leven waar hij voor heeft gestreden. Ik weiger mij tot zijn vijand te laten maken, ook niet door hemzelf.'

Na een dag en een nacht liet Zouïka zich losmaken. Daarna verstreek er een maand zonder nieuws over de uitgewiste van Talayac.

Op 13 oktober 1979 stond op de voorpagina van de *Midi Libre*, naast een foto van Omar Sharif die aan een bridgetoernooi in Cannes meedoet, over vier kolommen een foto van een auto die op zijn kant in een ravijn ligt. Als inzet was er een kleine foto van Zouïka. Kop en onderkop luidden:

IL S'ÉCRASE AVEC SA PROPRE TOMBE

MORT TRAGIQUE DE L'EFFACÉ DE TALAYAC

Onzin, dacht ik, dat tombe, Franse onnauwkeurigheid en sensatiezucht – natuurlijk was het geen grafzerk die hem had gedood.

Zouïka had het recht in eigen handen genomen. Hij had contact gezocht met de eigenaar van Mas d'Aussel, een Nederlander genaamd M. Leeman, en die toonde begrip voor zijn zaak en zegde zijn medewerking toe. Vervolgens liet Zouïka op zijn beurt een replica maken, en wel van de oorspronkelijke plaquette met zijn naam erop. Dat kostte hem vijfenzestighonderd francs. Met Leeman sprak hij een dag af om deze plaquette in de muur te plaatsen. Een paar vrienden uit Florac zouden hem komen helpen.

De dag daarvoor bracht Zouïka zijn plaquette alvast naar Talayac, en hij wilde die meteen maar met zijn auto naar Mas d'Aussel rijden. Maar wat voor een volwaardige chauffeur in een jeep met vierwielaandrijving al een hele toer is, was voor die invalide met zijn aangepaste auto gekkenwerk. Het was een wonder dat hij nog zo hoog kwam, maar op dat verraderlijke steile afdalinkje over de kale rots, vlak voor het veldje van Mas d'Aussel, had hij de macht over het stuur verloren. Hij raakte van het pad af en tien meter lager bleef zijn auto gekanteld tussen een paar bomen op de fotograaf van de *Midi Libre* wachten.

Zouïka moet meteen dood zijn geweest. De honderdtwintig kilo zware plaquette was door de schok losgeraakt uit de touwen waarmee hij op de achterbank was vastgesjord, naar voren gevlogen, had alvorens de voorruit te verbrijzelen de helft van Zouïka's hoofd eraf geslagen en lag nu gebroken, met haar, bloed en hersens besmeurd, op de heuvel van Aussel.

TUSSENLANDING

Al voor de bus de straten van Reykjavik had verlaten zette de chauffeur de radio aan. Het was de zevende maal dat Guido naar Stykkishólmur ging – voor het eerst alleen – en zo ging het altijd, bij iedere chauffeur. De radio stond aan en bleef aan, de hele rit. En die duurde zes uur.

En nooit klonk er muziek; het leek of er op IJsland een eeuwigdurend hoorspel bezig was. Terwijl de bus langs grijze baaien en zwartblauwe bergwanden met strepen sneeuw naar het noorden hotste, vochten gezwollen en barse stemmen hun conflicten uit, met medeklinkers als stompen tegen je oor. ‘Net of Hitler de waterstanden voorleest,’ had Nicole een keer gezegd.

Het landschap veranderde, de kleuren niet. Uit een met mos overdekt lavaveld zonder zichtbaar einde kwamen twee gestrande kampeerders aangehold, met angstige gebaren, de punten van een haastig ingepakte tent achter zich aan flapperend. De bus stopte even om ze erin te laten.

Guido staakte zijn pogingen om het tijdschrijft te lezen dat hij de vorige dag op Schiphol had gekocht. Hij dacht aan Ulla. Hij stelde zich voor hoe hij, zodra zij hem had binnengelaten in haar donkere flat op de zevende verdieping van een woontoren, met haar naar bed zou gaan. Hij wist heel goed dat er in Stykkishólmur, een vissersplaatsje van duizend inwoners, geen woontorens waren maar dat was geen reden om zijn dagdroom te veranderen.

Hij had Ulla acht jaar geleden voor het eerst en twee jaar geleden voor het laatst gezien.

Als een eenzaam heelal vol kijvende stemmen steeg de bus op in het Brattabrekka-gebergte dat zoals meestal gehuld lag in nevel. In Búdhardalur aan het hoofd van de fjord, de laatste halte voor Stykkishólmur, was bij een benzinestation een stop van een half uur. Guido liep tot voorbij de laatste huisjes. Er stond een harde, koude wind. Van foto's die Nicole en hij op IJsland hadden gemaakt wist hij hoe hij eruitzag: alsof je met gebroken benen liep, zo sprong de wind er met je broekspijpen om.

De fjord was bespikkeld met eilandjes. Ver weg, aan het eind van het schiereiland, was de eeuwige sneeuwhoed zichtbaar van de uitgebluste vulkaan Snaeffels. Daar had Jules Verne zijn *Reis naar het middelpunt van de aarde* laten beginnen. Halverwege rees een dichtopeenstaand groepje gebouwen als een fata morgana op uit het water: Stykkishólmur.

Ik ben nog gegaan ook, dacht Guido.

In het restaurant van het benzinestation zaten de buspassagiers dicht opeen, met koffie en soep. Er werd gedempt gesproken. Guido ging naar het toilet. Aan het urinoir stond hij naast de chauffeur. Hij knikte hem toe, en de chauffeur knikte terug.

'Ik wil u wat vragen! Kunt u de radio misschien uitzetten? Hoofdpijn!'

'Natuurlijk,' zei de chauffeur.

Het laatste uur werd in stilte afgelegd. In gedachten neuriede Guido het liedje dat zich sinds zijn vertrek in zijn hoofd had vastgezet en waarvan titel noch tekst hem te binnen wilden schieten.

Hij keek naar de gelaten schapen langs de kant van de weg en naar de zwarte rotswanden waar op sommige plaatsen kleine watervallen uit stroomden.

Ulla kon dood zijn, getrouwd, moeder, verhuisd naar Reykjavik. Dat zou jammer zijn, maar geen ramp. Hij kwam om zich nooit meer te hoeven afvragen of zijn *plan* om te komen goed was.

Ulla werkte bij Hagkaup, de supermarkt in Stykkishólmur, op de afdeling vlees en vleeswaren. Guido had haar voor het eerst gezien in 1973, bij zijn eerste bezoek aan het stadje. Ze had een glimlach die hem trof en hij glimlachte terug.

IJsland was de prijs die hij moest betalen voor een gratis reis naar New York. Bij Stykkishólmur bevond zich een Belgisch nonnenklooster waar een tante van Nicole woonde. Die tak van haar familie had geld en omdat de tante, Zuster Adriana, graag familie zag, was er wat apart gelegd om broers, neven en achternichten bij haar op bezoek te laten gaan. Na zijn huwelijk met Nicole was er ieder jaar ook een ticket voor Guido. Hij zou er geen gebruik van hebben gemaakt als niet de kronkels van de internationale luchtvaarttarieven er voor hadden gezorgd dat een retour New York met tussenlanding op IJsland tweemaal zo goedkoop was als een retour IJsland alléén.

Zuster Adriana was een kwiek vrouwtje van in de zeventig. Ze was dol op wandelen en toonde daarbij een conditie die, zo leek Guido, goed was voor nog heel wat gratis reisjes naar New York.

In 1974 glimlachten het meisje van de vleesafdeling en hij opnieuw naar elkaar. Ze maakten nu ook een praatje – ze waren immers degenen die vorig jaar ook al naar elkaar hadden geglimlacht.

'Weer terug?' vroeg ze.

'Ja,' zei Guido. 'Vier dagen.'

'De bus hè?'

'Ja, de bus gaat over vier dagen weer weg. Woon jij hier?'

'Ja. In Stykkishólmur.'

'U komt hier voor het klooster hè,' zei ze de volgende dag.

'Ja, hoe weet je dat?'

'Een meisje dat hier werkt zei dat. Die komt er ook wel eens.'

In 1975 stak Guido zijn hand naar haar op zodra hij de Hagkaup binnenkwam en zij groette terug. Nicole vond haar ook 'iets hebben'.

Het beeld van het slagersmeisje raakte langzamerhand compleet. Ze sprak goed Engels. Ze was tamelijk groot, en atletisch gebouwd. Achter haar toonbank bewoog ze zich met een ongecompliceerde gratie. Met dezelfde soepelheid bediende ze de worstsnijmachine wanneer je haar dat vroeg. Maar het was haar hoofd waarom je naar haar keek. Het was groot, met een groot rood kapsel in onregelmatige brosse krullen. Haar spottende, droevige glimlach was zozeer van haarzelf, en zo bepalend, dat ze zich onttrok aan de vraag of ze mooi of lelijk was.

Nicole bedacht een naam voor haar: Ulla. Dat was nodig voor de verplichte flauwiteiten. Als ze van het klooster terugkwam, waar Guido niet mocht komen, zei ze: 'En? Eindelijk Ulla eens gepakt onder de toonbank? Van mij mag je hoor.'

In Amsterdam herkende Guido Ulla's glimlach tweemaal in anderen. Een keer in een circus, in een acrobate op de rug van een ronddravend paard, de andere keer in een foto van een travestiet in de krant.

In 1976 haalde Ulla het meisje erbij dat ook wel eens in het klooster kwam. Het kind giechelde en stribbelde tegen terwijl Ulla haar naar voren duwde alsof zij het bestaansrecht was van hun glimlachen over en weer.

Guido zei wat tegen dat meisje dat nauwelijks Engels sprak. Ze hakkelde wat terug, en samen met Ulla lachte hij om het gebrekkige van deze conversatie.

Maar bij de volgende supermarktbezoeken van dat jaar meende Guido een beginnende bitterheid in Ulla te bespeuren. Ze lachte minder spontaan naar hem, leek het, en zelf ontweek hij haar blik een keer. Wat moesten ze ook? Er kon en er zou nooit iets gebeuren.

In 1977 realiseerde Guido zich al in Amsterdam dat hij opzag tegen de ontmoeting met Ulla, alsof zij na vier jaar het recht zou hebben teleurgesteld in hem te zijn en hem kwalijk te nemen dat hij niets ondernam. Maar toen hij dat jaar de supermarkt binnenkwam en haar rode hoofd tegen de achterwand zag, bezig met de ritmische knikbeweging van het worstsnijden, was hij teleurgesteld in háár: dat ze er nog was, en dat ze nog steeds worst sneed.

Ze begroette hem met een knikje; ze was bezig. Het had hartelijker gekund maar inderdaad, soms bleef hij zomaar een jaar weg. Mocht hij dan verlangen dat ze stond te juichen zodra het hem beliefde weer in haar leven op te duiken?

Bij zijn Hagkaup-bezoeken van dat jaar sloop hij langs de schappen, kijkend of zij keek. Misschien was het geen toeval dat niet hij, maar Nicole dat jaar de walvisbiefstuk bij Ulla kocht, een zoute en weeë delicatesse die ze altijd voor een kennis in New York meenamen – het traditionele teken van hun laatste bezoek aan de supermarkt.

Ulla had er niets over gezegd, zei Nicole.

In 1978 kregen Guido en Nicole onmiddellijk na de landing op IJsland zo'n ruzie dat hij in Reykjavik bleef en bij de eerste gelegenheid alleen terugvloog naar Nederland. Hij voelde opluchting èn spijt dat hij Ulla nu niet onder ogen zou komen.

'Ulla vroeg nog naar je,' zei Nicole maanden later. 'Ik zei dat je ziek was. Of ik je beterschap wilde wensen.'

Soms ontmoette Guido familieleden van Nicole die óók naar Stykkishólmur gingen. Dan bedacht hij dat ook zij Ulla moesten hebben gezien.

In 1979, zodra ze in Stykkishólmur aankwamen, gingen Nicole en Guido samen naar de Hagkaup. Hij talmde met het karretje. Langs schappen met augurken, erwten en ingeblikte harten van artisjokken volgde hij schoorvoetend een slingerpad dat nergens anders kon uitkomen dan bij de afdeling vlees en vleeswaren. Daar keek hij niet meteen naar de plek waar Ulla altijd stond maar naar Nicole, en aan haar zag hij dat er iets ongewoons aan de hand moest zijn.

Ulla stond niet op haar vertrouwde plek. Was ze getrouwd? Eindelijk weggekomen uit Stykkishólmur? Of ten minste uit de Hagkaup?

De klapdeur naar de beenderij zwaaide heen en weer.

'Nounou,' zei Nicole. 'Ze zakte gewoon door haar knieën toen ze je zag. Ze is weggelopen.'

Ik had hier niet meer mogen komen, dacht Guido.

Maar daar kwam Ulla al terug. Met een lachje groette ze hem. Ze was bezig geweest met worst snijden en daar ging ze nu mee door. Ze was duidelijk wat ouder aan het worden, maar ze had nog steeds dat hoofd dat je tot kijken dwong. Guido en Nicole gingen naar haar toe, men verwelkomde elkaar, er werden handen geschud. Het was de eerste maal dat hij haar aanraakte.

Ze had er recht op dat hij probeerde haar te versieren. Maar hoe?

Hij informeerde naar het andere meisje, dat wel eens in het klooster was geweest. Die was nu getrouwd, zei Ulla, die werkte niet meer.

Guido kocht dat jaar de walvisbiefstuk op de laatste dag.

'Anders nog iets?' vroeg Ulla en ze schreef de prijs op het papier.

Zou hij tenminste zeggen dat hij haar leuk vond? Om dan weer voor een jaar uit haar leven te verdwijnen?

'Anders nog iets?'

'Anders niets,' zei Guido.

In december 1979 overleed Zuster Adriana. Ze was negenenzeventig jaar geworden. Guido dacht: nu zie ik Ulla nooit meer. Vliegtickets naar New York waren ondertussen veel goedkoper geworden, en Nicole en hij waren ook genoeg gaan verdienen om Zuster Adriana niet meer nodig te hebben. In 1980 gingen ze voor het eerst naar New York zònder tussenlanding op IJsland, en in een Indiaas restaurant met een schitterend uitzicht over Central Park besloten ze de knoop door te hakken en te scheiden.

In Amsterdam praatten ze met advocaten, accountants, makelaars, ze hadden nieuwe geliefden, en iedereen kende elkaar. Met pijn in het hart bedacht Guido dat Stykkishólmur misschien de enige plaats ter wereld was waar een gefantaseerde vorm van hemzelf bestond die niet door deze verloedering was aangetast. Zou Ulla wel eens aan hem denken? Wist ook zij dat Zuster Adriana dood was en wat dat inhield – bestond de gedachte voor haar: nu zie ik die man nooit meer?

Op een nacht droomde Guido van Ulla. Ze zaten samen in een park, naast elkaar op een boomstam. Er waren fanfarekorpsen, poppekasten, vuurvreters, ijscomannen, duizenden mensen, maar alles gebeurde achter hun rug. Ze zagen niets. Ze hadden hun armen om elkaars schouders.

Die droom liet hem niet los, en het opwindende idee kwam bij hem op naar haar toe te gaan. Om te weten wat er gebeurd zou zijn als er iets had kùnnen gebeuren; wat zij al die jaren had gedacht. Maar ook: Ulla was iemand uit een totaal andere wereld, iemand zoals hij in Amsterdam nooit zou ontmoeten. Waarom niet? – één keer in je leven de kracht te hebben voor iets radicaals!

Meer dan een jaar dacht Guido aan IJsland en aan Ulla, en op een dag in september 1981 stond vast dat hij terug zou gaan naar Stykkishólmur. Hij voelde zich herboren.

Om drie uur stopte de bus in Stykkishólmur bij het hotel, om half vier ging Guido de Hagkaup binnen. Achterin, in de afdeling vlees en vleeswaren, stond Ulla. Ze sneed worst.

Toen ze opkeek groette Guido haar zoals je een kennis in een café begroet die je eerder op de avond al in de bioscoop hebt gezien.

Ze lachte verrast en groette terug.

Guido ging naar haar toe en ze schudden elkaar de hand.

'Ik ben deze keer alleen,' zei hij.

Onder haar witte met bloed bevlekte slagersjas droeg ze een ruitjeshemd met een kokette, rode stropdas. Haar klant zei iets waarmee ze blijkbaar aandrong op verder snijden, want Ulla maakte een hulpeloos gebaar en ging verder met haar werk.

Guido groette en liep weg om, voor zover zij wist, pas over een jaar, of twee jaar, of nooit terug te komen.

Hij wachtte bij het zuivelkoelvak tot ze klaar was en ging weer naar haar toe. Ulla wees op een tweeliterpak dat hij gedachteloos in zijn verder nog lege karretje had gedaan.

'Dat moet u niet nemen.'

Misl, las hij. 'Wat is het?'

'Wat overblijft van melk als de yoghurt wordt gemaakt. Het is heel vies. IJslanders vinden het lekker maar buitenlanders vinden het vies.'

'Ik kom voor jou,' zei Guido. Hij lette op haar reactie, maar zag niets speciaals. 'Ik wil je graag ontmoeten, niet hier. Ergens buiten. We kunnen samen iets gaan doen. Ik weet niet wat, iets leuks.'

Ze aarzelde. 'M'n vrije dag...'

'Ik weet helemaal niet of je wel kan, misschien ben je wel getrouwd...'

'Nee nee, dat is het niet. Ik heb pas woensdag m'n vrije dag.'

'Dan ben ik weer weg. En zondag?'

'Zondag ga ik naar mijn vriendin.' Ze keek verslagen.

'Het kan toch ook 's avonds,' zei Guido. 'En waarom niet vanavond!'

'Weet u wat? Bel mij op. Zit u in 't hotel? Nou, daar is telefoon. Belt u me vanavond op.'

Ze nam een stukje worstpapier om haar nummer op te schrijven, maar haar ballpoint gleed steeds uit. Ze lachten er samen om, de bitterheid van de laatste jaren leek een hersenschim.

Guido gaf haar zijn opschrijfboekje en daar schreef ze in: 192.

Hij lachte. 'Ik weet niet eens hoe je heet,' zei hij.

'Refna,' zei Ulla en met zorgvuldige letters schreef ze in Guido's boekje: Hrefna Kristjansdóttir.

In zijn hotelkamer keek Guido in het telefoonboek. Er was één gids voor heel IJsland en op de anderhalve bladzijde Stykkishólmur vond hij snel Hrefna's nummer. Bij het zien van haar adres voelde hij zich een voyeur.

Er waren drie andere abonnees met nummer 192: Kjartan Kristjansson, Kristjan Halldorsson en Sigrid Axeldóttir. Op IJsland hadden de mensen alleen voornamen en vadersnamen; Hrefna woonde nog thuis, met vader, moeder en broer.

Toen het donker was ging Guido naar haar straat; bruine, aangestampte aarde met kuilen waar water in stond. Hrefna woonde in een okergeel geverfd huis van twee verdiepingen. Er brandde licht achter de gesloten gordijnen. In de voortuin stond een spar en er lag een bootje, zoals in alle voortuinen. Hiervandaan ging ze dus iedere ochtend naar de Hagkaup. De een beklom een piek in de Himalaya, de ander bracht de onverschrokkenheid op in Stykkishólmur, 's ochtends voor het werk, een dasje te strikken.

'Hrefna! Ik ben de vreemdeling die straks met je heeft gepraat in de supermarkt. We zouden iets afspreken. Wanneer kan je. Vanavond?'

Zelfs nu hij haar huis had gezien verscheen de woontoren waarin zij hem zou ontvangen.

Er kwam een afspraak uit de bus voor twee dagen later, zondagmiddag om drie uur.

Zaterdag bezocht hij het graf van Zuster Adriana.

De afspraak was op de enorme parkeerplaats naast de Hagkaup. Guido was een kwartier te vroeg. Hij liep een rondje om het naastgelegen voetbalveld en was toen nog vijf minuten te vroeg.

Hrefna kwam met de auto, een Volkswagen kever. Ze droeg een lange jas van wijnrood suède waaronder de pijpen uitstaken van een grijze broek met scherpe vouw. De sociale kus was nog niet naar IJsland overgewaaid en ze schudden elkaar de hand.

'We gaan naar vrienden van me,' zei ze. 'Het zijn erg aardige mensen.'

Kordaat reed ze weg. Guido begon het interieur van haar auto te observeren, maar hij was niet verder gekomen dan een aangebroken rol koekjes op het dashboard toen ze bij het haventje alweer stopte.

'Het is op een eiland,' zei Hrefna, 'ze komen ons halen.'

Ze liepen de lange steiger op die tot dicht bij het haveneilandje reikte, een stuk rots met gras erop waar schapen graasden. En terug. En nog eens omgekeerd. Hrefna's jas wapperde om haar heen. Guido bood haar zijn arm, en ze stak de hare erdoor.

'Al acht jaar wil ik iets weten,' zei Guido. Hij wachtte even. 'Hoe komen die schapen daar.'

'Iemand brengt ze met een bootje,' zei Hrefna.

Hij zag niets aan haar. Drukten ze dan niet de voetstappen van een wandeling die zij zich jarenlang had voorgesteld? Hoe zou ze kijken als hij haar in het water duwde – als hij zei dat hij van haar hield?

'Had je gedacht dat je me ooit weer zou zien?'

'Nee! Jullie kwamen toch altijd voor Zuster Adriana?'

'Hoe wist je dat?'

'Dat weet ik al sinds we elkaar kennen... nou ja, eigenlijk kennen we elkaar niet. Toen Zuster Adriana doodging dacht ik: nu zullen zij wel niet meer naar Stykkishólmur komen.'

'Zij?'

'Ze had zo veel familie! Dat was wel afwisselend, er komen hier niet zoveel buitenlanders. Ik heb ook wel eens gepraat met een broer van je vrouw, geloof ik. Maar jullie waren de aardigsten!'

'Heb je wel eens aan mij gedacht als ik er niet was?'

'Ja, natuurlijk!'

'Ja?'

'Ja, dat zei ik toch net? Toen Zuster Adriana doodging dacht ik: nu komen zij niet meer.'

Ze zei nog iets, haar sjaal wapperde voor haar woorden. Guido drong niet aan. Van alle dingen die je met iemand kon doen zonder zijn of haar gedachten te weten was over de havensteiger van Stykkishólmur lopen er één.

'Kijk,' zei Hrefna. 'De boot!'

Achter een rots die op een zeehond leek was een vissersbootje verschenen dat snel dichterbij kwam. Het zag er haveloos uit. Zonder touwen uit te gooien danste het even naast de steiger, en zodra Hrefna en Guido aan dek waren gestapt voer het weer weg.

Er stond een vrouw aan het stuurrad. Ze heette Ginny en was een Amerikaanse, maar Hrefna en zij begonnen meteen in het IJslands met elkaar te praten.

Het scheepje zwalkte tussen de eilandjes door, bruin basalt dat recht uit het water oprees, bedekt met gras. Sommige waren niet meer dan een rotspunt waartegen de golven uiteenspatten. Dikke witte en bruine meeuwen, haast te log om vogel te zijn, stegen op uit hun kolonies op die eilandjes en vlogen vlak boven dek mee.

'Ze ruiken vis,' zei Ginny. 'Met dit bootje wordt al vijf jaar niet meer gevist, maar ze komen nog altijd op de lucht af.'

Hrefna was helemaal losgekomen, Ginny en zij lachten en stonden elkaar in hun zij te stompen. Guido vroeg zich af of ze dingen over hèm zeiden. Hij voelde zich aangenaam buitengesloten.

'Wij bespreken de tekortkomingen van een vooraanstaand burger van Stykkishólmur,' zei Ginny. 'Namelijk de chef van de Hagkaup, míester Ausgeirson.'

'Míester Ausgeirson!' bouwde Hrefna na, zelf een mal accent toevoegend en ze schudde van het lachen, maar Guido keek alleen naar de bewegingen die haar grote jas daardoor maakte.

Na een kwartier doemde er een groter eilandje op uit de golven, met een paar gebouwtjes erop. Ginny meerde af aan een steiger waar al een andere boot lag. Men was aangekomen op Klakksey, haar eiland.

Er was drank bij Ginny, en warmte. En ook een IJslands stel, stille drinkende mensen van dertig. De algemene wens was dat er nostalgische Amerikaanse pop gespeeld zou worden, Platters, Presley, Anka, Shangri-La's. Men deed soms zijn best om Engels te spreken en vergat het dan weer, wat Guido net zo lief was. Hij dronk whisky en staarde langs Ginny die tegenover hem zat uit het raam, de waterige zondagmiddag in. Ze had strak achterovergebonden zwart haar met een paar losse dunne krullen op haar voorhoofd. Vrijwel alle lampen die langzamerhand ontstoken werden hadden kappen van aaneengeplakte schijfjes boomstam, wat een roodachtig licht opleverde. Guido vermoedde dat Ginny ze zelf had gemaakt. Ze was schilderes, in een ander gebouwtje was haar atelier.

'Ken je de drie s'en van Stykkishólmur?' zei de IJslander. 'Saai, saai, saai.'

Hrefna vroeg of hij de 'cocktail-Hrefna' wilde, whisky met jus d'orange. Hij had al zeker een uur geen woord met haar gewisseld, en hij legde zijn hand op haar been. Iedereen kon het zien.

De vanzelfsprekendheid waarmee zij haar hand op zijn hand legde schokte hem. Zo zaten ze naast elkaar als een al jaren verloofd stel dat zich door de voortgeschreden zondagmiddag met elkaar en met het lot verzoend voelt.

Het werd donker, er werd een eilandwandeling gemaakt. Er was weer een flinke wind opgestoken, in de hele fjord kermde en beukte het water. De drie IJslanders vormden een groepje, Ginny en Guido kwamen bij elkaar terecht. Ze droeg een blauw jasje, met af en toe lichtende schuimkoppen als epauletten.

'Ik wil nog iets weten,' zei Guido. Hij stond stil en keek haar met één oog aan, het oog in het nog dronken deel van zijn hoofd, de rest was in één klap door de wind ontnuchterd. 'Weet jij wat dit is?' Hij zong het melodietje dat sinds Schiphol in zijn hoofd zat.

'Breaking up is há-há há-hard to do,' zei Ginny zonder een spier te vertrekken.

Even deed Guido of er niets aan de hand was. Toen lachte hij een betrapte lach, en zij lachte mee.

'Wij IJslanders,' zei de IJslander, 'zeggen: skol!'

Toen hij en zijn vrouw weggingen bleek dat er op Guido was gerekend als slaapgast. Hrefna en hij deelden een kamer. Zo ging dat op IJsland. Het was een kleine koude kamer met ramen op de fjord waar een lichtgloed hing door de bruisende golven. De wind huilde, af en toe kletterde er een regen van golfdruppels tegen het raam.

Hij lag eerder in bed en keek niet terwijl zij zich uitkleedde.

Ze ging op haar rug naast hem liggen, vouwde haar handen onder haar hoofd en slaakte een dramatische zucht.

'Nou, er is heel wat dat ik je moet vertellen. Er is iets niet helemaal met mij in orde. Ik ben wel eens eerder met een man naar bed geweest, maar ik vond er nooit iets aan. Meestal krijgen ze hem er niet eens in. Dus als het niet goed gaat moet je niet boos zijn op mij.'

Guido zag de onbehouwen vissersgasten voor zich die haar geen kans hadden gegeven te leren wat tederheid was.

'Met hoeveel mannen?'

'Drie.'

'Hoe oud ben je eigenlijk?'

'Vijfentwintig. Vrijdag toen je kwam was ik jarig. Daarom kon ik 's avonds niet. Ik wilde ook liever niet meteen met je alleen zijn, daarom heb ik je hier mee naar toe genomen.'

Guido begon haar te strelen. Ze reageerde nauwelijks en na een tijdje kon hij er zijn gedachten niet meer bijhouden, al was zij het zelf naar wie die gedachten afdwaalden. Hij had gedacht dat ze nu misschien al dertig was. Dus ze was zestien geweest toen hij haar voor het eerst had gezien. Ze wist hoe het verder met haar zou gaan. Een IJslands meisje dat op haar twintigste niet getrouwd was trouwde niet meer. Nog twee of drie ruwe vissers en dan nog alleen maar de Hagkaup.

Omdat Guido vond dat hij werkelijk zacht en lief voor haar was en zij zelfs haar armen langs haar lichaam liet liggen klom hij ten slotte op haar. Hij had geen moeite bij haar binnen te komen, bevredigde zichzelf, en ging weer naast haar liggen. Haar krullen prikten in zijn neus als droog stro.

'Ooh,' zei Hrefna. 'Ik had veel eerder een Nederlander moeten nemen. Het was heerlijk.'

Guido schoot in de lach, hij kon het nog veranderen in een hoest en lachte in die hoest verder – tranen sprongen hem in de ogen.

'Dacht je wel eens dat dit zou gebeuren als je mij zag?' vroeg hij na een tijd.

'Nee. Je vrouw was er toch altijd bij.'

'Wat dacht je dan als je mij zag, vroeger.'

'Jullie waren niet zoals iedereen. Weet je, bijna iedereen doet uit de hoogte tegen je in zo'n supermarkt. IJslanders, blàgh. Je hebt soms klanten die willen dat je na iedere soort worst het blad van de snijmachine schoonmaakt. Die klagen als je honderddrie gram afsnijdt, of dat je het bakje meeweegt. En maar blijven lachen, anders krijg je weer last met Johann.'

'Johann?'

'Johann Ausgeirson. Onze chef. Ik vind het een rotbaantje. Maar anders sta ik in de visfabriek.'

'Twee jaar geleden,' zei Guido, 'toen ik de eerste dag binnenkwam ging jij ineens weg. Waarom was dat?'

'Twee jaar geleden?' Rimpels trokken in haar voorhoofd van het denken. Ze gaf het op. 'Dat weet ik niet meer.'

'Dacht je nooit: ik wil naar bed met die fantastische man?'

Ze proestte het uit.

Hij zou geduld met haar hebben, daar had ze recht op. Hij begon haar weer te strelen, luisterend naar de geluiden uit de fjord, en vroeg zich af of Ginny nooit bang was. Hij viel in slaap.

Toen hij 's ochtends wakker werd was hij alleen. Door het raam straalde de witte scherpe vorm van de Snaeffels hem tegemoet. Het was een mooie dag, de wind was gaan liggen. Hij herinnerde zich dat Hrefna zich in het donker over hem heen had gebogen en gezegd had dat ze naar de Hagkaup moest, maar dat hij kon blijven.

Ginny's boot lag niet aan de steiger.

Hij nam een douche, ging naar beneden, en zette koffie.

In Ginny's boekenkast stonden recente Amerikaanse romans, waarvan hij een aantal zelf ook had gelezen, verbannen koffietafelboeken, een plankje IJslandica. Er lag ook een stapel fotoalbums. Hij pakte het bovenste en sloeg het open. New York, Central Park. Een zonnige dag, wolkenkrabbers op de achtergrond. Een donkerharig meisje leunt achterover op haar ellebogen. Met een geamuseerde uitdrukking kijkt ze vlak naast de lens. Ginny, een jaar of achttien.

Guido legde het album terug.

Begeleid door haar meeuwen verscheen Ginny's bootje tussen twee eilandjes en even later meerde ze af aan de steiger. Guido hielp haar met het uitladen en binnendragen van de boodschappen. Ze bood aan hem meteen naar Stykkishólmur te brengen, maar ze waren het erover eens dat het niets uitmaakte en dat hij net zo goed een dag op haar eiland kon rondhangen.

Ze woonde eigenlijk in New York. Zes jaar geleden hadden haar man en zij Klakksey gekocht, voor bijna niets. Je had er mooier licht dan in een atelier in New York, en je werd er niet gestoord. Als ze hard moest werken ging ze hierheen, een paar maanden per jaar, meestal alleen. Bruno, haar man, was radioverslaggever en momenteel gestationeerd in Buenos Aires.

'Ik kan er wel tegen,' zei Ginny, 'maar soms voel je je gehóónd door die eenzaamheid. Je mag hooguit verbaasd zijn dat ik niet veel gekker ben.'

Ze ging naar haar atelier.

Op tafel lag nu een brief met een Argentijnse postzegel. Hij was ongeopend.

Guido bladerde in een paar boeken over walvissen en ging naar buiten. Schuim woei tegen zijn gezicht en bruiste na op zijn wangen. Even voorbij het atelier begonnen vooral de bruine meeuwen hun duikvluchten zo dicht boven zijn hoofd uit te voeren dat hij stilhield.

De deur van het atelier ging open. 'Pas op,' riep Ginny, 'ze kunnen je behoorlijk pijn doen. Het zijn gevaarlijke beesten.'

Hij liep terug. Ginny stond geleund tegen de muur naast de deur, haar rechterbeen opgetrokken, de voetzool ook tegen de muur.

Guido stond tegenover haar en keek haar aan, en zij keek terug. Hij nam haar gezicht tussen zijn handen.

'Oh ja, dat ook, of niet soms,' zei ze.

Ze bleven bijna de hele dag in bed. Een keer toen Guido terugkwam van de wc trof hij haar in de houding van Central Park, uitkijkend over de glinsterende fjord. Er was niets in haar dat hem stoorde, zoals bij al die halve onbekenden die hem het laatste jaar in bed zo ongegeneerd hun gebreken hadden getoond. Hij dacht: ik moet een antwoord hebben als ze me vraagt te blijven.

'Wordt Hrefna hier niet kwaad om?' vroeg hij.

'Dat vraag ik me ook af. Dat zou jammer zijn.'

'Hoe ken je haar?'

'Net als jij, die kop raakte iets. Maar je moet haar niet overschatten. Je ziet nergens rood in IJsland. Alleen maar groen, blauw, grijs. Je ogen schreeuwen om rood. En dan zie je die kop van haar. Ik vroeg of ze eens langskwam, en je wordt hier nogal gauw vriendinnen. Ze is een keer bij ons in New York geweest.'

'In New York? Ik kan me haar alleen maar hier voorstellen.' Het was alsof ze hem ontrouw was, door ooit ergens anders te zijn geweest dan in Stykkishólmur.

Ginny lachte. 'Ze gaat ieder jaar drie weken naar Spanje, wist je dat niet?'

'Heeft ze het wel eens over mij gehad?'

'Nee. *Ik* heb jou een keer gezien. Een jaar of vier geleden in de Hagkaup, met je vrouw.'

's Middags, toen het al donkerder werd gingen ze naar buiten. Ginny liep vóór, ze wist waar het veilig was voor de meeuwen. Ze liet hem het gebouwtje zien dat Bruno als werkkamer gebruikte als hij op Klakksey was. Op de punt van het eiland zaten ze een tijdje naast elkaar. Toen Ginny niet keek raapte Guido een brokje basalt op en stopte het in zijn zak.

Ze kookten samen, aten, en gingen weer naar bed.

'Hey,' zei Ginny, en om het mislukken van haar poging zich een houding te geven veranderde Guido bijna zijn voorgenomen antwoord, 'je kan een tijdje blijven. Dat zou ik leuk vinden. Niet alleen omdat dit IJsland is.'

Ginny was met gemak de leukste vrouw die hij na Nicole had ontmoet. Door weg te gaan kon hij haar een droom maken, en deze dag de dag waar hij de rest van zijn leven het meest naar zou terugverlangen. Als hij bleef zou hij dat verlangen altijd moeten missen.

'Je hoeft mijn schilderijen niet mooi te vinden,' zei Ginny.

'Ik moet terug naar Amsterdam,' zei Guido.

'Ja,' zei ze.

Er stonden de volgende ochtend zulke golven dat Ginny de ruitewissers in de stuurhut aan moest zetten.

In Stykkishólmur bleef ze even met draaiende motor tegen de steiger liggen. Guido en zij keken elkaar aan en kusten elkaar. Hij stapte aan wal en liep naar zijn hotel.

Hij schoor zich en pakte zijn koffer. Het pak Misl stond nog steeds naast de telefoon. Hij maakte het open en schonk voorzichtig een bodempje in een glas. Het had zo'n akelig groene kleur dat hij zonder te proeven alles door de wc spoelde.

Hij bracht zijn laatste bezoek aan de Hagkaup. Zijn gedrag moest in Hrefna's ogen wel vreemd lijken. Eerst groette hij haar uit de verte, vervolgens ging hij met zijn wagentje door de kassa en daarna kwam hij opnieuw binnen en ging naar haar toe.

'Nog voor je verjaardag,' zei hij, en hij gaf haar een pakje.

Ze wikkelde het Hagkaup-papier eraf en drukte zijn flesje parfum tegen haar met walvisbloed bevlekte borst.

'Ooh! M'n eigen merk nog wel! Wat lief van je!'

'Ik ga weer. Ik vond het heel leuk,' zei Guido, zich ervan bewust dat hij haar nu voor het laatst zag.

'Ja ik ook,' zei Hrefna. Maar in haar ogen verscheen een vraag: 'Waarom was je deze keer eigenlijk naar Stykkishólmur gekomen?'

In de bus moest Guido een kaartje bij de chauffeur kopen omdat hij vier dagen eerder, in een opwelling die hem de adem in de keel had doen stokken, een enkele reis had genomen.

FULL-PROF

Ik zag Rosenfeld terug in Club 26; het grootste illegale speelhuis van Amsterdam. Een rij doorgebroken pakhuizen in de rosse buurt met immense zalen vol gokkers: rumoerige Surinamers, ernstige Chinezen, Turken, Marokkanen, weinig blanken. De hitte was verstikkend, er was ruzie, de dobbelaars bij de crapsbakken schreeuwden, uit luidsprekers klonken lottonummers en aan de blackjacktafels klonk het onophoudelijke zenuwachtige geklater van fiches die in steeds andere torentjes werden opgebouwd.

Aan een van die tafels, in de rooknevels onder een laaghangende lamp, speelde Rosenfeld onbewogen. Ik herkende hem eerst niet; hij was aangrijpend veel ouder geworden. Ik had me soms afgevraagd wat er van hem was geworden. Nu wist ik het, en daarmee ook zijn toekomst.

Hij had nogal wat publiek. Met vijf gulden elk speelde hij twee boxen tegelijk, maar vóór hem op het vilt stonden torens van honderd-gulden fiches in de aanslag.

'Die vent heeft hier al een miljoen weggehaald,' hoorde ik iemand zeggen.

'Laten ze hem zijn gang gaan?' vroeg ik.

'Ze pakken hem wel terug. Hij heeft geluk gehad, hij speelt als een gek. Koopt op zestien tegen een tien!'

Rosenfeld zag mij.

'Nee maar,' zei hij, 'mijn partner uit Loew's.'

Ik had Rosenfeld voor het eerst gezien in Santenay, een kuuroord in de Bourgogne waar de jetset wel nooit een voet zal zetten. Het casino was samen met de bioscoop gevestigd in een oud landhuis aan een stille driesprong, even buiten de bebouwde kom. Een paar van de rode lichtletters CASINO op het dak misten scherven en in de witte muren zaten bruin uitgeslagen vochtplekken.

Het was nog licht toen ik erheen liep. Tot mijn schrik was ik de eerste bezoeker, de blackjacktafel was nog niet eens geopend. Dat zou pas om elf uur gebeuren. Bij de roulette zaten drie wassen beelden in rok. Dan maar roulette; de blackjackprofessional moest een gewone gokker lijken die nu eens hier en dan weer daar een gokje waagt. Ik zette het minimum op 17, tien francs. Alsof ik een muntstuk in een automatisch orkest had gegooid kwam er leven in het drietal. Een van hen gaf het wiel een draai en wierp het balletje, een ander verschoof met een harkje mijn fiche een millimeter in vakje 17.

'Rien ne va plus,' zei de derde.

Het gespring van het balletje in de bak was het enige geluid in het casino. Met een droge tik bleef het in nummer 17 liggen. De man met de hark schoof torentjes fiches naar me toe.

Ik kon weinig anders doen dan doorspelen. Ik zette steeds tien francs in; zo kostte een draai me gemiddeld één zevenendertigste van tien francs; een dubbeltje. Voor één dubbeltje liet ik telkens drie echte, levende mensen, die daar een opleiding voor hadden gevolgd, getallen roepen en een harkje vasthouden. Het was om te brullen van het lachen. Maar gelachen wordt er niet in de provinciale casino's in Frankrijk. Dat zijn huiskamers waar voorgoed alles stilstaat; je voelt je door de croupiers bekeken zoals een arbeider zijn lopende band bekijkt.

Godzijdank druppelden er toch wat andere goklustigen binnen. Om elf uur, ik moest er wel op aandringen, werd de blackjacktafel geopend. Daar kreeg ik na een tijdje zowaar gezelschap van een hele volière dames op leeftijd, van wie er een zodra ze op haar kruk geklommen was commentaar begon te leveren op mijn stomme spel. 'U moet voorzichtiger spelen meneer, u bederft het voor ons allemaal!'

Het eerste wat ik van Rosenfeld zag was een hand die over mijn schouder reikte en een fiche van honderd francs bij mijn box plaatste. Dat gebeurde precies op een moment dat ik in het voordeel was gekomen; mijn telling van de gespeelde kaarten wees uit dat ik een iets grotere kans had om dat spel te winnen dan de bank. Zelf had ik tweehonderd francs geplaatst. Of we wonnen weet ik niet meer, wel dat toen het voordeel weer verdween, de hand wegbleef.

Terwijl ik verder speelde met minimum inzetten, kaarten tellend en wachtend op een nieuwe gunstige situatie, dacht ik na over de hand en de pols die ik had gezien. De mouw had een simpel visgraatmotief, dat moest een goedkoop jasje zijn, net als het horloge. Dat ik was uitgekozen om bij in te zetten, en niet een van die dames van wie er een luidruchtig zat te winnen; de gunstige situatie waarin dat was gebeurd en de laagte van die honderd francs suggereerden dat het een jonge, beginnende systeemspeler was die achter me stond.

Twee professionals in Santenay! Dat moest een unicum zijn. En ze wisten het niet eens!

Ik was benieuwd naar die speler, maar mijn dame liet me niet met rust, helemaal niet toen ik twee keer achter elkaar iets deed dat in ieder boekje staat, maar waardoor de dealer precies op eenentwintig kwam.

'Kijk nu toch eens wat u doet! Wilt u soms dat we allemaal verliezen?'

'Ik ben een rouletteballetje mevrouw.'

'U speelt veel te onbesuisd! Wie koopt er nu met zestien tegen een tien?'

'Thorp, Revere, Wong, Uston,' zei ik. Ik voelde de speler achter me verstijven. In een Amerikaans casino zou je er na het noemen van die namen meteen worden uitgegooid. Wie ze kent is een kaartenteller, kaartentellers spelen systemen, en die systemen winnen. Iedereen weet dat daar. Maar in Santenay kon het geen kwaad. Misschien wist onze dealer niet eens dat er tellers bestònden.

'Wat zegt u?'

'Dat zijn schrijvers van boeken over blackjack.'

'Boeken, boeken, de kaarten wijzen anders uit.'

'De kaarten wijzen niets uit, mevrouw. Maar als u weet wat voor kaarten er komen, zegt u het dan de volgende keer?'

Het was een gesprek dat ik in Amsterdam bijna letterlijk verschillende keren eerder had gevoerd. Het geloof van de gokker dat wat er gebeurt gesteld moet worden boven wat er had kùnnen gebeuren, is onuitroeibaar. Maar onwillekeurig zocht ik toch steun, en ik keek naar de speler achter me.

Het was een jonge jongen met een bril en halflang haar. Hij had een bleek studeerkamergezicht en een in zichzelf gekeerde blik: het prototype van de beroepsgokker.

Hij schudde misprijzend het hoofd.

'Ik zou Thorp niet willen aanbevelen,' zei hij in zeer beschaafd Engels.

Mijn boze dame ging na een tijdje mokkend weg, gevolgd door enkele van haar vriendinnen, en Rosenfeld ging zelf spelen. We deden steeds precies hetzelfde. Als ik het minimum inzette zette hij het minimum in. Als ik groot speelde speelde hij groot. Het leek of hij er dan een punt van maakte zijn fiches in te zetten vóór ik dat deed, alsof hij wilde laten zien dat hij mijn hoge inzet niet nodig had als signaal, en dat hij zelf de kaarten telde. Hij dubbelde wat ik gedubbeld zou hebben en splitste wat ik gesplitst zou hebben. We waren als tweelingen. Het enige verschil was dat ik hoger ging dan hij; mijn maximum was vijfhonderd francs, dat van hem tweehonderd. Het was duidelijk dat hij aan het begin van zijn carrière stond, en zijn gokkapitaal nog moest opbouwen.

Alles was nog nieuw aan hem. Ook de altijd ietwat belachelijke blackjackgebaren, het bazige vingertje om een kaart te kopen, de afwerende vlakke hand om te passen. Als hij won was hij blij en als hij verloor was hij kwaad, net als een gewone gokker, maar het schattige was dat hij dat als een echte professional probeerde te spelen, terwijl je kon zien dat het echt was.

Ik stopte om één uur. Ik had nog graag wat ervaringen met die jongen willen uitwisselen maar ik was moe, het was die dag een hele rit geweest vanuit Oostende en ik wilde de volgende dag doorrijden naar de Côte d'Azur, het hoofddoel van mijn blackjackreis. Ik stopte ook omdat ik door een pechserie in de laatste slof bijna mijn hele winst van een kleine tweeduizend francs kwijt was geraakt. Zo toonde ik mijzelf mijn beheersing; de gewone gokker vecht terug en verliest alles.

Ik wenste Rosenfeld succes, wisselde mijn overgebleven fiches in en verliet het casino.

In twee uur spelen had ik driehonderdvijfenveertig francs gewonnen; een kleine honderdvijftig gulden. Dat zat niet eens zover onder het uurloon dat ik volgens mijn berekeningen zou gaan verdienen. Er was niets gebeurd dat niet had horen te gebeuren: alle handleidingen hadden me erop voorbereid dat mijn uurloon zou zijn opgebouwd uit spectaculaire winsten en spectaculaire verliezen en dat pas ver weg, achter nachten en nachten van kaarten tellen, het gelijk lag dat ik zou krijgen. Even zeker als het casino van de gewone gokker won zou ik ten slotte van het casino winnen.

En toch: walging om die laatste slof overheerste. Al wist ik nog zo goed dat verliezen erbij hoorde, ook na maanden blackjack kon ik er nog niet tegen.

Pas in het hotel herinnerde ik me de driehonderdvijftig francs die ik in die eerste klap met roulette gewonnen had. Verder had ik daar quitte gespeeld; ik had met blackjack geen driehonderdvijfenveertig francs gewonnen, maar vijf francs verloren.

Mijn bedoeling was aan de Côte d'Azur te blijven tot ik er twintigduizend gulden had verdiend. Volgens schema had ik daar een maand voor nodig. Het kon vlugger, maar dan zou ik te veel risico moeten nemen; ik had een kans van vijf procent ingecalculeerd dat ik mijn hele blackjackkapitaal van dertigduizend gulden zou verliezen.

Ik vond een goedkoop hotel in Juan les Pins en reed iedere dag aan het eind van de middag naar Nice, Cannes, Antibes, Monte Carlo. Daar speelde ik dan blackjack tot het casino sloot. Het Palm Beach casino van Cannes was het leukst, daar werd het meest met geld gesmeten. Het oude Monte Carlo was verpauperd, Nice stil, Antibes louche. Waar ik ook binnenkwam, het groen van de tafels en de geldbakken vol vrolijk gekleurde fiches maakten me koortsig van hoop.

Als ik gewonnen had ging ik naar de wc om de bankbiljetten in mijn schoen te stoppen. Dan was ik de tovenaar uit mijn dromen; iemand die als hij geld nodig had een casino binnenstapte en het maakte. De zwaartekracht gold dan niet meer voor mij, en ik kon niet slapen van de miljoenen die ik zou verdienen.

Als ik verloor sleepte ik me voort. Achtendertig was ik al, en nog zulke machteloze dromen. Tot diep in de volgende middag bleef ik dan in bed, en ik wilde naar huis. Er was maar een manier om weer uit de put te komen: winnen.

Ik schaamde me dat mijn stemming bepaald werd door het toeval – door wat er gebeurd wàs. Zelfs ik kon me niet onttrekken aan het optische bedrog dat waar de meeste fiches liggen, ook het gelijk moet liggen. Het was soms moeilijk te verdragen om aan een tafel de enige speler met verstand van het spel te zijn en tegelijk de enige die verloor – naast knoeiers die schatten wonnen.

Blackjack is een onzichtbare kunst. Iemand die koorddansen heeft geleerd kan op het slappe koord stappen en laten zien dat hij het kan. Ik had maanden geoefend, thuis met een werkstudent en later in de casino's, tot ik de kaarten even snel kon tellen als de snelste dealer ze kon uitdelen; ik had rijen getallen in mijn hoofd gestampt waardoor ik in iedere situatie wist wat ik moest doen. Maar als ik een casino binnenging had ik maar af te wachten, net als de gewone gokkers. Ik had een heel klein beetje meer kans om te winnen, maar met het blote oog was het verschil niet te zien.

Daar kwam nog iets bij. Een deel van de blackjackstrategie gaat in tegen het gezonde verstand, ook dat van de expert. Maar hij kent de kansberekening, hij past die strategie toch toe. Met het gevolg dat hij zonder mankeren door zijn medespelers als een knoeier wordt gezien die het voor iedereen bederft. Dat is het grappige van blackjack; knoeiers en kenners herkennen elkaar zonder aarzelen als knoeiers. Hoewel, grappig: het was vaak moeilijk te verdragen de tafelidioot te zijn en blackjackles te krijgen van het verzamelde onbenul. Men had het hoogste woord zonder ook maar op het idee te komen dat er boeken over zo'n spel bestaan. En ik kon niets zeggen om geen slapende dealers wakker te maken.

In Antibes kon ik me een keer niet beheersen toen ik voor de zoveelste maal moest zeggen hoe ik het in mijn hoofd haalde om met zestien tegen een tien een kaart te kopen in plaats van te passen.

'Omdat zevenenvijftig komma zeven procent minder is dan zevenenvijftig komma acht procent,' zei ik.

Dat was meteen mijn laatste daad in dat casino. Ik werd bij de directie ontboden die mij zei dat ik nu maar de ogen op de dobbelstenen moest gaan tellen.

Na twee weken won ik duizend gulden. Zonder aftrek van kosten. Als in een droom zat ik vastgekleefd. Zeven uur per dag telde ik speelkaarten in casino's. De wijzers van mijn horloge maakten sprongen over de wijzerplaat die me de haren te berge deden rijzen. Ik moest denken aan een kindermop. Een man wedt dat hij een slok durft te nemen uit een teil met snot. Als hij het doet merkt hij dat alles aan elkaar vast zit; hij moet de hele teil leegdrinken.

Ik maakte geen fouten; ik was een automaat tegen de automaat van het casino. Op de lange duur zou mijn gelijk blijken. Maar hoe lang was de langst toelaatbare duur? Ik was niet verslaafd aan gokken – maar was ik misschien verslaafd aan mijn gelijk? Hoe lang moest ik nog de wacht houden bij de blackjacktafel tot mijn macht over het toeval was bewezen?

Op de plek waar vroeger de verliezers van Monte Carlo neerkwamen als ze van de rotsen sprongen staat nu een nieuw casino: Loew's. Een gekoelde zaal die door de spiegels eindeloos lijkt, altijd duister, met het licht van de speeltafels als verspreide groene vuren. Op een avond zag ik daar Rosenfeld.

Ik ging aan een tafel tegenover hem zitten en hij zag me: met een flauwe glimlach en een linkerhand die even van het vilt oplichtte groette hij me. Als hij wegging zou ik hem aanspreken; ik was benieuwd hoe het hem na Santenay was vergaan.

Mijn eerste slof werd meteen al gunstig, en binnen een kwartier was ik tienduizend francs kwijt. Een kleine vierduizend gulden; het maximumverlies dat mijn systeem me voor één avond toestond. Angst, paniek, berusting, zweet – het ging zo vlug dat ik er allemaal niet aan toekwam.

Grinnikend stond ik op, met zelfleedvermaak bedacht ik dat ik nu zelfs over mijn hele carrière in het verlies was geraakt. Al het voorgaande was voor niets geweest, de lange duur moest nog beginnen.

Verdoofd liep ik rond. Een tijdje keek ik bij de crapsbakken met hun vrolijke gokkers zonder gelijk. Wat nu? Het was nog niet eens tien uur.

Ik ging naar Rosenfeld. Hij speelde geconcentreerd, en aan niets kon je zien dat hij de kaarten telde die met lichte tikjes en een *swish* uit de slof flitsten. Hij ging nu tot driehonderd francs.

'Gaat het een beetje?' vroeg ik.

'Up and down, you know.'

'Ik verlies net tienduizend francs. In een kwartier!'

Hij floot tussen zijn tanden, maar nodigde verder contact niet uit. Terecht, overal loerden tv-camera's en wie weet wat voor stille casino-employés. Bij Loew's kon je beter uitkijken, het spelpersoneel was er Amerikaans.

Ik ging weg. Het was nog niet eens helemaal donker.

Door het park en langs het oude casino liep ik naar de terrasjes bij de haven. Ik ging aan een tafeltje zitten. Mijn blik kruiste die van een leuke vrouw, een paar tafeltjes verder. Eigenlijk hoorde ze bij mijn blackjackdroom. Ik moest maar naar haar toe gaan en zeggen: 'Het spijt me, mijn hoofd zit vol met cijfers.'

Ik had genoeg van de lange duur. Ik pakte de tabellen die ik altijd bij me had en begon in de marge van een achtergelaten krant te rekenen. Als ik duizend gulden opzij legde voor het hotel en de terugreis naar Nederland, dan had ik zevenentwintigduizend gulden over. Had ik echt het risico willen lopen, hoe klein ook, om alles te verliezen? Dan moest ik nu niet zeuren. Door dat risico te verhogen van vijf naar twintig procent zou ik mijn maximum kunnen verhogen tot tweeduizend francs.

Een op vijf. Wat was één op vijf? Niet niets, erger dan Russisch roulette. Maar de mogelijkheid dat ik in één avond alles zou verspelen gaf me een opwindend gevoel van rijkdom.

Ineens stond Rosenfeld naast mijn tafeltje. We begroetten elkaar nu als oude kameraden. Zweet parelde op zijn voorhoofd. Dat kwam door de wandeling zei hij – hij had gewonnen, zevenhonderd francs in drie uur. Nu had hij pauze.

'Is dat je gemiddelde?'

Hij glimlachte, het was meer dan zijn gemiddelde winst. Hij leefde mee met mijn ramp van die avond, maar zulke dingen gebeurden nu eenmaal. 'We hebben maar een klein percentage. Het is eb en vloed, een tikje meer vloed. Je moet geduld hebben. En niet te veel fooien geven.'

'Het duurt zo lang. Of je nou wint of verliest, je verliest altijd, namelijk de tijd die je in de casino's zit.'

Rosenfeld haalde zijn schouders op.

'Een bakker verliest de tijd dat hij brood bakt,' zei hij. Er stond me vaag bij dat ik die al kende, misschien met een ander beroep, uit een van de handleidingen.

'Brood bakken is leuker dan in casino's zitten.'

'Dat is de vraag,' zei Rosenfeld. 'Het is warmer. Ach, casino's. Je moet ze zien als parkeermeters die geld in jóu gooien.'

Hij was vijfentwintig, en eigenlijk studeerde hij wiskunde. Dat had hij voorlopig opgeschort voor dit nieuwe leven. Een krante-artikel had hem op de droom attent gemaakt. Stel je voor: de Bahama's, Las Vegas, Macao, Monte Carlo, en alles wat je hoefde te doen was een rijtje getallen uit je hoofd leren. Dit was zijn eerste blackjackreis. Hij stond nu zevenduizend francs in de plus, na aftrek van de kosten. Het ging werkelijk heel goed. Hij gaf zichzelf vier maanden om te slagen. Hij deed heel voorzichtig aan, 'het toeval heeft geniepige lawines voor je klaar'.

Ik zei dat ik het niet meer uithield bij mijn parkeermeter. Hij trok zijn wenkbrauwen op. Wat hij dacht was duidelijk: dat ik met mijn twintig procent een veredelde Woedende Gokker zou zijn die gelijk wil komen en die alles wegsmijt.

Ik lachte. 'Je weet wat de psychoanalyticus zegt. De gokker is blijven steken in zijn ontwikkeling en wìl verliezen.'

Rosenfeld schudde zijn hoofd. 'De gokker is blijven steken in zijn ontwikkeling en wil een aas en een tien,' zei hij. 'Word ik uitgenodigd voor je ondergang?'

Zittend op een wc-pot in Loew's haalde ik op duizend gulden na al het geld uit mijn schoen. Ik wisselde alles in voor fiches en voor het eerst kreeg ik een paar van die grote plakken van tienduizend francs die ik tot dan toe alleen in de handen van Arabieren had gezien. In totaal was het eenenzeventigduizend francs. Ik liep over de tapijten alsof ik net eenenzeventigduizend francs *gewonnen* had.

We wachtten tot er aan een tafel twee plaatsen naast elkaar vrijkwamen; even aarzelden we wie links en wie rechts zou gaan zitten. We moesten erom lachen; beroepsspelers die zich bezighouden met zulke bijgelovigheden!

We speelden, telden, wachtten. De eerste keer dat ik tweeduizend francs inzette sloeg mijn hart over. Van pure opwinding, ook omdat ik won, raakte ik de tel kwijt. De rest van die slof voer ik op het kompas van Rosenfeld.

Ik maakte verder geen fouten en snel kwam ik op een winst van meer dan tienduizend francs. Even kwam het bij me op dat daarmee mijn verlies van eerder op de avond was goedgemaakt en dat ik op de oude voet verder zou kunnen gaan, maar al spoedig was die winst weer verdwenen, en begon ik te verliezen.

Ik was al twee of drie van mijn grote plakken kwijt toen er een hand verscheen die op mijn box het tafelmaximum bijzette, tien fiches van duizend francs. Wanneer de eigenlijke speler het minimum speelt wordt dat toegelaten. Iemand die bij mij wilde spelen! En meteen voor bijna vierduizend gulden, een inzet die je niet iedere dag ziet, zelfs niet aan de Côte d'Azur. Zou ik hem maar meteen zeggen dat ik de tafelidioot was? Ik had geen zin in ruzie met iemand met zo veel geld. De situatie was nog extreem ongunstig ook. Ik hield m'n mond, het is in een casino sowieso verstandiger de klanten niet van gokken af te houden.

Ik hoopte dat we een makkelijke kaart kregen, maar die kregen we niet. Dertien tegen een vier. Ik voelde aller ogen op mij gericht, vooral die van Rosenfeld. Ik raapte al mijn moed bijeen en deed wat de telling eiste; ik kocht een kaart. Achter me hoorde ik een kreun, gevolgd door een kreet van blijdschap omdat ik op eenentwintig kwam en won.

Ik keek om. De grote speler was een Indiër. Hij maakte een gebaar alsof hij zich het zweet van het voorhoofd wiste, en lachte hoofdschuddend alsof ik een brokkenpiloot was die het toestel door puur geluk veilig op een hinkelbaan had gezet. Hij hield de gewonnen plak triomfantelijk omhoog naar zijn vrouw die aan kwam lopen. Aan haar reactie zag ik dat ze zich het verlies niet hadden kunnen permitteren. Hij luisterde niet naar haar smeekbeden om met de winst weg te gaan en liet tienduizend francs op mijn box staan. We wonnen, en weer. Ik steeds vijftig francs, hij tienduizend. Ik hoorde uitroepen van verbazing en bewondering achter me, vermengd met hilariteit om het smeken van de vrouw. Er ontstond een oploopje, ook de controleurs binnen de kring van de blackjacktafels liepen toe.

Mijn box was *heet*, zoals dat wordt genoemd. Meestal zijn het de dobbelstenen bij craps die heet worden en die de werper achter elkaar laten winnen, maar alles in een casino kan heet worden; af en toe duikt er een op hol geslagen wagon van geluk op waar je op moet springen als je hem herkent. Het is, zoals zoveel bij gokken, een kwestie van verkeerde waarneming. Soms voel je dat je gaat winnen en soms win je; soms valt dat samen. Soms zelfs een tijdje achter elkaar. Het is betekenisloos, heetheid bestaat niet. Maar van alle dingen die niet bestaan hoort het zeker bij de meest opwindende.

De Indiër en ik wonnen en wonnen. Ik tientjes, hij fortuinen.

Hij lachte en jammerde en sloeg zijn handen voor zijn ogen – en riep dat ik een genie was, waarschijnlijk zoals hij een blinde messenwerper bij diens enige gelukte voorstelling een genie zou noemen. Het was weer eens iets anders dan tafelidioot.

Ik voelde afkeer bij zijn blijdschap en bewondering, bij al het 'ooh' en 'aah' om ons heen. Die man maakte zich een domme speelbal van het lot – wie gokt er nu om vierduizend gulden als hij de kansen niet kent?

Onze dealster, een dun, lelijk mens, keek een paar keer wanhopig omhoog naar de éénrichtingsspiegels in het plafond waar ze personeel aanwezig wist dat haar het heet worden van mijn box kwalijk zou kunnen nemen.

De vrouw van de Indiër huilde dat ze met het gewonnen geld weg moesten gaan. Hij luisterde niet naar haar en zei tegen mij: 'Zet u toch zelf meer in, ziet u dan niet dat het spel gunstig is?'

Het kwam inderdaad bij me op om zèlf op de spookwagon van de heetheid te springen, en ook een keer tienduizend francs in te zetten. Maar ik was steeds blijven tellen, en de bank was in het voordeel. Ineens een ordinaire gokker worden zou een afgang zijn, zeker met Rosenfeld erbij. En de heetheid zou ongetwijfeld ophouden zodra ìk probeerde ervan te profiteren.

In de opwinding raakte ik de tel kwijt, maar aan het spel van Rosenfeld zag ik dat de bank in het voordeel bleef. En toch won ik hand na hand vijftig francs; ik mocht niet klagen.

De heetheid van mijn box kon maar op een manier aflopen, en zo ging het ook. Eindelijk werd de situatie gunstig. Rosenfeld zette driehonderd francs in, ik tweeduizend. De Indiër legde weer een grote plak bij mijn box, maar de dealster wees hem erop dat dat nu niet mocht. Nu ik meer dan het minimum speelde mocht hij mij hooguit tot het maximum aanvullen: achtduizend francs.

De Indiër wisselde zijn plak, zette in, en we verloren.

Een luide zucht ging door het publiek.

'Now,' zei de Indiër belerend tegen zijn vrouw, 'it is time to go.'

Hij stak al zijn fiches bij zich. Het waren er te veel, de vrouw moest helpen. In een paar minuten had hij bijna tweehonderd-duizend francs op mijn box gewonnen.

De ban was gebroken, het publiek ging uiteen. Ik was blij dat ik van alle belangstelling verlost was. De situatie was gunstig gebleven en ik zette weer tweeduizend francs in, voor mij nog altijd een evenement dat mijn hart sneller deed kloppen. Ik verloor weer.

'Die box is behekst,' zei Rosenfeld.

Hij schudde zijn hoofd in afgrijzen. Hij dacht ongetwijfeld hetzelfde als ik: dat we hadden geaarzeld wie van ons aan deze box zou spelen.

Ik was reddeloos verloren. Ik ging omlaag en omlaag en ik kon er niets aan veranderen. Niet eens door weg te lopen, want mijn systeem zei dat dat nergens voor nodig was. Rosenfeld, andere tafelgenoten, zelfs de dealers die elkaar opvolgden, zeiden van tijd tot tijd iets troostends. Ik kreeg haast medelijden met hen, ik bracht hen in verlegenheid door zo ontzettend te verliezen.

'Je moet weggaan,' zei Rosenfeld.

'Waarom?'

'Je ziet toch dat het misgaat.'

'Dat het mis ìs gegaan. Waarom zóu het mis gaan? Als je weet hoe de kaarten zitten, laat je het me dan weten?'

Ik telde de kaarten – strikt volgens de principes die ik na maandenlange oefening was gaan beheersen liet ik me naar de afgrond voeren.

Bij mijn laatste twintigduizend francs dacht ik: Stop in je zak en ga weg. Je speelt toch nooit meer. Twintigduizend francs is bijna tienduizend gulden, dat is niet niets.

Maar ik kon niet weggaan. En ineens begreep ik waarom. Ongemerkt waren angst en walging verdwenen; dit was waarvan ik had gedroomd. Mijn box was nog steeds heet: ik wilde verliezen, en ik verloor. Ik rilde van ontzag. Ik had het toeval in mijn macht.

En toen ik mijn laatste duizend francs inzette voelde ik de gelukzalige concentratie van de tennisser die op matchpoint staat en die zeker weet dat hij de partij gaat uitmaken.

Ik probeerde de kaarten te onthouden die de laatste zouden zijn van mijn blackjackcarrière. Dat lukte, maar niet lang; toen de dealer mijn fiches wegnam was ik ze alweer vergeten.

'Blut,' zei ik. Rosenfeld en ik waren met z'n tweeën overgebleven. Het was half vier. Er waren nog maar twee andere blackjacktafels open, het was stil geworden in de zaal.

De dealer vroeg of ik niet inzette. Ik schudde mijn hoofd, en hij zei dat ik dan van mijn kruk moest afgaan.

'Hoe ga jij?' vroeg ik Rosenfeld.

'Ik win iets.'

'Hoeveel?'

'Elfhonderd francs.' Hij vermeed het mij aan te kijken.

'Mooi,' zei ik. 'Nou, succes verder.'

Ook Rosenfelds box bleef nu even leeg. Hij kwam half van zijn kruk, het leek of hij met mij mee wilde gaan. De dealer maande hem tot inzetten. Rosenfeld liet zich weer terugvallen en schoof een fiche van vijftig francs op zijn box.

Ik ging naar buiten. Het was een heerlijke koele nacht. Ik had in één sessie zevenentwintigduizend gulden verloren, en ik voelde me vrolijker dan ik in weken was geweest.

De volgende dag reed ik in één ruk naar Amsterdam.

Het was jammer dat ik mijn poging om niet te deugen had moeten opgeven, maar ik bleef bij m'n beslissing. Zoals iemand die met roken is gestopt zijn kracht kan tonen door sigaretten voor anderen aan te steken, zo ging ik na een jaar toch weer af en toe naar de Amsterdamse gokhuizen. Er waren er tientallen in die jaren. De meeste waren klein en armoedig, met brandgaten in het vilt, en gratis lauwe cola. Er speelden vooral oudere huisvrouwen, en het kwam niet vaak voor dat iemand méér inzette dan het minimum. Wie blut was bleef verpletterd zitten, dat mocht daar. Ik telde de kaarten niet en zette nooit hoog in, om niet in de verleiding te komen die zevenentwintigduizend gulden te willen terugwinnen. Het was leuk om met z'n tweeën te doen. Je kon op één avond vijf van die speelhuizen bezoeken die allemaal op hun eigen manier louche en zielig waren.

Maar Club 26 was een uitbundig feest, een carnaval vergeleken bij de dansscholen van de officiële Nederlandse casino's. Iedere avond waren er duizenden gokkers. Dat de eigenaar later werd aangeslagen voor een belastingschuld van tientallen miljoenen was niet verbazend. Club 26 overleefde diverse politie-invallen en ontruimingen, maar niet de wraak van een ontslagen werknemer die op een nacht benzine over de trappen gooide en de boel aanstak. Dertien gelukzoekers kwamen in de vlammen om.

Toen ik kort voor die brand Rosenfeld in Club 26 terugzag, besefte ik dat ik had gehoopt hem daar te zien. Ik had wel eens aan hem gedacht: als het gelukt was met zijn blackjackcarrière, dan kon het niet anders of hij had gehoord van het Amsterdamse gokparadijs, en van dit Huis der gokhuizen, en hij zou er op een dag opduiken.

Toen Rosenfeld me zag leek hij blij verrast, en hij maakte een gebaar dat hij graag met me wilde praten. Meteen zette hij het maximum van vijfhonderd gulden in op alle twee zijn boxen. De ene won hij, de andere verloor hij. Daarna stond hij op; ik kreeg de indruk dat de situatie helemaal niet gunstig was geweest en dat hij me alleen had willen laten zien tot hoever hij nu kon gaan.

We gingen samen naar buiten. Het was twee uur, en Rosenfeld had honger. In een eethuisje een paar huizen verderop schrokte hij een paar broodjes naar binnen. Hij had zeven uur onafgebroken gespeeld; niets schenkt de mens zo'n werklust als de droom slapende rijk te worden. Hij had vierduizend gulden gewonnen. De ene dag verloor hij drieduizend, de volgende dag won hij er vier, ik wist hoe het was. ‘Eb en vloed, alleen een ietsjepietsje meer vloed.’

‘Iemand zei dat je daar een miljoen hebt gewonnen.’

Hij schrok. ‘Iemand van het casino?’

‘Een speler.’

Dat stelde hem gerust. ‘Mag ik jou iets vragen? Ik heb me na die nacht in Loew’s altijd afgevraagd of dat het eind van jouw blackjackcarrière was. Tel jij nog?’

‘I count my blessings,’ zei ik.

Met zijn carrière was het anders gegaan. Het was hem gelukt full-prof te worden. Hij had zijn kapitaaltje door de gevaarlijke eerste maanden heen weten te loodsen en nu was het zo goed als onaantastbaar. Precies zoals de handleidingen dat ook eigenlijk aan mij hadden beloofd reisde hij de wereld rond. Over zijn precieze winst bewaarde hij de reserve van de prof tegenover de amateur. Hij had ondertussen naar schatting vierduizend uur blackjack gespeeld. Met vijf uur kaartentellen per dag verdiende hij genoeg om de reizen, de hotels, de restaurants en zijn kleren te betalen. Maar een maand ertussenuit gaan zou hij zich niet kunnen permitteren. Het was een harde manier om een lui leventje te leiden.

‘Om kort te gaan,’ zei hij, ‘ik had toen bij Loew’s op jouw stoel moeten gaan zitten.’

Het klonk ineens grof, en ons gesprek stokte daarna. Hij was van plan nog een week in Amsterdam te blijven, maar we maakten geen afspraak om elkaar nog een keer te zien. Ik schreef de adressen van een paar Amsterdamse casino’s op, meer kon ik niet voor hem doen.

DE MATADOR

De kasseien van de havenkade waren spekglad en Schwab waagde zich niet te dicht bij het water. Het motregende koud, en hij was zo onverstandig geweest zijn paraplu in het hotel in Biarritz te laten liggen.

'Picturesque little fishing town, bustling with life', dat zinnetje wilde maar niet uit zijn hoofd. Alles was dicht: winkels waar je misschien een paraplu kon kopen, en zelfs de cafés. Als die er waren, hij had niets gezien dat de indruk wekte een café te zijn. Het hele stadje leek uitgestorven. Siësta misschien, al was het nog geen half een.

Hij maakte een paar foto's van de vissersscheepjes.

Hij herkende niets, en dat vond hij niet onbillijk. Het was ook zo lang geleden dat hij in Lequetio was geweest, geen van de meeuwen die kalm op de relingen van de boten meedeinden had toen al geleefd.

Maar één ding zou hij zeker herkennen, als het er nog was: het bankje. Schwab stak zijn handen in zijn zakken en liep verder, de armen tegen het lichaam gedrukt. Aan het hoofd van de haven besteeg hij een kort stenen trapje naar de promenade. Er kwam zowaar net iemand omlaag, een middelbare boerse man met een alpinopet op die Schwabs aarzelende knikje onbeantwoord liet en langs hem heen keek zoals in spionagefilms schaduwers langs hun prooi kijken.

Op de gedrongen promenade, een pleintje bijna, stond tussen twee enorme eiken met hekjes rond hun stammen het bankje. Dat Schwab het zich zo goed herinnerde was omdat ze er een foto van hadden gemaakt, met de bootjes op de achtergrond. Ellie noch hijzelf stond erop en toch was het, samen met de naaktfoto, dè foto van die vakantie geworden, misschien omdat de stuurse schoonheid van de Baskische kust er zo goed op uitkwam.

Links aan de promenade, gedeeltelijk verborgen door een van de eiken, stond een kursaal-achtig gebouw met grote ramen en door het zout uit de zeewind grijs gewaaide muren. En nu kreeg hij toch een herinnering die nieuw en ongebruikt voelde: toen ze op een avond tegen de balustrade hadden gehangen, met aan de ene kant de scheepslichten en aan de andere kant de pantoffelparade, hadden ze vanuit dat gebouw de kortaffe geluiden van de beroemde mambo *Patricia* gehoord. Ellie en hij kenden elkaar al bijna een jaar maar pas op dat moment ontdekten ze dat ze allebei op dansles hadden gezeten en de mambo hadden geleerd.

Hij nam een foto van het bankje.

Thuis zou hij die met de oude foto vergelijken. Misschien was het een aardig idee om Ellies adres op te sporen en haar ook een afdruk te sturen. Wat dat betreft zou het nog veel aardiger zijn als hij een foto van zichzelf had, zittend op het bankje. Wonder boven wonder stak net een vrouw in een zwart wollen vest de promenade over. Zij keek ook al zo priemend langs hem heen, maar dat moest de Baskische volksaard zijn, hij liet er zich niet door ontmoedigen. Hij stapte op haar af, het fototoestel in zijn hand.

'Usted ayudar yo?' vroeg hij, 'usted fotografia di...'

Zijn woorden stokten, zo koud en onverbiddelijk keek de

vrouw hem aan. Zonder een woord te zeggen liep ze verder.

Verbluft stopte Schwab zijn fototoestel weg. Misschien was fotograferen hier wel een beetje taboe, met al die bomaanslagen en ontvoeringen. Een ober in zijn hotel in Biarritz had hem aan het ontbijt zelfs afgeraden het Baskenland in te gaan; op de voorpagina van de krant stond een verslag over de nieuwste terreurdaad van de dolgeworden afscheidingsbeweging ETA. In San Sebastian hadden ze de gouverneur van de provincie ontvoerd, twee lijfwachten waren doodgeschoten. 'Gangsters zijn het,' had de ober gezegd, 'wist u dat ze ook toeristen hebben vermoord? Zomaar! Het is op uw eigen risico!'

Maar Schwab was niet zo vatbaar voor dat soort bangmakerij en bovendien: dat verhaal had hem juist op het idee gebracht. Baskenland, dat was Ellie, nooit meer was hij er zo dichtbij geweest. Een adembenemend gevoel: eindelijk rust van de uitzichtloze imaginaire ruzies met Karin die hij in zijn auto bleek te moeten uitvechten. Het was alsof hij haar voor het eerst ontrouw zou worden door deze verre sprong terug in de tijd. En zonder verdere bedenkingen was hij in zijn auto gestapt en de hoek omgereden van de mistige Golf van Biskaje.

Schwab liep het stadje in. Werkelijk, Lequetio was grimmig, vijandig. Alles was zwart en grijs, met witte leuzen in hysterische vierkante letters. ETA goed, FAXISTAK slecht. Hij herkende het woord EUSKADI, Baskisch voor Baskenland. Geen stukje muur of wegdek was onbenut gelaten, nog nooit had hij zo naar een verfrissende Coca-Colareclame gesnakt, of naar een fleurig spandoek tussen twee van die dodelijk serieuze huizen:

SOYEZ LES BIENVENUES!
HERZLICHES WILLKOMMEN!
HAVE A NICE STAY IN LEQUETIO!

Op alle richtingborden waren de plaatsnamen overgeschilderd van de Spaanse naar de Baskische spelling. Niet Guernica moest het zijn, maar Gernika. Niet Bilbao, maar absoluut Bilbo, honderd keer, op iedere hoek. En waarom was dit stadje zo leeg? Had dat te maken met de ontvoering van die gouverneur? De enigen die Schwab zag waren Guardia Civils die in duo's op kruispunten stonden, met geweren in de aanslag en druppels in hun snor, zich ervan bewust dat ze ieder ogenblik konden worden doodgeschoten. De krant had ook wat cijfers gegeven: in het afgelopen jaar had de ETA honderdeenentwintig mensen vermoord, waarvan meer dan de helft politie.

Hoe anders was het met Ellie geweest, toen Franco nog leefde en de verfspuitbus niet binnen ieders bereik was. Toen was Lequetio ook wel wat nurks, maar toch niet onvriendelijk tegen zijn toeristen. Bij het opdienen van je bord spotgoedkope Biskaje-vis kon er nog een glimlach af, en in een hal met pingpongtafels en voetbalspellen hadden Ellie en hij zich vermaakt tussen het gekrakeel van de terroristen in spe. En er was een strandje vol strandballen en parasols waar je je door hoge flessegroene golven kon laten optillen en neersmakken in de branding. Van onderdrukking of vrijheidsstrijd had Schwab toen niets gemerkt.

Op één ding na. Overal zag je uithangborden met woorden als ETXEVARRIA, GARAIKOETXEA, OTXOA. Dat moest Baskisch zijn, het was een grappig gezicht, al die X'en, en hij ging naar de tijdschriftenwinkel om een heel boekje in het Baskisch te kopen, dat zou een origineel souvenir zijn. Maar de vrouw achter de toonbank staarde hem aan of hij een marsmannetje was. Hij had Frans gesproken en hoewel hij gezworen zou hebben dat ze dat in de dagen daarvoor wel had verstaan herhaalde hij zijn vraag nu maar in het Spaans.

Ze vertrok geen spier. *Tene usted libro en Vasco*, klopte dat dan niet? Had hij het onherkenbaar uitgesproken? Maar in een andere boekwinkel gebeurde hetzelfde. Pas na de derde begreep hij het, of, om precies te zijn: Ellie begreep het. Baskisch was een onderdrukte taal, verboden. Schwab voelde zich buitengewoon onnozel.

Later legde een Franse toerist die ze op een terrasje ontmoetten het uit. In de Burgeroorlog waren het de Basken geweest die zich het felst tegen Franco hadden verzet. Voor straf liet hij hun heilige plaats Guernica platgooien door Hitlers bommenwerpers en ook omdat de onafhankelijkheidsgedachte er toch al sterk leefde onderdrukte hij sindsdien alles wat Baskisch was. Er waren mensen in de gevangenis gekomen omdat ze Baskisch gespróken hadden. Die x'en op de uithangborden waren de grens waartoe men kon gaan; de x was gewoon de ch-klank van het Frans, als in chérie. Otxoa was niets anders dan de veelvoorkomende Spaanse naam Ochoa.

'Snap je, Xwabje,' zei Ellie en de resterende twee maanden van hun omgang was dat zijn koosnaam geweest.

Zomaar ineens veranderde een straat in een herinnering: het *hostal*. Schwab herkende de zwarte houten erkertjes, het kleine plantsoen ertegenover. Daar, op de eerste verdieping, hadden ze een week geslapen, samen jonger dan hij nu in zijn eentje was. Daar had hij de naaktfoto gemaakt. Ze zat op het bed met haar mond halfopen, sproetige kinderwangen, blond haar tot op haar sleutelbeenderen en dan: de mooiste borsten uit zijn leven. Er stond nog net een toefje schaamhaar op die foto, waarover ze zich allebei een beetje gegeneerd hadden toen de foto's klaar waren.

Achttien was ze geweest.

Schwab maakte een foto van het raam waarachter die foto was gemaakt.

Alweer passeerde er zo'n bars langs hem heen loerende Bask, ditmaal een atletische jongeman met een volle baard en een anorak. Oké, hij ging al, hij had het nu wel begrepen. Alles wat niet

ETA was, was FAXISTAK. De lol was er hier af, toeristen waren niet gewenst. Ze zochten het ook verder zelf maar uit. Wat Schwab betrof was Lequetio visited, revisited en never visited again.

Terug nam hij een andere route, door de bergen van het achterland. De weg bleek door een dicht bos te voeren waar het zo donker en naargeestig was dat hij spijt kreeg niet langs de autopista zo snel mogelijk Frankrijk weer te hebben opgezocht.

Er lag sneeuw, hoe hoger hij kwam hoe meer. Matte, grijzige sneeuw, als de vacht van een slecht verzorgde hond. Veel tekenen van leven waren er niet; af en toe een terrasmuurtje dat nooit zo oud of ingezakt kon zijn of het was wel voorzien van de kaarsrechte letters: ETA. Je vroeg je af hoe de sneeuw het zich hier kon permitteren er zo ongeëngageerd bij te liggen.

Voorlopig bleef de weg berijdbaar maar het zicht was slecht en een grote bestelbus die sinds enige tijd achter hem bromde had de lichten al ontstoken. Ten teken dat hij erlangs wilde? Als hij meende een betere sneeuwrijder te zijn, van Schwab mocht hij. Hij stuurde de eerste uitsparing in; de bros opgevroren sneeuw tussen de sporen kraakte onder zijn wielen. Een lekker gevoel, iets als een mes zetten in een vacuümpak koffie.

Hij keek over zijn schouder, het internationale wijsvingertje omhoog verwachtend dat 'chauffeur dankt chauffeur' betekent. Het bleef uit. Ongezellig land toch – hij moest Lequetio maar beschouwen als een goede les. Al dat gerevisited was nergens goed voor, alleen om je oorspronkelijke herinneringen te bederven.

Het was een bedrijfsbusje. Op de achterkant stond de naam: X. Etxebarrieta uit Leketio. Natuurlijk. Dood aan de Q! Leve de X! That's the stuff revolutions are made of!

Een paar bochten verder, de afdaling was nog steeds niet in zicht, zag Schwab de bestelbus opnieuw. Hij stond nu stil, midden op de weg. Echt een wegproleet, nam niet eens de moeite op een inham te wachten als hij wilde stoppen.

Twee mannen met geweren in de aanslag liepen langs de zijkant naar achteren en beduidden hem te stoppen.

Welja, dacht Schwab.

Een politieblokkade? Op de Autopista, tussen de grens en Deva waar hij de smalle kronkelige kustweg naar Lequetio had genomen, was hij er drie tegengekomen, ongetwijfeld in verband met die ontvoering. Maar hier? Hij stuurde naar rechts en remde zo onhandig dat hij scheef stil bleef staan.

De mannen gebaarden dat hij uit moest stappen. Pas op dat moment drong met schrik tot Schwab door dat ze gemaskerd waren. Ze hadden blauwe capuchons over hun hoofden en daaronder rode lappen met gaten, waardoor ze er als lepralijders uitzagen.

De ETA? Hielden die dan ook blokkades?

Schwab pakte zijn polstasje, voor als ze zijn papieren wilden zien. Zodra hij buiten stond rukte een van de mannen het uit zijn hand. Hij wilde iets zeggen over deze onnodige ruwheid, en het volgende moment lag hij met een scheurende pijn in zijn hoofd op de bodem van de bus.

Toen Schwab van zijn eerste verbazing was bekomen wilde hij gaan zitten, maar een trap in zijn rug maakte duidelijk dat hij plat moest blijven liggen. Hij had allang spijt van zijn tocht, maar dit ging wel heel ver. Hij lag op de kale bodem van het busje zonder iets over zich heen zodat hij verging van de kou en er drong geen straaltje licht tot hem door, de bus moest geblindeerd zijn.

Dit was de ETA, dat kon niet anders. Wat wilden ze van hem? Had hij iets misdaan in Lequetio? Dachten ze met hem, een toerist op revisited-pelgrimage, de vrijlating van politieke gevangenen af te dwingen? Hij zag het al voor zich in de Nederlandse kranten: 'In ruil voor de vrijlating van de Nederlandse zakenman

J. Schwab eist de ETA volledige autonomie voor het Baskenland.' Wat zou Karin zich schuldig voelen. Zou Ellie het zien? Zou ze begrijpen dat hij zich om háár in dit gevaarlijke gebied had gewaagd?

Na minstens een uur stijgen en dalen, eindigend met een lang stuk in de eerste versnelling waarbij takken langs de zijkanten en over het dak schuurden, hield de bus halt. De deuren gingen open en Schwab werd naar buiten geduwd.

Hij stond in het helle licht van een sneeuwveld, voor een soort boerderij. Hij was zo verstijfd dat hij ternauwernood zijn evenwicht kon bewaren. Vier bewakers met geweren in de aanslag stonden om hem heen, condenspluimpjes gingen aan en uit in hun rode lappen. Het was werkelijk om verdrietig te worden zo belachelijk.

Een deur van de boerderij ging open, Schwab kreeg een geweer in zijn rug, en een ogenblik later bevond hij zich in een klein donker vertrek. Was dit zijn gevangenis? Nog voor zijn ogen hadden kunnen wennen werd hij er alweer uitgehaald, en nu zag hij iets griezeligs: hierbinnen droeg niemand een masker. In een gang, ingeklemd tussen twee bewakers, zag hij een man die hem vaag bekend voorkwam. Zonder dat hij precies wist waarom veroorzaakte dat een weeë ontzetting in zijn borst.

Hij had geen tijd om daar verder over na te denken. Zijn eigen bewakers voerden hem een groot kaal vertrek binnen. Op een oneffen vloer van gebarsten bruine tegels stond tegen een muur een grote tafel met een groen kleed. Erboven hingen een rode vlag met een ingewikkeld groen-wit kruis en een soort reuzenpoststempel met het woord EUSKADI in de rand en de initialen ETA in het midden. De andere muren hingen vol met vele tientallen ingelijste foto's, bijna allemaal van jonge mannen. Omgekomen terroristen ongetwijfeld.

Tegenover de tafel stond een bankje. Niemand zei dat hij daar mocht gaan zitten en Schwab kende de ETA ondertussen genoeg om het niet uit zichzelf te proberen.

Een rechtszaal?

Door een deur achter de tafel kwamen twee mannen binnen: de voorste jong, de achterste ouder: een lange man, tanig en lelijk, maar gracieus in iedere beweging.

Het was Schwab of hij een verschijning zag.

De matador!

Het was te krankzinnig om waar te kunnen zijn, maar toch herkende hij hem. Zijn hart sprong op van hoop. Dat hij in Lequetio een personage uit die vakantie zou tegenkomen was een mogelijkheid waar hij geen moment aan had gedacht – en dan de matador! Die moest hem wel helpen, die was stinkend verliefd geweest op Ellie, de eer zou hem verplichten te zorgen dat Schwab niets overkwam.

De mannen gingen zitten, hij mocht ook gaan zitten. De matador gaf geen blijk dat hij Schwab óók herkende. Was hijzelf zoveel meer veranderd in die achttien jaar? Kwam het door zijn snor die hij na de breuk met Karin had laten staan?

Schwab bedacht dat het verstandig kon zijn niet zo openlijk te laten merken dat hij de matador wèl herkende. De ETA werkte tenslotte in de illegaliteit, misschien kenden die mannen elkaars namen niet eens. Hij kon zich trouwens met geen mogelijkheid herinneren hoe de matador heette; Ellie en hij hadden hem meteen zo genoemd toen hij vertelde stierenvechter te zijn geweest.

De ander, een jongeman die niet ouder kon zijn dan vijfentwintig, met een bril met moderne grote glazen en een openstaand corduroy overhemd waar borsthaar uit krulde, begon gezwollen en monotoon te praten in een taal die Schwab niet verstond, Baskisch dus. Het moest een rituele formule zijn want na een tijdje schakelde hij over op Frans en een normaler toon.

‘U bent krijgsgevangene van ETA-militar, u staat terecht voor een volkstribunaal van het Baskische volk. U weet wat ETA-militar is?’

'Jawel.'

'ETA-militar strijdt voor de verwezenlijking van de socialistische arbeidersrepubliek Euskadi. Wat deed u in Lequetio?'

'Daar ben ik met vakantie geweest, achttien jaar geleden. Met een meisje.' Hij lette op de reacties van de matador, maar die bleef zwijgen.

'Wat deed u nú in Lequetio.'

'Dat was ik u aan het vertellen,' zei Schwab en hij glimlachte. 'Ze heette Ellie, en ze had blond haar, heel lang, tot aan...'

In één sprong was de jongeman bij Schwab. Hij pakte hem bij zijn jaskraag en spoog hem in kwaad Frans onder het speeksel. 'Meneer! Beseft u uw plaats! Waagt u het niet een Baskisch volkstribunaal te beledigen. Waarom heeft u foto's gemaakt in Lequetio.'

Schwab trilde op zijn benen van machteloze woede. De matador zat daar maar, kon hij nu maar zorgen dat die hem herkende, dat hij zich Ellie herinnerde!

'Omdat ik Lequetio terug wilde zien,' zei hij. 'Een tocht naar het verleden kunt u dat noemen. Ik wilde de plekken terugzien waar ik met haar ben geweest.'

'Bent u met haar op een schip in de haven geweest?'

'Nee, daar niet.'

'Waarom hebt u dan een schip gefotografeerd.'

'Omdat ik het haventje sfeervol vind. Ik vind Lequetio een prachtig stadje, pittoresk! Ik ben ook teruggekomen om de schoonheid van de Baskische kust!'

'Het Baskische volk is er niet in geïnteresseerd pittoresk te worden genoemd door een bourgeois. U heeft in de stad een huis gefotografeerd. Waarom.'

'Daar heb ik met haar gelogeerd. Het was toen een hostal.'

'Geeft u antwoord op mijn vraag!'

'Maar dat doe ik! En ik...' Maar de aanmatigende toon van die jongen met zijn familiair openstaande hemd maakte dat voor

Schwab de maat vol was. Hij onderbrak zichzelf, hij kon zijn lafheid tegenover deze poppenkast niet langer verdragen.

'Ik ben in Spanje,' zei hij trillend van woede en angst, 'en als u denkt dat u iets over mij te vertellen heeft laat u dan eerst uw legitimatie zien. En anders wil ik onmiddellijk...'

Voor het eerst sprak nu de matador, en het volgende moment kronkelde Schwab over de grond, happend naar adem. Een geweerkolf van een van de bewakers was in zijn maag terechtgekomen.

Hij werd overeind getrokken en weer op het bankje gezet. Met wijdopen ogen hijgde hij na, op de rand van kotsen. Door de klap begreep hij ineens alles. De ontvoerde gouverneur werd in Lequetio vastgehouden. Op een bootje in de haven, of in het vroegere hostal. Dáárom was het er zo stil geweest, de hele bevolking was handlanger van de ETA en hield zich koest. En hij was echt geschaduwd.

Hij keek naar de matador. Was het hem wel? Hij was toen al wat ouder geweest, dertig misschien. Dat kon kloppen. Ze kenden hem uit de speelhal, hij was op het strand af en toe een praatje komen maken, had geprobeerd op zijn handen te lopen, wat hij niet goed kon. Op een keer vertelde hij dat hij stierenvechter was geweest. Geen grote, maar een echte: in kleine plaatsjes was hij opgetreden als novillero. Als ze wilden zou hij een paar passen demonstreren.

Schwabs badhanddoek was de rode lap, Schwab de stier. Hij zonk op zijn handen en knieën maar werd meteen weer overeind gecommandeerd: stier spelen was niet zomaar iets, dat werd al eeuwenlang volgens vaste regels gedaan.

Gebukt, met gekromde vingers aan weerskanten van zijn hoofd, chargeerde Schwab de handdoek. De matador, verdwenen in de trance van zijn kunst, stond op zijn tenen als een balletdanser, de voeten onberispelijk naast elkaar. Maar vlak vóór de handdoek maakte Schwab een haakse bocht en hij ramde hem met zijn hoofd in de maag. Samen vielen ze in het zand.

In oncontroleerbare slappe lach bleef Schwab liggen, en door zijn tranen heen zag hij dat ook Ellie haast omrolde van het lachen. De matador stond op en stofte het zand van zijn lichaam. Hij was woedend, ongenaakbaar. Een stier deed zoiets niet, een stier kon zijn baan niet wijzigen. Schwab zei dat het maar een grapje was en dat ze het over zouden doen, maar de matador sloeg zijn handdoek over zijn schouder en was weggelopen, en ze hadden hem daarna niet meer gezien.

Een bewaker porde Schwab in zijn ribben, zijn berechting ging verder.

'Het Baskenland,' zei de jongeman, 'is bezet door een vreemde mogendheid en dat hoort u te weten. De vrijheidsstrijd van de ETA is over de hele wereld bekend. In een land dat oorlog voert is het zeer onverstandig foto's te maken. U ontkent, maar ik acht het bewijs van spionage tegen u geleverd en ik zal nu de rechter vragen uitspraak te doen.'

Hij boog zich over naar de matador, en de twee wisselden een paar woorden. De matador ging staan. Voor het eerst richtte hij zich rechtstreeks tot Schwab. Maar hij sprak kort en in het Baskisch en hoewel hij Schwab steeds recht aankeek gaf hij geen blijk van herkenning. Toen hij was uitgesproken ging hij weer zitten.

'Hij veroordeelt u ter dood,' zei de jongeman.

'*Hanh*?' zei Schwab.

'U zult worden gefusilleerd. Het vonnis zal nu onmiddellijk worden voltrokken. U hebt het laatste woord.'

Nee nee, dacht Schwab. Een ijskoud gevoel daalde uit zijn hoofd tot in zijn borst. 'U bent de matador!' riep hij. 'U moet me helpen, ik ben hier alleen maar als toerist!'

De matador maakte een hoofs handgebaar en verliet het vertrek.

'Hij is stierenvechter geweest,' zei Schwab, 'vraagt u het hem zelf! Hij heeft het ons zelf verteld!'

Hij werd de zaal uitgevoerd. Hij liep als iemand die lopen uit een boek heeft geleerd.

Het was nu schemerig op het sneeuwveld voor het huis, sepia, als op een postzegel van Nederlands-Indië die hij als kind had bezeten. Hij werd neergezet naast een man die afwezig voor zich uit staarde. Het was de man die hij ook op de gang had gezien en ineens begreep Schwab wie dat moest zijn: de ontvoerde gouverneur wiens foto hij die ochtend in de krant had gezien.

Tegenover Schwab, aan de rand van het veld, was een blinde muur met een jong boompje ervoor, de eerste muur van de dag waar geen leus op stond.

Nu zal je nog meemaken dat dit echt gaat gebeuren ook, dacht Schwab.

Rondom werd Baskisch gesproken, ook de gouverneur zei iets. Aan de rand van het veld leunden vier jongens op geweren die ze met de kolven op de grond hadden geplaatst. Ze keken nieuwsgierig in zijn richting.

Plotseling zag Schwab dat de matador ook buiten was en bij hen stond.

'Nicolas!' riep hij, niet eens beseffend dat hij zijn naam weer wist. 'U moet me helpen. Dit kan niet gebeuren. Ze heette Ellie, met lang blond haar. Ellie! U herkent mij toch wel, het was in Lequetio, in...'

De gouverneur onderbrak hem, zijn stem klonk geërgerd. De matador kwam naar Schwab toe en zei: 'Ik weet niet wat u bedoelt. Ik ken u niet. Sterft u met waardigheid.'

Voor het eerst sinds zijn ontvoering had Schwab het gevoel dat hij in de werkelijkheid terecht was gekomen. Hoe moest hij dit verhinderen? Het ging zo snel, hij kreeg een blinddoek voor en werd tussen twee man in meegevoerd. Bij iedere stap verbrak hij het vrieslaagje van de sneeuw. Ze stonden stil, zijn handen werden achter hem vastgebonden om de stam van het boompje.

'Niet te geloven,' mompelde hij in zichzelf.

Ineens schoot hem te binnen dat *god* en *kut* eigenlijk hetzelfde woord was. Krankzinnig dat hij dat nooit eerder had gezien; je hoefde alleen maar de *g* in een *k* te veranderen en de *o* in een *u*, dan had je nog maar één verschillende letter.

Grote god, wat een absurde gedachte om als laatste gedachte te hebben, dacht hij. De mannen die hem hadden vastgebonden waren weg. Aan wie moest hij nu denken? Aan Karin of toch maar aan Ellie? Aan Ellie natuurlijk. Maar wat? In de plotselinge paniek dat hij geen behoorlijke laatste gedachte zou kunnen verzinnen vergat Schwab de hele executie en de pijn van de kogels bruuskeerde hem.

DE SLOOP

Niet weer Anton, dacht Hélène, maar hij was het die 'Haj, met mij,' zei toen ze de telefoon oppakte. Alleen dat al. Men noemde zijn naam. Hoe kwam hij erbij dat zij nog de verplichting had zijn stem zomaar te herkennen? Ze had hem de avond daarvoor ook al gezien toen ze al zappend een praatprogramma binnenviel waarin hij, met een bordje voor zich waar *Drs. A. Schotanus, socioloog* op stond, zijn mening zat te geven over een relatieprobleem.

'Kennis van je?' had Marc gevraagd toen ze van pure verbazing Anton niet even snel wegtoetste als al het andere. Ze zei ja, maar niet dat Anton een jaar haar geliefde was geweest. Marc vatte haar korte antwoord duidelijk op als verzwijgen, en al vroeg hij er niet over door, de rest van de avond had iets stroefs gehad.

Hélène kende Marc twee maanden. Hij was een lot uit de loterij. Eindelijk eens geen zeurderige gemankeerde professor onderweg naar de vijftig, maar een jongen die haar badkraan repareerde, die zonder frustraties en met een groot uithoudingsvermogen neukte, die graag voor haar kookte al moest ze hem zo langzamerhand zeggen dat hij dáár niet goed in was, die een leuke kop had en die met zijn tweeëndertig jaar ook nog eens jonger was dan zij. Dat hij bovendien stinkend beroemd was van de televisie beschouwde Hélène als een curieus bijverschijnsel waarvan ze de aanklevende status en luxe, als ze eerlijk was, wel kon waarderen.

Marc was bedenker en presentator van grote televisieshows. Toen ze elkaar ontmoetten had Hélène nog nooit iets van hem gezien, wat hij haar op een milde manier kwalijk nam. Waarom liet zij zich zo door de codes van haar omgeving regeren dat ze programma's als die van hem a priori oversloeg? Hij was trots op zijn werk. Hij had de pretentie dat het als vakwerk onovertrefbaar was en als je bij Rembrandt op het gebruik van licht lette in plaats van op het plaatje, waarom dan bij hem niet op de timing in plaats van op de tekst?

Marc reed in een donkergroene Jaguar en ook daarover wist Hélène niet zo makkelijk haar houding te bepalen. Wat groter en duurder was dan nodig vond zij poenig. Dat woord gebruikte ze niet. Zelf had ze een kleine Honda.

'Nederland, Nederland,' zei Marc hoofdschuddend. 'Te groot, te duur, so what? Alles met te ervoor is hier fout, inclusief tequila. Je hoeft je kop hier maar boven de klei uit te steken of hij wordt er afgemaaid op verdenking van levensvreugde. Weet je waarom ik mijn Jaguar heb? Om de hele dag voor mij te juichen dat ik het gemáákt heb. Hoef ik niet zelf constant met mijn armen in de lucht te lopen. Ik vind het fantastisch dat ik het gemaakt heb. Ik hóu van mijn Jaguar.'

Jag had ze hem afgeleerd.

Mensen die bezig waren van hun geloof te vallen maakten ongetwijfeld hetzelfde door als zij; meer en meer voelde Hélène een zekere instemming met Marcs houding naderen.

Wat ze niet voelde naderen was het geloof dat hij echt van haar hield. Hij zou haar afdanken, dat stond vast. Hij had de prachtigste jonge meiden voor het uitkiezen. Zolang hij er nog was moest ze genieten van de momenten. En daar had die stomme Anton een hele avond van verpest door zich op de televisie te vertonen.

Dus nu hij alweer belde terwijl Marc en zij zaten te ontbijten was haar eerste opwelling de hoorn erop te gooien. Maar dat kon niet, dan zat Marc weer met zo'n vraag. Anton vroeg of hij haar auto mocht lenen. De radiator van zijn Peugeot was kapot en hij had een auto nodig om bij de sloop een nieuwe te halen.

Het was vervelend dat hij nog om dit soort dingen bij haar aanklopte, maar de enige manier om vlug en anoniem van hem af te komen was ja te zeggen. Ze bad dat Marc al weg zou zijn als Anton kwam.

Ze was Anton en zijn verzoek compleet vergeten toen Marc bij het weggaan óók vroeg of hij haar auto kon lenen. Hij had een paar afspraken in de stad en die handelde hij liever af in haar boodschappenautootje. De Jaguar kwam hij om een uur of twee wel weer halen; voor noodgevallen gaf hij haar de sleuteltjes.

Boodschappenautootje kon natuurlijk niet – maar dat kwam nog wel.

In de tram bestudeerde Anton zijn medepassagiers. Zeker twee keer werd hij herkend. Geen wonder, hij was gisteren minstens tien minuten vullend in beeld geweest en al was *Leren verkeren* geen amusementsprogramma, er was hem verteld dat er toch altijd een half miljoen mensen naar keken. Het was natuurlijk kinderlijk om zo in de wolken te zijn over een simpel televisieoptredentje maar het was zijn eerste geweest en hij kon zich niet verzetten tegen het jarige gevoel dat het hem schonk.

De begroetingskus van Hélène leek vluchtig en gepreoccupeerd. Maar Anton was, als altijd, blij haar te zien.

'Nog televisie gekeken gisteravond?' vroeg hij.

'Nee.'

'Ik zat in *Leren verkeren*, dat had ik je toch gezegd? Ongelooflijk, hoe je meteen op straat herkend wordt na zoiets.'

Al spoedig kwam de aap uit de mouw van haar gepreoccupeerdheid: ze voerde hem mee naar een lage donkergroene auto waar de duurheid dusdanig van afspatte dat hij even moest slikken. Op een wieldop las hij het merk: het was de legendarische Jaguar.

'Als deze auto ook maar één schrammetje krijgt,' zei Hélène, 'dan loopt het voor jou nog slechter af dan voor mij. Ik doe hier iets wat helemaal niet kan.'

'Dus niet total loss rijden?' zei Anton.

'Half twee terug,' zei Hélène.

Een Jaguar was natuurlijk iets verwerpelijks, maar Anton moest toegeven dat het een sensatie was in zo'n auto te rijden; als een sterk en gretig dier gehoorzaamde hij je geringste beweging.

De ene dag op de televisie, de volgende in een Jaguar... het leek of de glamour een plotselinge invasie in zijn leven had gepleegd en hoe loos het allemaal ook was, je werd er wel vrolijker van.

Wat had Hélène in godsnaam aan de haak? Niets in de Jaguar onthulde iets over de identiteit van de bezitter. Op de achterruit zat een sticker geplakt die je wel vaker zag, van de *Marc van Dijsel TV-Fun Show*. Een sticker op zo'n auto! Van zo'n programma!

Pas je wel een beetje op, Leentje? dacht Anton.

Bij een uitvaartcentrum aan de rand van de stad ging een onbebouwde straat abrupt over in een landelijk dijkweggetje met aan weerszijden scheefgezakte en verwaarloosde naamborden: SLOPERIJ FRED, SLOPERIJ ARCHANGELSK, SLOPERY DE BEUK, AUTOSLOPERIJ HUCK FINN.

Op goed geluk nam Anton een drassige afslag van zwarte sintels die van het dijkje omlaagvoerde. Hij reed voorzichtig; het had kortgeleden geregend en hij probeerde de kuilen vol roestbruine modder te vermijden om de Jaguar spatvrij te houden.

Er waren drie sloperijen aan het sintelpad gevestigd. Het geheel maakte een weinig uitnodigende indruk, met ijzeren omheiningen, prikkeldraad, doodshoofdborden met STRENG VERBODEN TOEGANG. Overal waren stapels gedeukte, doormidden gezaagde, gekannibaliseerde, hopeloze auto's.

Anton parkeerde op het sintelpad en betrad op goed geluk het terrein van SLOPERIJ WITTE CEES. In een grote hangar-achtige opslagplaats met een halfcilindervormig dak vond hij achter een barricade van uitlaatpijpen en autodeuren een soort kantoortje. Daar zaten vier of vijf mannen koffie te drinken. Uit niets viel af te leiden wie de baas was en ze namen geen notitie van hem, laat staan dat hij iets van herkenning van de televisie bespeurde. Dit was ook meer het publiek van Marc van Dijsel.

Maar de mannen richtten allemaal tegelijk hun blik op Anton toen er een dikke blonde jongen binnenkwam die zei: 'Die Jaguar moet weg.'

Het klonk als *sjacheraar* en even dacht Anton dat het op hem sloeg; dat het een ruwe grap was die hier misschien altijd gebruikt werd tegenover groentjes of zelfs tegenover elkaar – maar hij begreep dat hij de Jaguar hinderlijk had geparkeerd.

Hij had hem precies voor een poortje in de omheining gezet, zag hij. Dat poortje stond nu open en een vorkheftruck met een stapel auto's op zijn slagtanden stond erachter te wachten. De dikke jongen die hem had geroepen zat alweer op de chauffeursplaats.

Anton reed de Jaguar een stuk naar voren zodat het poortje vrij kwam.

De vorkheftruck passeerde hem een moment later zo rakelings dat zijn hart een slag miste. Een centimeter meer naar links en de flank van de Jaguar was één groot litteken geweest.

Wegpiraat, vloekte Anton in zichzelf. Hij ving een glimp op van het onbekommerde, domme gezicht van de dikzak. Of zou het expres zijn geweest? Jaguars zagen ze hier natuurlijk niet veel. Met een dergelijke auto kon je zo'n rotgeintje verwachten; hij had hem misschien beter op het dijkje kunnen laten staan.

De vorkheftruck verdween door een poortje in een ander hek, en toen Anton iets naar voren reed zag hij dat het sintelpad daar ophield. Dus moest hij terug, maar nu zag hij tot zijn schrik dat zijn oude plek ondertussen was ingenomen door een brede Amerikaanse slee. Het was de vraag of hij daarlangs kon. Achteruit zeker niet, in een auto die hij niet goed kende.

Voor keren was geen ruimte.

Maar hij kon ook niet blijven staan, er zou niets langs kunnen. En die vorkheftruck kwam al weer terug uit het wrakkenveld.

Voor hij wist wat hij gedaan had, voor hij het zich ook maar had voorgesteld, had Anton de Jaguar met de neus tegen de omheining gedrukt, was hij op die manier toch nog gekeerd en had hij zich, zijn schouders onwillekeurig intrekkend, tussen de omheining en de Amerikaan doorgewrongen. Hij zette de Jaguar een stukje verder op het sintelpad neer, dichtbij de ingang van Witte Cees.

Hij veegde zich het zweet van het voorhoofd en stapte uit om de auto te inspecteren.

Geen schrammetje. Dat was door het oog van de naald geweest, en hij feliciteerde zichzelf met zijn koelbloedigheid. Wel zaten nu overal modderspatten. Vervelend, nu zou hij eerst nog naar een wastunnel moeten.

Losse Peugeot-radiatoren hadden ze bij Witte Cees niet liggen. Een man met een blauwe ijsmuts op, misschien Witte Cees zelf, zei dat hij zelf een Peugeot moest zoeken, en wees waar hij exemplaren vermoedde.

Na een dooltocht door het wrakkenrijk van Witte Cees, over paadjes tussen de autostapels die soms zo nauw waren dat hij terug moest, en langs doorgangen die alleen klauterend over motorkappen en autodaken genomen konden worden, vond Anton een Peugeot waar nog een radiator inzat. Maar toen hij de dop daar afschroefde zag hij dat die droogstond.

Toen hij met deze ontdekking terugkwam bij de hangar lag de man met de ijsmuts onder een auto te sleutelen.

'Nou, haal hem eruit,' zei hij.

'Kunt u dat niet voor me doen?'

'Normaal doen we dat niet.'

'Ik ben abnormaal onhandig met auto's.'

De man keek hem niet onvriendelijk aan.

'Wacht dan maar even,' zei hij.

Anton probeerde een ontspannen wachthouding aan te nemen wat hem moeilijk afging want het was al bijna half één. Als hij de radiator had moest hij die naar zijn eigen garage brengen, dan naar een wastunnel, terug naar Hélène… de tijd drong.

De vorkheftruck die de Jaguar bijna had opengereten hield voor de hangar stil. De dikke jongen stapte er af en ging tegen een werkbank staan leunen. De man onder de auto merkte hem op maar zei niets hoewel die jongen nu toch mooi Antons radiator had kunnen gaan halen. Anton verwierp de aanvechting dat zelf te opperen, en om meteen ook iets te zeggen over die onverantwoordelijke manoeuvre met de truck.

Die dikke pattepoef stond hem maar aan te gapen. Hij kon nog geen vijfentwintig zijn, maar hij had al een bierbuik waarvan de onderkant donzig onder een kort wollen truitje uithing. Eén pijp van zijn broek hing in rafels. Zijn blik was dom en zelfingenomen.

Nu hij toch moest wachten besloot Anton een nuttig experiment uit te voeren: water in die radiator gieten om te zien of hij lek was. Er stond een lege emmer, maar een kraan zag hij zo gauw niet.

'Kan ik die ergens vullen?' vroeg hij, wijzend op de emmer.

'Misschien,' zei de jongen.

'Waar is een kraan?'

'Waar hebben we water voor nodig?'

Zeggen we vandaag *we*, had Anton willen zeggen maar hij deed het niet, het zou te veel eer zijn. Hij legde uit waar hij een emmertje water voor nodig had.

'Dat bekijken we straks wel als hij eruit is,' zei de jongen.

Dat vond Anton een onprettig idee. Als de radiator lek bleek zou hij misschien toch moeten betalen voor het demonteren.

'Hoeveel kost die radiator eigenlijk?' vroeg hij.

'Veertig gulden,' zei de jongen, hoewel Anton zich eigenlijk had gericht tot de man die nog steeds onder de auto lag te sleutelen. 'Plus tien gulden statiegeld.'

'Statiegeld?'

De jongen knikte flauwtjes, alsof het algemeen bekend was dat er statiegeld zat op radiatoren.

'Statiegeld ja. Jij brengt je ouwe radiator hier, dan krijg je die tien gulden terug.'

Die jongen wist niet eens wat statiegeld wàs. Anton moest lachen om het idee dat hij hier met zijn kapotte radiator terug zou komen en om een tientje zou vragen. Het was maar een woord natuurlijk, een smoes om de prijs te verhogen. Als je het op die manier bekeek was *statiegeld* niet eens ongeestig.

'Oké, haal jij hem er dan even voor me uit?'

De jongen schudde zijn hoofd.

'Doen we hier niet. Jammer, hè?'

Hij probeerde niet eens leuk te doen. Hij keek Anton aan met een botte spot die hij van de natuur moest hebben meegekregen.

'Ja, dat doen jullie wel, en toevallig moet jíj dat doen. Van je baas. Jammer hè?'

Dat flap ik er wèl even uit, dacht Anton, maar hij voelde zich gedekt door de nog steeds sleutelende man met de ijsmuts. De jongen grijnsde, misschien dreigde er even iets in zijn ogen. Nog steeds leunend tegen de werkbank begon hij een shaggie te rollen.

'Ik kom eraan,' riep de man onder de auto. Het klonk lief, alsof hij zich wilde verontschuldigen voor het onbeschofte gedrag van het personeel dat ook tot in zijn branche was doorgedrongen, en waar hij machteloos tegen was.

Anton werd zenuwachtig van de ondoorgrondelijke en minachtende blik van de dikke jongen. Hij liep naar buiten en ging zitten op een bumper. Hij probeerde niet ongeduldig te lijken – leunde met een voet op een stapeltje wielen, met zijn elleboog op een motorkap.

Ineens stond de dikke jongen naast hem, zijn buik om een koplamp gestulpt.

'Meneer, willen we daar éven niet op leunen. Die wagen is net gespoten. Als u daarop leunt worden we kwaad.' Zijn kleine ogen waren koud en gemeen, de spot was verdwenen.

Anton zag waar hij op had geleund: een grote zwarte jeep, op hoge ordinaire wielen, inderdaad geen wrak. Hij glansde: als nieuw!

Hij haalde zijn schouders op. Waarom de enige auto hier die geen wrak was meteen ook onaanraakbaar moest zijn begreep hij niet. Om niet geïntimideerd te lijken ging hij op de motorkap van een andere auto zitten.

Toen hij weer naar de jeep keek stond de jongen daar nog. Over de motorkap gebogen bestudeerde hij de lak, op de plek waar Anton had geleund.

'Er zit een kras op,' zei hij.

Anton schrok. Maar hij reageerde niet. Waarom zou hij zich aangesproken voelen?

'Hé.'

Ik ken geen mensen die mij met 'hé' aanroepen, dacht Anton.

'Hé daar.'

Tegen zijn wil beantwoordde hij de blik van de jongen.

'Jij hebt een kras op mijn auto gemaakt.'

Belachelijk. Hij kon geen kras gemaakt hebben. Des te erger, die jongen zocht dus ruzie. Om zijn welwillendheid te tonen stond Anton op en liep naar de jeep.

'Waar zit een kras.'

'Hier.'

Zijn adem stokte even. Er was inderdaad een kras – ongeveer waar hij zijn elleboog op de motorkap had gehad. Maar het was onzin: er was daar een glinsteringetje in het zwart, alsof een oude horlogemaker even was uitgeschoten met zijn allerkleinste schroevedraaier.

'Hij moet overgespoten worden. Dat kost je vijf meier.'

Anton toonde zijn elleboog. 'Dit is wol. Hoe kan ik hiermee krassen?'

'Dat zal jij zelf het beste weten.'

'Sorry, maar ik weet niet hoe die kras daar komt,' zei Anton. 'Het is niet eens een kras.' Misschien was koelbloedig bagatelliseren de beste taktiek. Hij liep weg van de jeep, bang dat de jongen achter hem aan zou komen, en hem bij zijn mouw zou pakken.

De man met de ijsmuts schoot te hulp, in ieder geval voorlopig. Hij had een gereedschapskistje in zijn hand en wenkte Anton om mee te gaan naar de Peugeot met de radiator.

Terwijl Anton toekeek bij het demonteren zag hij ineens tussen twee autotorens door de zwarte jeep. De dikke jongen stond nog steeds gebogen bij de motorkap, bij zijn zogenaamde kras, alsof het een waardevolle postzegel was.

Het was dus menens. Anton moest de neiging onderdrukken om de baas te vragen: 'Die jongen gaat me toch niets doen?' Dit was echt griezelig: hij had hier niet met redelijke mensen te maken, maar met geteisem. Je kon er zeker van zijn dat in zo'n hangar niet alleen autotroep lag, maar ook schietwapens. Hij kon toch niet die vijfhonderd gulden gaan betalen?

Misschien kon hij vluchten. De Jaguar stond aan de andere

kant van de omheining, maar een paar meter van hem vandaan. Een geluk dat hij hem niet toch nog op het dijkje had gezet, en dat hij hem al had gekeerd. Hij zou er zo mee weg kunnen rijden. Maar over de omheining klimmen was onmogelijk en iedere andere aftocht zou langs de jeep en de dikzak voeren.

Hij hàd op de plek van de kras geleund. Moest je echt een hele auto overspuiten om één klein krasje ongedaan te maken? Hij moest rustig blijven. Wie weet was die jongen als het erop aankwam toch vatbaar voor rede. Of anders zou de baas voorkomen dat er ongelukken gebeurden.

Toen ze met de radiator terugkwamen was de dikke jongen er niet. Misschien had hij begrepen dat hij toch niet zou winnen en wilde hij gezichtsverlies vermijden.

Vlug vroeg Anton wat de radiator kostte: vijfendertig gulden. Statiegeld meegerekend vijfenveertig.

Hij haalde zijn portemonnee te voorschijn.

'Dat hadden we niet afgesproken.' De jongen stond ineens weer naast de man met de ijsmuts. Rustig, lijzig, dreigend.

'Sorry, ik weet ook niet wie hier de baas is,' zei Anton in de hoop dat niet de kras bedoeld was, maar de prijs van de radiator. Hij pakte een biljet van vijftig gulden, dat had hij er ruimschoots voor over om hier weg te komen. Desnoods zonder radiator.

'Ikke,' zei de jongen.

Pas nu zag Anton het: hij was blond. Witte Cees in eigen persoon! De baas. Hij had hem gehinderd met de Jaguar en hem beledigd door hem aan te zien voor een knecht. Dat gedoe met die kras was zijn wraak.

Anton gaf hem de vijftig gulden, pakte de radiator op, en begon weg te lopen. Hij hield zijn adem in. Ieder moment kon hij een hand op zijn schouder voelen. Zijn hart bonkte.

'Waar gaan we heen?' klonk het achter hem.

Anton bleef staan en draaide zich om.

'Nou moet je die kras nog betalen,' zei Witte Cees.

'Ik heb geen kras gemaakt.'

'Jij hebt wel een kras gemaakt.'

'Nee.'

'Wil je je wagen op die stapel? Vijf meier.'

De man met de ijsmuts zei niets. Uit de ogen van Witte Cees sprak zekerheid. Maar zekerheid waarover? Over de betaling die hij zou afdwingen? Over de geweldige grap die hij hier uithaalde? Zou Cees hem uitlachen en hem op zijn schouder slaan als hij chèques begon uit te schrijven? Hem het ziekenhuis inslaan als hij het niet deed?

Anton smeet de radiator op de grond, draaide zich om, en rende weg. Hij moest Cees verrast hebben want toen hij de Jaguar bereikte was hij alleen. Alles ging goed: hij kreeg het bosje sleutels bij de eerste greep uit zijn zak, het goede sleuteltje meteen in het sleutelgat, de deur meteen open.

Hij startte en trok wild op maar moest meteen bovenop de rem: een auto die uit een zijpad kwam versperde de weg.

De zwarte jeep.

Verlamd van angst bleef Anton zitten. Witte Cees klom uit de jeep, liep op Anton toe en beduidde hem het raampje open te draaien.

'Vijf meier,' zei hij. Hij hield zijn hand op. Een vieze grote babyhand.

Ik zal toch niet gaan huilen, dacht Anton. 'Ik ben gisteren op de televisie geweest,' zei hij. Hij kon niet geloven wat hij hoorde.

'Maakt voor mij niks uit,' zei de jongen. 'Als we schade maken betalen we de schade.'

Anton kon alleen maar naar die hand kijken.

'Nee?' zei Witte Cees. Hij knikte, haalde een schroevedraaier uit zijn zak en liep naar de voorkant van de Jaguar. Hij zette de punt op de motorkap en trok. Het gaf een krijsend, schrapend geluid. Anton kon niet bevatten wat hij hoorde en zag. Het leek of de Jaguar een levend wezen was dat gilde van pijn en vernedering.

Met overwogen halen, het puntje van zijn tong uit zijn mond, kraste Witte Cees verder. Horen en zien verging Anton. De wereld was veranderd in één grote nagel die over een schoolbord werd getrokken.

Pas toen Anton het landelijke weggetje ver achter zich had, en de brede straten van de tuinstad had bereikt, drong tot hem door wat er gebeurd was. De onbekende eigenaar zou zijn Jaguar beschadigd terug krijgen. Maar hoe ernstig beschadigd?

Hij zette de auto stil, stapte uit, en liep naar de motorkap. Witte Cees had niet in het wilde weg gekrast. Hij had *geschreven* met zijn schroevedraaier. In grote, goed leesbare blokletters stond er: GROTE TV KUT BEN JE.

Hij keek op zijn horloge: vijf voor half twee. De wastunnel schoot er bij in. Hij had nog vijf minuten om de Jaguar naar Hélène terug te brengen.

TWEE PELGRIMS

Het eerste wat Lodewijk Stern zag toen hij een plaatsje tussen de kantelen van de Torre del Mangia in Siena had bemachtigd en zijn verrekijker op het plein beneden hem richtte, was Basje Geelof.

Hij viel haast omlaag van verbazing.

Het was Basje, geen twijfel mogelijk. Hij zat op een terrasje aan de rand van het plein, alleen. Een breedgeschouderde jongen, zonnebril op, sigaretje in zijn mondhoek. Rechtopstaand kort haar, vlassig snorretje, een mouwloos grijs truitje dat de gespierdheid van zijn bovenarmen deed uitkomen. Een jonge god zoals je ze zag stratenmaken en glazenwassen, een type dat je eerder in Zandvoort of in Torremolinos zou verwachten dan in Siena.

Zoals altijd wanneer Stern Basje zag of, zoals in Amsterdam een paar keer per dag gebeurde: dacht te zien, schoot er een vlam van angst door zijn buik. Maar nu kwam er voor die angst meteen iets anders in de plaats. In de gezelligheid en de kleurigheid van de toeristen op het zonnige mooiste plein van de wereld vloekte Basje – niet door zijn verschijning, maar door zijn alleenzijn dat haast obsceen was. Ook zonder verrekijker bezien zat hij er verloren bij. Ongewild benadrukte hij dat met al die kenmerken van stoerheid waartoe zijn soort hem verplichtte. Die spierballen, die zonnebril, dat nonchalante sigaretje, die hele uitdrukking van martiale onverschilligheid die jongeren als hij afkeken van reclamefilmpjes... Hij was te jong om te weten dat je vooral de gehoorzaamheid zag, niet de stoerheid. Wat hij opwekte was niet ontzag, maar de neiging je arm om hem heen te slaan. Zeker als je, zoals Stern, wist wat hem door het hoofd moest spoken.

Het was niet erg druk op het plein. De meeste toeristen bevonden zich op de toren, waar ze met hun ellebogen in Sterns zij priemden, en op de hoefijzervormige promenade aan de bovenrand van het plein waar de terrasjes waren, winkels, en kraampjes waar je grote vlaggen kon kopen met het wapen van Siena erop. Een paar kinderen hadden zo'n vlag gekregen en renden er de duiven mee achterna die klapperend opvlogen.

Op het plein zelf, dat als een bleekrode schelp van de promenade omlaag glooide naar het stadhuis en de toren, was bijna niemand. Een meisje en twee jongens gooiden er met een groene frisbee; als een van hen miste kletterde het ding verder over de stenen met een geluid dat boven op de toren helder te horen was.

Over de promenade reden ook wat kleine vrachtwagentjes die daar wel speciale vergunningen voor zouden hebben. Niet ver van Basje, op de hoek van een straatje dat op het plein uitmondde, zag Stern de paardekoetsen waar Marcelle hem in had meegenomen toen hij met haar in Siena was geweest.

Basje moest eens weten. Hij was uitgerekend op het terras gaan zitten waar Stern op klaarlichte dag met zijn hand onder Marcelles zomerjurk was gegaan en even door haar schaamhaar had gewoeld. Het was het eind van hun vakantie geweest, al haar slipjes hingen in een kozijn van hun hotelkamer te drogen en ze was uitgegaan zonder iets onder haar jurk. Hij wist niet meer hoe het idee was ontstaan, waarschijnlijk door haar; hij was geen held in dat soort baldadigheden. Hij vond het leuk, omdat er voor een vrouw als Marcelle op haar dertigste weinig meer was dat ze nog nooit met iemand had gedaan. Ze was er speciaal voor gaan zitten, en Stern had zo schuldbewust op een goede gelegenheid geloerd dat toen hij het ten slotte deed, het halve terras het had gezien.

Dat maakte het alleen maar leuker.

Er was een foto van de rij slipjes in het kozijn.

Basje had een boek bij zich, het lag op zijn tafeltje. De titel kon Stern niet lezen door zijn verrekijker, maar hij dacht de onvermijdelijke Torre del Mangia op het omslag te zien. Even kwam het bij hem op dat hij op zijn hoge toren weliswaar onzichtbaar was voor Basje, maar dat die hem op de toren op het *omslag* zou kunnen zien. Een nare gedachte. Basje echt zien, door hem worden gezien, was wel het laatste waar hij naar verlangde. In Amsterdam was het hem een keer overkomen, toen hij bij een stoplicht naast een bestelautootje stond. Ineens had hij het bestelautootje van Basje herkend, met Basje erin. Een botsing van hun blikken was niet meer te vermijden geweest. Gelukkig sprong het licht vlug op groen. Basjes rij kon eerder weg, en Stern keek het wagentje na, met het laadgedeelte waarin hij een matras wist; een slakkehuis van verderf dat Basje overal met zich meedroeg.

Nog dagen had hij zich afgevraagd of Basje in die flits spottend had geglimlacht, en of hijzelf per ongeluk vriendelijk naar hem had geknikt.

En als hij nu eens gewoon naar hem toeging?

Stern wenste Basje niets kwaads meer toe, en er was die aanvechting om hem te troosten – maar een confrontatie, in Siena nog wel, dat ging te ver. Wat zouden ze ook tegen elkaar moeten zeggen?

'We zitten in hetzelfde schuitje hè?'

'Ja, we zitten in hetzelfde schuitje.'

Nee, dat zou Basje niet zeggen. Hij zou stuurs zijn, zich geen raad weten, zoals alle keren dat Stern hem had ontmoet. Maar Stern zou zich zelf ook geen houding weten te geven. Om zijn verrekijker op Basje gericht te kunnen houden moest hij een gonzen in zijn buik verdragen dat nog het meest weghad van de rillerige lichtheid van verliefd zijn.

Zou Basje hem eigenlijk haten?

Haatte hij Basje? Hij had hem in een grote pot levend gekookt, zijn hoofd er afgehakt, zijn lul er afgesneden, hem door vier paarden uit elkaar laten trekken, maar haten? Basje en hij hadden gevoelens voor Marcelle, het zou primitief zijn ze voor elkaar te hebben.

Die brave gids in plaats van gewoon *De Telegraaf*! Door Marcelle had Basje aan een andere wereld geroken en nu die wereld weer voor hem gesloten was dacht hij er iets van te behouden door boeken te lezen. Wist zo'n jongen veel dat ijver niets met ontwikkeling te maken had. Al stampte hij alle gidsen van Italië in zijn hoofd, nooit zou Basje iemand zijn die oog had voor het zielige van een stoere zonnebril.

Stern maakte een foto. Misschien was Basje daarop herkenbaar, was zelfs zijn verlorenheid te zien. Dan schreef hij 'Terug naar Siena' op de achterkant en stuurde hem aan Marcelle. Kon ze zien wat ze mensen aandeed.

Alle drang ten spijt om het omgekeerde te zien van wat de natuur je ingaf: die jongen had zijn kop niet mee. De Apollo der klusjesmannen had een ploertig-burgerlijk, uitdrukkingsloos gezicht waar Marcelle dus in tomeloze passie kussen op had gedrukt. Een brede, vlezige mond die dingen had gedaan waar hij maar niet aan moest denken. Als monden praten konden...

Voor zover Stern ze kende, beperkten de prestaties van die mond zich tot een argeloos plat Amsterdams dat hij voor het laatst had gehoord in de nacht van de Grote Ineenstorting.

Hij had vroeger dan anders naar bed gewild, hopend dat Marcelle nog wakker was. Met de klink van de slaapkamerdeur al in zijn hand zag hij door de kier licht flikkeren: ze had de televisie aan. Maar behalve de stemmen van een film hoorde hij ook haar stem. Ze telefoneerde. Om half één. Met Basje dus. Hij voelde zich misselijk worden, hij moest zich vasthouden. Ze was met Basje gestopt, voorgoed, voor altijd. Beloofd, bezworen. Na een valse start, vol verwaarlozing en bedrog, hadden ze een nieuw begin gemaakt, met schone lei.

Het was de toon die haar verraadde. Dat Basje aan de telefoon was zei op zich niets. Niemand kon hem verhinderen haar te bellen, om te zeggen dat hij gek werd zonder haar. Maar iedere dringendheid ontbrak aan dat gesprek. Het was een rustig gesprek tussen vrienden. Ze hadden weer regelmatig contact. Waarschijnlijk was het nooit verbroken geweest. Ze hadden gewoon doorgeneukt, als ze het niet iedere dag deden dan was dat alleen omdat Basje nog bij zijn ouders woonde en zij bij hèm. Ze was geen moment van plan geweest met Basje te stoppen. Waarschijnlijk had zij hèm gebeld.

Het gesprek kabbelde voort, Marcelle had niets gemerkt. Stern kon niet veel verstaan, van haar noch van de film. Hij kreeg de indruk dat Basje de televisie ook aanhad en dat ze samen naar die film keken en erover praatten. Het kwam bij hem op dat het niet aardig van hem zou zijn ze bij zoiets te storen.

Hij ging naar binnen.

Marcelles mond zakte open. Tegen de telefoon aan haar oor viel niet op te liegen en dat probeerde ze ook niet.

Ze keken elkaar aan. Geen van beiden wisten ze hoe het verder moest. Op de achtergrond speelde zachtjes de film. Pas na een hele tijd drong ook een ander geluid tot Stern door; een gesmoord geluid uit de hoorn in Marcelles hand die ze op bed had laten zakken, misschien iets dat Basje over de film zei. Stern pakte de hoorn af. Ze probeerde hem vast te houden, maar niet met kracht, het was of hij een plantje uit de grond trok.

Hij luisterde. Hij hoorde een regelmatige, geduldige ademhaling, als van een jong en sterk dier. Heel even onderbroken door een licht boertje, waarschijnlijk had Basje een pilsje onder handbereik.

'Hé Marcelle?' zei Basje ten slotte, in één lettergreep bijna haar hele naam opslokkend, zodat die rijmde op farce. 'Marcelle? Ken je niks zeggen? Is Lodewijk d'r?'

Laudewaak. Het was nog aangrijpender Basje zijn naam te horen uitspreken dan die van Marcelle. Sterns hart ging verschrikkelijk tekeer. Die nietsvermoedende jongen, ademend aan zijn oor, het was intiemer dan alles wat hij zich had voorgesteld.

Basje wachtte, zijn ademhaling in de telefoon klonk haast geroutineerd. Waarschijnlijk was dit wel vaker gebeurd en hield Marcelle dan even op met praten tot Stern van de wc of de koelkast terug was gegaan naar zijn werkkamer.

'Marcelle,' zei Basje, 'ben je d'r nog? Geef me anders straks nog effe een belletje.'

'Hé Basje,' zei Stern, en zijn keel sloeg meteen dicht, hij kon haast geen woord uitbrengen. 'Vertelt ze je nou ook dat wij daarnet geneukt hebben?'

'Dat is gelogen, het is niet waar,' gilde Marcelle. Ze wilde de hoorn uit zijn hand trekken, maar Stern hield hem vast.

'Waar ben je nou mee bezig man,' riep Basje uit, met een ontsteltenis in zijn stem die maakte dat Stern hem, ver achter de gevechtslinies in zijn brein, waar in paniek geraakte manschappen elkaar bij bossen neermaaiden, aardig vond.

'Jochie jochie,' zei hij, 'ze lacht je uit, weet je dat? Ik heb niets persoonlijks tegen jou weet je dat.'

'Ik ook niet tegen jou,' zei Basje.

'Je mag u tegen me zeggen. Je moet oprotten. Oprotten.'

'Wie denk jij nou helemaal dat je bent man.'

'Ik ben professor doctor Lodewijk Stern.'

'Dat maakt mij geen ene moer uit,' zei Basje.

Stern smeet de telefoon op de haak, maar Marcelle nam hem weer op en drukte Basjes nummer. De gewendheid van haar vinger maakte hem ziek.

'Basje, ik ging door de grond. Ik voelde me zo gemeen. Het kan niet meer, ik kan niet meer zo tegen Lodewijk liegen. Ik wil ermee stoppen.'

Het geluid in de telefoon begon te protesteren.

'Hij hééft geen zeggenschap over me,' zei Marcelle. 'Het maakt me kapot. Ik kan het niet meer.'

Ze huilde. In de telefoon huilde Basje ook. Marcelle leek Stern vergeten. De hartstocht van haar gesprek met Basje was verschrikkelijk om te horen. Zo vaak had Stern zich voorgesteld hoe die twee samen waren en nu was hij getuige van het meest dramatische moment van hun hele verhouding. Wat een koude douche voor die Basje. Hij had een gezellige babbel met zijn minnares gemaakt en ineens was het licht van zijn leven gedoofd.

Stern wilde wel altijd luisteren, maar het was ook onverdraaglijk. Hij nam Marcelle de hoorn weer af en drukte Basjes gesnik uit als een peuk.

Daarna waren er verwijten uitgeschreeuwd en begon er een gevecht waarbij kleren van lichamen werden gescheurd, lampen kapot gesmeten, een schroevedraaier geheven. Stern was buiten zinnen, en tegelijk een kalme toeschouwer. In één uitspatting revancheerde hij zich voor een leven lang geen vrouwen slaan. Hij sloeg Marcelle waar hij haar kon raken en moest haast lachen dat een zo vertrouwd lichaam zo nieuw en anders kon aanvoelen. Het was een raar, floppig ding geworden met Marcelle erin. In het licht van een omvallende lamp zag hij dons dat op haar groeide en dat vreemd was, als een grasveld op de maan. Ze sloegen elkaar de kamers door. Stern trok een kast met serviesgoed van de muur; met een donderende klap viel een boekenkast om. Hij dacht: 'Zo vallen de doden in liefdesgevechten, eentje klapt met zijn kop tegen een punt van de tafel en is er geweest. Later vraagt iedereen zich af hoe het ging. Ik zie het gebeuren. Ik ben er bij.'

'Ik hield van je, klootzak,' was later het enige dat hij zich kon herinneren van alles wat Marcelle had geschreeuwd.

Schuin tegenover Basje, bij de fontein met het turquoise water die als een vierkant badkuipje aan het hoofd van het plein stond, spreidde een lange, magere figuur met een zwarte hoed een doek uit. Hij legde een langwerpige koffer neer en ging zitten, achteroverleunend op zijn ellebogen.

Stern had nooit meer aan hem gedacht, maar hij herkende hem meteen. Hij wist wat er in die koffer zat: een saxofoon. Het dansen met Marcelle op het plein in Siena zou hij nooit vergeten, dat was een van de meest romantische herinneringen van zijn leven, maar het was alsof die dans los in hem had voortbestaan, zonder muziek, en zonder iemand die die muziek maakte.

De saxofonist had gespeeld toen het donker was. Langzame, rustige jazz zonder begeleiding, geluid in harmonie met de loomheid van het plein. Het hoefijzer glinsterde van het licht van de terrasjes die afgeladen waren, maar op de schelp was het donker en nagenoeg leeg. Er leunden alleen wat mensen tegen het hek rond de fontein, een paar stonden bij de saxofonist te luisteren. Marcelle nam Stern in haar armen. Ze wilde dansen en hoewel hij dat een beetje overdreven vond gaf hij toch toe. Ze dansten ook niet echt, ze wiegden wat in elkaars armen, in de warme donkerte van het prachtige plein. Een paar andere paren dansten ook. Stern genoot van de blikken op de mooie vrouw in zijn armen die zo duidelijk verliefd en gek op hem was. Ze hield hem een stukje van zich af en keek hem hoofdschuddend en onbedaarlijk glimlachend aan, alsof ze van verliefdheid geen woord meer kon uitbrengen. En hij dacht: 'Kitsch, Marcelle.'

Wat een krankzinnig toeval, Basje en hij allebei in Siena. Hoewel: eigenlijk was alleen het tijdstip toevallig. Basje reed tegenwoordig vrachtwagens op Oostenrijk, Zwitserland, Italië. Hij was een werkloze half afgestudeerde loodgieter. Zo hadden ze hem ook leren kennen, een vriendin van Marcelle had een goedkoop mannetje geweten voor klusjes. Van een kennis van die vriendin had Stern gehoord dat Basje, om Marcelle te vergeten, vrachtwagenchauffeur was geworden. Marcelle had een paar jaar in Siena aan het conservatorium gestudeerd. Dat zou ze Basje ook wel hebben verteld. Waarschijnlijk was hij met zijn Reus van de Weg in de buurt geweest en had hij de kans waargenomen om ver van huis even bij háár te zijn.

Net als Stern.

Ze waren lotgenoten. Twee pelgrims in een heilige stad.

Stern zag Basje voor zich over tien, vijftien jaar. Driehoog in Oud-West waar hij hoorde, met een vrouwtje dat even plat praatte als hijzelf. Een vakantie in Italië kwam ter sprake. 'Siena, is dat wat?' vroeg ze. Uitgesproken als het begin van sinaasappel, en hij verbeterde haar niet. Een weemoedige glimlach die zij wel vaker zag maar die ze niet begreep verscheen op zijn gezicht. Wat zou hij haar niet kunnen vertellen over de Torre del Mangia, de schildersschool van Lorenzetti en Beccafumi, de oorlogen met Florence en niet te vergeten de spitsboogstijl. Maar hij deed het niet want Siena was heilig, niet voor haar.

Daar zat hij met zijn bolle armen, zijn gekmakende lul verweesd in zijn broek, Marcelles King of the Road.

Blokken, joh!

In de cabine van zijn vrachtwagen, in zijn kamertje thuis, hingen waarschijnlijk foto's van Marcelle die hij uit tijdschriften had geknipt, wat Stern op de een of andere manier meer pijn deed dan wanneer het foto's zouden zijn die ze hem zelf had gegeven.

Nu de hartstochten waren uitgewoed kon hij het zich veroorloven medelijden te hebben met die jongen. Die was pas echt geknakt door de affaire. Zijn moeder had Marcelle nog een keer gebeld om te zeggen dat hij niet meer at en alleen nog maar uit het raam keek. Hij was de trotse bezitter geweest van een oude Mercedes, een echte Mercedes! Hàdden zijn vrienden niet. Die had hij ingeruild voor dat bestelwagentje omdat hij noch thuis, noch uit met Marcelle naar bed kon. Op een plattegrond van Amsterdam had Stern haar laten aanwijzen waar het rijdende peeskamertje geparkeerd had gestaan. Nu wachtte het 's nachts vergeefs in Basjes eigen straat, met die matras erin die doordrenkt was van herinneringen aan gebeurtenissen die nooit meer zouden worden geëvenaard.

Marcelle was iets raars in Basjes leven geweest, iets gedrochtelijks bijna, als een gouden bochel. Zijn vrienden keken tegen hem op om zijn minnares die in kranten stond en voor de televisie kwam, maar hij kon niet meedoen als zij met hun meisjes uitgingen, en ze lachten hem uit om de platen waar hij ineens naar luisterde. Een familielid had hem aangeboden in Amerika te komen werken, maar hij had niet ergens willen zijn waar Marcelle niet was. Hij hield van haar. Hij had ervan gedroomd voor zijn dertigste binnen te zijn en een paleis voor haar te bouwen. Bijna twee jaar had hij gevochten voor de illusie meer te zijn dan een argument in haar strijd met Stern, haar meer te kunnen bieden dan zijn lichaam en zijn hondeliefde. Maar een klassieke zangeres van vijfendertig trouwde niet met een loswerkman van tweeëntwintig.

Toen híj twintig was had Stern er niet van durven dromen te worden ingewijd door een dergelijke vrouw. Dat alleen al had hem gek gemaakt van jaloezie. Nu zag hij de schaduwzijde ervan voor Basje. Het was pech voor hem dat Marcelle zijn eerste liefde was. Ze was mooi, aardig, hartstochtelijk. Ze was ook nog rijk en beroemd. Zo'n vrouw maakte je maar eens in je leven mee, Stern net zo goed als Basje. Maar Stern was beter af: hij had zijn niet-Marcelles gehad voor ze verbleekten bij Marcelle.

Hij had zich vaak afgevraagd waarom het hem speciaal zo woest moest maken dat zijn rivaal iemand was die een woord als cocu niet zou kennen. Het was zelfs denkbaar dat Basje nog nooit van Freud had gehoord. Een goede loodgieter kon een waardiger en dieper mens zijn dan een goede psycholoog, maar een vooroordeel was niet automatisch een onjuist oordeel. Basje was geen achttien meer, hij had al kansen gemist, bijvoorbeeld om te ontdekken dat het 'hij heeft' is, en niet 'hij heb'. Hij las niet. Wat hij met Marcelle deed was waarschijnlijk 'wippen'. Hij kon dingen die Stern niet kon, maar maakte handigheid bij het plaatsen van een nieuwe closetpot nu werkelijk de leegte goed waar werelden van geest hadden kunnen zijn?

Het moest onweerstaanbaar spannend zijn om naar bed te gaan met iemand die zo anders was – maar wat zag Marcelle in Basje? Ze had er na een maand op uitgekeken moeten zijn. Het had bijna twee jaar geduurd. Sterns triomf dat hij een vrouw als Marcelle had weten te boeien was ongedaan gemaakt doordat Basje het ook had gekund.

Maar helemaal zeker over Basjes waardeloosheid voelde hij zich nooit. 'Hoe kom je de tijd eigenlijk door met die jongen?' vroeg hij een keer. 'Jullie neuken toch niet alleen maar? Je moet toch ook met hem kunnen praten? Leest hij wel eens een boek?'

'Ja hoor.'

'Wat dan?'

'Hij leest Kuifje.'

Stern voelde zich betrapt. Hij hield ook van Kuifje, en hij ging er prat op die boeken soms nòg te lezen. En in zijn omgeving waren de Kuifjes dan nog erkende meesterwerken terwijl die jongen ze waarschijnlijk op eigen kracht leuk had moeten vinden.

Tegenover een vriend ontglipte Stern een keer de term *zwaargewicht* over Marcelle, vóór hij zich realiseerde dat het Basje was die die term voor haar had gebruikt, en dat hij haar had gehoond toen ze dat vertelde.

Hij hoonde zonder illusies: iedere inspanning van een hoogleraar experimentele psychologie om een ongeletterde vrachtwagenchauffeur te kleineren was gedoemd belachelijk te zijn, nog belachelijker dan de opgetogenheid van een concertzangeres over de complimentjes van zo'n jongen. Hoe waardelozer hij Basje noemde, hoe meer Stern zichzelf toe moest geven dat hij Marcelle bewonderde om de lak die zij had aan de onmetelijke afstand tussen haar en haar jonge minnaar.

Op een nacht droomde Stern van Marcelle en Basje. Ze zaten naast elkaar in een vensterbank. Het raam was open. Ze keken naar elkaar, en ze hielden van elkaar. Basje was oneindig lief en zacht voor haar, hij zou alles voor haar doen. Ze hoorden bij elkaar.

Al in zijn droom verging Stern van schaamte om zijn hoon voor iets dat, dwars door alle onmogelijkheden heen, misschien een echte liefde was.

Hij vertelde Marcelle zijn droom.

'Ik vond hem lief,' zei hij.

'Oh, hij is zo lief.'

Er zat niet veel actie in Basje. Hij nam zijn gids op en klopte er wat mee op tafel, maar hij las er niet in. Een keer stak hij een nieuwe sigaret op, en af en toe keek hij over zijn schouder naar de paardekoetsjes. Stern zou heel wat stuivertjes overhebben voor zijn gedachten. Als Basje wegging zou hij achter hem aan moeten gaan, kijken wat hij ging doen. Zou zo'n jongen nou ook Marcelle-rituelen uitvoeren? Misschien ging hij, net als Stern had gedaan, naar het conservatorium om te staan waar de twintigjarige Marcelle had gestaan, naar het huis waar ze op kamers had gewoond. Maar misschien liep hij gewoon naar zijn vrachtwagen en reed hij weg.

Stern voelde zich ineens ondraaglijk eenzaam bij het idee zonder Basje in Siena te zijn.

Wat natuurlijk ook kon was dat Basje de toren opging – een ontmoeting zou onvermijdelijk zijn. Ineens stond Sterns besluit vast. Als deze ontmoeting iets betekende, dan was het dat hij de kans had een groots gebaar te maken. Hij zou naar Basje toegaan en hem de troost bieden dat hij hem als gelijkwaardig slachtoffer behandelde. Had Marcelle moederlijke gevoelens voor die jongen gehad? – hij had vaderlijke! Ze zouden niet zo laag zinken dat ze details over haar gingen uitwisselen, maar hij zou zich verontschuldigen voor het misbruik dat zij van hem had gemaakt. Hij zou Basje aanmoedigen en raad geven om iets van zijn leven te maken, hem daadwerkelijk helpen als hij daarvan gediend was. En als hij dat niet was, ook goed – in ieder geval moesten ze iets drinken op hun samenvallende bedevaarten en op het inzicht dat hun liefde voor hetzelfde hen vrienden moest maken in plaats van vijanden.

Er werd ruw tegen Stern aangestoten, hij liet bijna zijn verrekijker vallen. 'Gaat u toch eens opzij,' zei iemand in het Duits. Het was niet eens per ongeluk gegaan. Het was ook erg druk, en hij hield het mooiste uitzicht op het plein al een hele tijd bezet.

Stern keek op zijn horloge. Het was bijna drie uur. Als de torenklok begon te luiden zou hij naar beneden gaan, naar Basje. Met Marcelle was hij nog een etage hoger geweest, op een plankier vlak onder de klok. Ze hadden samen de slappe lach gekregen om het oorverscheurende beieren.

Ineens trok een verandering in de houding van Basje Sterns aandacht. Basje veerde op en keek in de richting van de paardekoetsen. Hij stak een hand op alsof hij iemand groette.

Over de grijze tegels van de bovenrand van de schelp liep een mooie vrouw. Het was Marcelle. Ze had een kaki rokbroek aan, een bloesje, en ze droeg een zwart tasje over haar schouder.

'Nu maakt het toeval het wel heel bont,' dacht Stern. 'Zo meteen zien ze elkaar nog, dan begint het godverdomme wéér.'

Marcelle liep naar Basje, streek hem door zijn haar en ging op het stoeltje naast hem zitten. Ze rekte zich even uit en wenkte de ober.

Stern was zijn plaats kwijt. Hij was achteruit geslagen, tegen de torenmuur. Waar hij had gestaan stonden nu anderen, als nieuwe kantelen die zijn uitzicht belemmerden.

'Voelt u zich wel goed?' vroeg iemand. Hij zag meer blikken op zich gericht; hij stond dan ook met zijn hand bij zijn hart, en hij ademde zwaar en waarschijnlijk hoorbaar. Niemand had natuurlijk zin hier een hartaanval bij te wonen. Het zou wel in de gidsen staan: bij hartklachten wordt de beklimming van de Torre del Mangia afgeraden.

'Ja ja, nee,' zei hij. Hij moest weg van die blikken die wisten dat er iets met hem was. Hij begon het trapje naar de torenklok te beklimmen.

Juist toen Stern het plankier bereikte begon de klok te luiden. Het was of hij op de voorplecht van een klein schip stond, en overslaande zeeën van geluid moest trotseren. Hij sloeg zijn handen voor zijn oren en opende zijn mond, hij wist niet eens of het waar was dat hij 'Oóóh, ooh' riep. Zo had hij hier ook met Marcelle gestaan. Nu was de enige ander op het plankier een toerist met een baard, die naar hem knikte met iets dat bedoeld kon zijn als een verbroederende glimlach van geluidsdurfallen onder elkaar.

Toen het was afgelopen ontdekte Stern dat hij ook van hier vrij zicht had op Marcelle en Basje. Ze zaten te praten, met de ontspannenheid van een stel dat elkaar al lang kent. Alles was gelogen geweest. Al hoorde hij zelf tot degenen die het veld hadden moeten ruimen, Stern was blij geweest voor Marcelle dat zij na de Grote Ineenstorting eindelijk een punt had weten te zetten achter haar verklunsde liefdesleven. Achter hem, maar ook achter Basje. Hij had gedacht twee mensen te horen in oprechte wanhoop om hun onmogelijke liefde. Oplichterij was het geweest, een nieuw hoogtepunt in het bedrog. Basje was er altijd geweest, Basje zou er altijd zijn.

Ze had hem zelfs meegenomen naar Siena.

Toen de koop van hun huis was gesloten waren Stern en Marcelle er rechtstreeks van de notaris heen gereden. Ze hadden er champagne gedronken, staand tegen een muur de liefde bedreven, en na afloop op die muur streepjes gezet voor hun lengten, met hun namen en de datum erbij. Ook voor de champagnefles hadden ze een streepje gezet.

Veel later, toen Stern weer eens een blik op die muur wierp, was hem een nieuw streepje opgevallen, een centimeter of acht boven zijn eigen streepje. Het was niet erg dik maar het stak fris af bij de twee oudere, vervaagde streepjes, en er stond geen naam bij.

'Tsss,' zei hij.

Met de dikste viltstift die hij kon vinden, een rode, schreef hij erbij: BASJE.

Marcelle leek oprecht verbaasd toen ze het zag. Het was in een periode waarin Stern zou proberen Basje te tolereren, en ze begreep niet waarom hij die naam zo woedend had neergekalkt, en een woord als 'ontheiliging' in de mond nam. Basje was langsgeweest voor de nieuwe muurkast, het gesprek was op lichaamslengte gekomen, hij was tegen de muur gaan staan en ze had dat streepje gezet. Dat was alles. Was met iemand anders ter sprake gekomen hoe lang die was, dan had er nu misschien een streepje voor die ander gestaan.

In eerste instantie gaf het streepje Stern hoop; de botheid, nodig om het werkelijk in onnozelheid op de muur te zetten was te groot. Marcelle had dat streepje gezet om hem pijn te doen; ze was nog niet met hem klaar.

Maar als het een uiting van passie was, dan wachtte Stern tevergeefs op verdere uitingen. En op den duur drong de werkelijke betekenis van het streepje tot hem door: Basje was één meter vijfentachtig. De muur had opgehouden heilig te zijn.

Tijdens Basjes opkomst had Stern een keer gedroomd dat hij met Marcelle neukte en dat er achter haar kut niets was. Alleen maar leegte. Het was een walgelijke droom die hem lang genoeg bijbleef om hem te doen beseffen dat de betekenis ervan op het moment van dromen geen vrees, maar al werkelijkheid was geweest.

Marcelle was verdwenen; een griezelige verdwijning omdat ze even vriendelijk in huis rondliep als altijd. Stern leefde naast een tweelingzus, een figurante die haar in alles na kon doen en die zelfs neuken niet te ver vond gaan – maar dan ook alleen: niet te ver vond gaan. Hij kon haar niet meer aanraken zonder het gevoel te hebben dat het betasten was – midden onder het vrijen begon ze te snikken om haar onvermogen opgewonden te raken. Ze wilde zo graag, of eigenlijk: ze wilde zo graag dat ze wilde! En dan ging Stern door, denkend: Basje, ik neuk met je wijf.

Marcelles verdwijning maakte Stern woedend, maar tegelijk kon hij zichzelf zien als pech die haar, net als voorgangsters van haar, was overkomen. Ze deden hun intrede vol vrolijke en gezellige plannen en schalen vol crackers, en binnen een jaar lagen ze alleen in bed televisie te kijken terwijl hij in zijn werkkamer zat, alleen om dat niet onmogelijk gemaakt te zien nu iemand zijn leven was komen delen.

'Jij bent ongeschikt voor menselijke consumptie,' had ze een keer gezegd.

Misschien liet Marcelles hardnekkigheid met Basje vooral zien hoe erg de ontberingen waren die Stern haar had laten lijden; een Nova Zembla dat een langdurig herstel in zorgzame omgeving nodig maakte. Basje verafgoodde haar. Hij deed alles voor haar, zonder eisen te stellen. Hij was haar onwankelbaar trouw. Hij ging met haar om zoals in sprookjes boeren met koningen omgaan.

Marcelle rekende af, en Basje en zij liepen de schelp op, in de richting van het stadhuis. De onnadrukkelijkheid waarmee die twee samen waren was afschuwelijk om te zien en Stern was blij toen ze aan de voet van de toren uit zicht verdwenen. Maar nu zat hij wel in de val. Als ze de toren beklommen zou er geen ontkomen aan zijn, de trappen waren ternauwernood breed genoeg om elkaar te passeren.

Hij klom omlaag van het plankier en ging naast het trapgat op de omloop van de toren staan. Af en toe stegen er echoënde voetstappen op van nieuwe torenbeklimmers. Hij had geen idee wat hij zou doen als Marcelle en Basje boven kwamen. Misschien zou hij ze midden in hun gezicht kijken, om haar het verraad te laten voelen.

Hij was veroordeeld tot wachten. Misschien bezochten ze eerst het stadhuis, besloten ze daarna de toren toch maar niet te beklimmen, dronken ze nog iets op een terrasje en gingen ze terug naar het hotel om siësta te houden – terwijl hij misselijk van angst en woede de wacht hield bij dat trapgat van de Torre del Mangia.

Wat kon het hem ook eigenlijk schelen? Wat deed iemand in zíjn hoofd die twee jaar de geliefde van Basje Geelof had willen zijn? Wat was er, van alles wat hij voor Marcelle had gevoeld, in hem over anders dan woede om haar bedrog, als een voortziedende raket, afgevuurd door een allang gezonken schip?

'Godskolere hé, krijg het lazerus,' hoorde Stern uit het trapgat.

'Klimmetje hè?' zei Marcelle met haar stem die geschoold was door mensen die je in encyclopedieën kon opzoeken.

Stern deed een stap opzij.

Basje en Marcelle bleven even staan waar ze de torenomloop hadden bereikt, om uit te blazen. Uit een ooghoek zag Stern ze vlak naast zich. Als ze zijn kant opkeken zouden ze hem zien.

'Hé Marcel, kijk,' riep Basje. 'Daar zaten we.'

Basje liep naar de andere kant van de omloop, misschien was daar een plaats tussen de kantelen vrijgekomen. Marcelle stond even alleen. Stern rook haar geur. Hij raakte haar bijna aan. Hij stond dichter bij haar dan op het allerlaatste moment voor ze de eerste woorden tegen elkaar hadden gesproken. Er zou een foto van ze kunnen worden gemaakt waarop ze een paar leken. Hij haalde adem en draaide zijn hoofd naar haar, en zag de sproeten op haar schouders terwijl ze op Basje toestapte.

Even later zag hij ze op de rug, naast elkaar, elkaar dingen aanwijzend, een beetje aandoenlijk, zoals achterkanten altijd zijn.

Hij dacht niet, ademde niet, liep niet tot hij beneden was.

Met een omweg door de steegjes achter de toren liep Stern naar het Palazzo Ravissa, het hotel waar hij met Marcelle was geweest. Hij had het als laatste bewaard voor zijn bedevaart, maar die was nu afgelopen; nu ging hij erheen om te zien of wat hij vermoedde werkelijk waar kon zijn.

Tegenover de ingang stond haar auto. Een donkerblauwe Mercedes, advies van Basje. Op de hoedenplank lag het strooien hoedje met roodgroene band dat hij haar in Siena had gegeven, naast cassettebandjes met in onbekend, ongeschoold handschrift de namen van popmuzikanten.

Stern reed Siena uit, over steeds kleinere wegen, zonder op zijn kaart te kijken. In een bos met dennebomen stopte hij.

Toen hij voor het eerst 'Ik hou van je' tegen haar had gezegd, was Marcelles reactie verbluffend geweest: als een voetballer na een doelpunt was ze opgesprongen, dansend met haar armen in de lucht, 'Hoi! Hoi! Hoi!' roepend. Het was in een dennenbos gebeurd, en ze hadden een denneappel meegenomen die, in een eierdopje in een boekenkast, alle stormen had doorstaan.

Stern raapte een denneappel op en reed verder.

In een spelonkachtige winkel in een dorpje kocht hij brood, ham, tomaten, een blocnote, enveloppen en het grootste keukenmes dat ze hadden.

Op een heuvel voorbij het dorp stond in de zon een kasteel. Stern volgde de weg erheen en parkeerde ernaast op een doodstil pleintje. Er was een onbeperkt uitzicht over de heuvels. Ver weg, als een rood schip op een groene golf, met de Torre del Mangia als mast, lag Siena.

Hij at wat, en keek.

Hij ging op een bankje zitten, legde de blocnote op zijn knie, en schreef: *Siena heeft nooit bestaan. Lodewijk.*

Op een envelop schreef hij: *Marcelle Geelof*, maar hij maakte er een prop van die hij in een papierbak gooide, en even later gooide hij ook het velletje weg. Op een nieuw vel schreef hij: *Van Lodewijk*, en op een nieuwe envelop: *Marcelle.* Hij legde zijn denneappel op de grond en trapte er een paar keer met zijn hak op, tot hij een handje afgebroken schubben overhield. Samen met het blocnotevelletje deed hij ze in de envelop en likte die dicht.

Hij reed over de Toscaanse weggetjes tot het donker werd.

Om negen uur, toen hij aannam dat Marcelle en Basje in een restaurant zaten, was Stern terug bij zijn hotel. Hij betaalde, haalde zijn kamer leeg, en gooide alles in zijn auto. Te voet, met zijn mes en zijn envelop bij zich, liep hij door de stille straatjes naar het Palazzo Ravissa, en na een paar minuten stond hij onder het kozijn waar de slipjes hadden gehangen. Ook daar was het stil. De blauwe Mercedes stond nog op dezelfde plek. Het hoedje lag nog op de hoedenplank. Stern deed zijn envelop met de kapotte denneappel onder een ruitewisser, hurkte bij een achterband en stak toe. Het mes ging er verrassend makkelijk in, en de lucht siste weg alsof iemand hard zuchtte. Hij had zichzelf steeds één band door zien steken, maar het ging zo vlug, en het was zo'n aangenaam gevoel, dat hij ook de andere drie lek stak.

Snel liep hij terug naar zijn eigen auto. Hij reed weg met het triomfantelijke gevoel de eerste criminele daad van zijn leven vlekkeloos te hebben volbracht. Zo moest het. Niet denken, doen!

In een kleinere plaats zou hij een hotel zoeken, en als alles vol was zou hij doorrijden tot hij moe werd, en dan in de auto slapen.

Maar hij kon de uitgang van Siena niet vinden. In het donker miste hij borden, of hij herkende straten niet, en hij kwam steeds langs dezelfde punten. Er was niemand op straat om de weg aan te vragen. Hij reed terug naar de oude stad en stapte uit toen hij voorbijgangers zag. Iemand vertelde hem hoe hij moest rijden, maar hij begreep er niet veel van. Vroeger had Marcelle zulke dingen gedaan, zij was degeen die Italiaans sprak.

Met het portier alweer in zijn hand zag Stern boven de daken, verrassend dichtbij ineens, de ranke Torre del Mangia met zijn verlichte windwijzer. Van het plein kwam een vaag geruis: een samenvloeien van alle stemmen, al het getik van messen en vorken, al het getinkel van wijnglazen en daarin één geluid dat niet opging in de andere: de saxofoon.

Hij sloot zijn auto af, en met een omtrekkende beweging liep hij naar het plein dat hij aan de lage kant opging. Hij bleef staan in een donkere hoek tussen het stadhuis en een triomfboogachtige kapel voor de toren. Vandaar had hij een vrij zicht op het hele hoefijzer van licht waar mensen zaten te eten, en op de fontein waar de saxofonist speelde. Er werd gedanst, een paar mensen stonden naar de muziek te luisteren. Marcelle en Basje waren er niet bij.

Hij ontdekte ze aan een lange tafel bovenaan de schelp, op een van de plekken waar de terrassen buiten de oevers van de promenade waren getreden. Zij in een vlammend gekleurde strapless avondjurk, hij in een wit T-shirt met palmen erop, en zonder zonnebril. Ze dronken koffie. Ze zaten daar haast zoals Stern ze in zijn droom had gezien, in het venster. Ze hadden het leuk samen.

Marcelle had betaald, Basje en zij stonden op en liepen het plein op, langs de fontein, naar de saxofonist. Daar bleven ze staan.

Er klaterde een applausje op, een nummer was afgelopen. De saxofonist wachtte even en een paar mensen gooiden iets in zijn hoed. Marcelle liep naar hem toe en praatte even met hem. Ze drukte hem iets in de hand, en ging weer terug naar Basje.

Toen de saxofonist weer begon te spelen voelde Stern een rilling over zijn rug. Het duurde even voor hij wist waardoor: door de muziek – het was het nummer waarop hij toen met Marcelle had gedanst.

Marcelle keek naar de saxofonist. Basje pakte haar hand en maakte een gebaar dat hij met haar wilde dansen. Ze schudde haar hoofd, en hij ging weer in de houding staan: de eeuwig trouwe zoon.

Marcelle keek uit over het plein, met haar hoofd zacht meewiegend op de muziek.

VIJFENVEERTIG CENT

Soms denk je aan iemand die je in geen jaren hebt gezien en meteen zie je hem of haar. Zo ging het met Dini Langeizen. Dat wil zeggen, ik dacht niet echt aan haar, en toen ik haar zag was dat niet bij toeval maar omdat ik om haar had gevraagd. Toch is het alsof ik haar met mijn gedachten toverde. Want je kunt hier denken wat je wilt, je komt nooit iemand tegen. En ik hoef niet aan Dini Langeizen te denken om toch aan haar te denken.

Als je naar de psychiaters luistert, dan zijn er drie oorzaken waardoor mensen hier terechtkomen. Ze zijn verwaarloosd in hun jeugd, ze zijn verwend in hun jeugd, hun jeugd was verstikkend normaal. Bij mij is het geen van die drie. Bij mij is alles met Dini Langeizen begonnen.

Ze zat bij mij in de klas – waar ik aan dacht, dat was de schoolradio die we bij ons op school hadden. Iedere week maakte een klas een programma, en dat werd dan door de hele school uitgezonden. In de vierde klas, bij meneer Pierik, deden wij een keer: 'een bezoek aan de boerderij'. Wie een dier wilde zijn moest het voordoen, en dan koos meneer Pierik de beste. Ik zei dat er ook een kikker moest zijn. Dat was wel niet echt een dier van de boerderij, maar hij zat in de slootjes. Een paar andere kinderen zeiden: 'Kwaak,' maar ik zei: 'Bork bork.' Iets tussen *bork* en *bwork* in, laag en krakend, *bw-ò-ò-ò-ò-rk*.

Meneer Pierik koos mij.

Ik lag op mijn bed en zei 'bwork bwork' in mezelf, toen ik op de gang een ongewoon geluid hoorde. Iets van metaal kletterde op de stenen vloer, en er klonk een korte uitroep.

Ik ging zitten.

Er kwamen twee figuren langs, met pistolen in hun hand. De voorste was groot, met een korte zwarte snor en zwarte ogen. Spiro. Ik kon het even niet geloven door dat pistool. Hij liep met zijn slome en tegelijk krachtige tred, als een panter – alleen al om zijn manier van lopen keek je bij het luchten naar hem.

Die ander heette David. Ik had hem wel eens met Spiro gezien, maar verder kende ik hem niet. Hij zat ook nog niet zo lang. Hij keek om zich heen, hij stonk van angst. Maar ik weet wat er gebeurde.

Spiro met een pistool! – ik kon alleen maar kijken naar dat onbegrijpelijke pistool in zijn hand.

Hij bleef staan voor mijn cel, en wenkte met zijn hoofd.

'Zin om mee te gaan?' zei hij.

'Waarnaartoe?'

'Naar buiten, klootzak. We smeren hem. Trek je schoenen aan.'

Ik knikte, en pakte mijn schoenen. Ik begreep er niets van. Spiro ging niet met mij om, hij zat in een andere afdeling. Dat hij mij meenam moet bravoure zijn geweest. Theater. De onvergelijkelijke Spiro: ontsnappen is niks, ontsnappen met een blok aan je been, dàt is pas wat.

David riep de hele tijd: 'Doorlopen, kom op, kom op.' Het was een soort janken, alsof hij nodig naar de plee moest. Hij wilde mij niet meenemen, maar Spiro was de baas. Vijf minuten later was

David dood, ik heb de laatste minuten van zijn leven gezien. Ik riep dat mijn celnummer C-43 was, ondertussen trok ik mijn schoenen aan. David had de sleutelbos, hij stond te vloeken terwijl hij naar mijn sleutel zocht. Hij kon hem maar niet vinden. Ineens stond ik toch op de gang, en Spiro gaf mij ook een pistool.

Aan het eind van de gang maakte David de deur open. Erachter was precies zo'n gang – maar het was alsof ik een nieuwe wereld zag, want ik had vier jaar alleen maar die deur gezien. Er was daar een bewaker. Spiro gaf hem een schop en hij viel, en David bond hem vast.

Er werd niets gezegd. Spiro ging voorop, zonder aarzeling, hij wist precies wat hij deed. Dat pistool in mijn hand voelde belachelijk, alsof ik in een demonstratie meeliep. Achter een volgende deur was weer zo'n gang. Tegen de muur stond daar een tafeltje. Er zat een bewaker, met een boek. Hij keek op, zijn hand gespreid over de vouw tussen de bladzijden, om niet kwijt te raken waar hij was. Chris, een jonge jongen, ik praatte wel eens met hem. Die stommeling ging de held uithangen. Hij stond op, greep naar zijn wapen, en wilde de muurtelefoon pakken. Er werd wat gezegd, even zag ik Chris' gezicht, trots en bang tegelijk, en toen schoot Spiro hem door zijn hoofd. Er kwam vocht uit, ik had bloed verwacht, maar het was veel lichter van kleur. Maar misschien haal ik alles door elkaar.

We liepen langs een rij cellen, de jongens stonden bij hun tralies, ze hadden het schot gehoord. Niemand zei iets. Ik dacht dat Spiro nog wel iemand mee zou nemen, maar dat gebeurde niet.

Nog een deur, en we stonden op het binnenplaatsje dat aan de straat grenst. Ik kan het zien vanuit het douchehok van mijn afdeling; een kleine dode driehoek. Niemand komt er ooit, maar gisteren had ik er schilders gezien, met ladders. Daar had ik toen wel even bij stilgestaan. Ladders, bij een muurtje naar buiten. Dan moet je als directie wel weten wat je doet.

Ik rook verf, in een hoek stonden verfbussen. En die ladders.

Spiro stootte me aan, ik moest samen met David een ladder in elkaar zetten. Hij wees met zijn pistool; hij zou ons dekking naar boven geven. We konden natuurlijk ieder moment neergeschoten worden, we hadden een bewaker vermoord. Maar het liet me koud. Of eigenlijk, ik voelde me onkwetsbaar. Ik kon me niet voorstellen dat mij iets zou overkomen. Ik keek omhoog; er waren vier verdiepingen met tralieramen. Alles was stil. Het was alsof we nergens iets mee te maken hadden, alsof we op het dorpsplein stonden van een spookdorp.

Zonder te weten hoe dat moest schoof ik met David een ladder in elkaar, en we zetten hem tegen de muur, en begonnen te klimmen. Spiro als eerste, dan David, dan ik.

Spiro zat al op de muur, David klom er net op en ik was halverwege de ladder toen er door een megafoon geroepen werd: 'Stop! Blijf staan!'

Zonder te kijken waar die stem vandaan kwam klom ik door, tot ik ook op de muur zat. Ik zag de straat. Er lagen plassen, het was een gek gezicht dat de regen die op de luchtplaats was gevallen ook plassen in de echte wereld had gemaakt.

'Stop! Gooi uw wapens weg! Wij schieten!' riep de stem. Ik keek en zag een wachttoren, en een geweer dat op mij gericht was.

Er klonk een schot, en meteen ook meer schoten. Spiro sprong van de muur, ik kreeg een klap tegen mijn arm en sprong achter hem aan. Het was zeker drie meter maar ik rolde over de grond en stond op, er was niets gebeurd.

Het schieten klonk als takken in een vuur die knappen. David zat nog op de muur, hij schoot terug. Een meisje met een tekenmap onder haar arm liep de straat in en bleef staan toen ze ons zag. David zat daar maar, hij schoot, en keek omlaag naar ons. Spiro schreeuwde: 'David! Klootzak! Springen!' Het klonk als klòtzak; dat klòt heel hoog.

David sprong niet.

Ineens kwam hij toch omlaag, met zijn hoofd raakte hij de grond. Het was een kort, dof geluid, alsof je een baksteen op het ijs gooit. Ze hadden hem als een schoteltje van de muur geschoten.

Daar stonden we. Spiro had niets geregeld, merkte ik. We renden gebukt naar de overkant, een klein zijstraatje door, een brede winkelstraat in. Hoofden draaiden zich naar ons, naar de pistolen in onze handen, maar de meeste mensen hadden niets in de gaten. Er kwam een tram langs, een vrouw keek naar mij, haar hoofd draaide mee terwijl de tram verder reed.

Spiro sprong de rijweg op, een auto kon nog net voor hem remmen. Hij zwaaide met zijn pistool en een moment later stond die chauffeur op straat en zaten wij in de auto.

Na een paar straten ging Spiro rustig rijden. Hij wachtte voor een stoplicht, deed zijn veiligheidsriem om en zei dat ik dat ook moest doen.

'Waarom heb je mij meegenomen?' vroeg ik.

'Zomaar,' zei Spiro. 'Klootzak, David, spring dan. Waarom springt hij niet!' Hij sloeg met zijn vuist op het stuur. 'Vijf jaar! En ik moest nog vijf jaar! Ik ging dood!' Hij lachte, een gevaarlijke grote panter, een moordenaar. Ik zie een ontsnapping van Spiro, zei ik tegen mezelf.

'Je kan met me mee,' zei hij, 'maar morgen moet je zelf iets hebben.'

'Oké,' zei ik. Ik had geen idee waar ik naar toe zou moeten.

Op een brede boulevard, met trams in het midden, zag ik ineens politieagenten. Spiro zag ze ook, hij greep naar z'n pistool. Het was een gewone verkeerscontrole, maar net voor ons reed er een auto weg en een vrouwelijke agent stapte de weg op en hield haar hand omhoog.

Spiro gaf gas, het meisje riep naar haar collega's aan de kant. Iemand blies op een fluitje, ik zag mannen in een politieauto springen. Meteen na de controle was een stoplicht dat op rood stond. Spiro reed er dwars doorheen, maar die andere straat was te druk en we werden meteen geramd. Ik hoorde de klappen van botsingen, claxons, glas, Spiro die iets riep, mijn deur vloog open en ik rolde naar buiten. Ik raakte iets, een meisje met een fiets zag ik toen ik opstond. Ze lag nog op de grond, en mijn pistool lag vlak voor haar. Ze had het zo kunnen pakken maar ze keek er alleen maar naar, en ik kon het rustig oprapen.

Haar fiets lag los, ik sprong erop en reed weg, het kabaal uit, stille straten in. Ik fietste als een gek, ik weet niet hoelang, tot ik niet meer kon en me liet uitrollen. Ik keek om me heen en zag dat ik alleen was. Ver weg hoorde ik sirenes, maar die stierven weg en kwamen niet terug. Waar zou Spiro zijn? Spiro was Spiro, die kregen ze niet, die had een nieuwe auto gekaapt en was misschien al op zijn schuiladres.

Ik had pijn in mijn arm, en toen ik keek zag ik dat mijn mouw een grote bloedvlek was. Ik herinnerde me de klap toen ik van de muur sprong, ik moest geraakt zijn.

Ik ging op een bankje zitten. Ik was vrij. Als een kanonskogel uit de gevangenis geschoten. God, vrij zijn, bij mensen zijn die hun hond uitlieten, die elkaar voor banketbakkersetalages taarten aanwezen, maar ik had geen schijn van kans. Geen plan, geen cent op zak, een bloedspoor achter me aan. Ik had alleen dat pistool, en dat zou ik beter kunnen weggooien. Chris was dood, als ik gepakt werd zat ik de rest van mijn leven in de bak. Negen en driekwart jaar had ik er al gezeten, en iedere dag had gevoeld of er een dode rat in mijn hart genaaid zat.

Ik schrok op omdat ik mijn naam hoorde. Niet ver van mij stond een bouwkeet waar ze de radio aanhadden, er was een bericht over onze ontsnapping. Gewapend, schietgevaarlijk, mijn signalement, muziek.

Ik stond op en begon de straat in te lopen, de fiets liet ik staan. Terwijl mijn signalement op de radio was had een voorbijganger even naar mij gekeken, maar hij was doorgelopen. Ik liep maar wat, meer mensen keken naar me en dan weer voor zich, en niemand wist wat hij zag: Serge L. van de ontsnapping, naar wie het hele land zocht. Ik was de enige die het wist. Het was alsof ik mijn eigen dubbelganger was geworden.

Laat me vrij blijven, dacht ik. Maar ik had geen kans.

Ik liep eindeloos door de stad, zonder plan. Ineens zag ik waar ik zonder het te weten naar toe was gelopen. Een straat met lage huizen en voortuintjes aan de ene kant, en hogere huizen van donker baksteen aan de andere. Daar was een poortje – het toegangspoortje naar mijn oude school.

Ik liep het poortje in.

Op een ochtend vertelde meneer Pierik dat er was gestolen: vijfenveertig cent was van zijn tafel verdwenen. Ik wist meteen dat Dini Langeizen dat had gedaan. De hele klas wist het volgens mij. Ze zat aan haar tafeltje; je kon niets aan haar zien.

Meneer Pierik zei dat de dief een kans zou krijgen het geld terug te geven zonder dat we zouden weten wie het was.

Om twaalf uur moesten we blijven zitten. De rest van de school stond bij onze ramen, net zo stil als wij. Ons lokaal grensde aan dat van meneer Bouwer; door een deur kon je van ons bij hem komen. De gordijnen van dat lokaal werden gesloten. Eén voor één moesten we daarna door die deur, we moesten onze naam op het bord schrijven, en op de tafel van meneer Bouwer zou een blikje staan waar de dief het geld in moest doen. Dan moesten we aan de andere kant dat lokaal weer uit en naar onze klas teruggaan. Meneer Pierik liet het blikje zien. Hij deed er al wat in, anders kon je door te rammelen weten of de dief al vóór je was geweest.

We gingen alfabetisch. Het was volkomen stil in de klas, geen liniaal verschoof. Alles wat je hoorde was het geluid van een stoel als een kind opstond, voetstappen, de deur van meneer Bouwer.

Ik keek naar Dini Langeizen. Zij keek voor zich. Zij had het gedaan, maar je kon het niet zien.

Toen het haar beurt was viel haar etui op de grond. Er ging een zucht door de klas. Ze raapte het op en legde het terug en ging het lokaal van meneer Bouwer binnen. Ik dacht: nu is ze daar. Ze staat daar met de vijfenveertig cent en niemand kan het zien. Iedereen wil het zien, maar zij is de enige die het ziet.

Ze kwam onze klas weer in en ging zitten.

Ik heet Löschke van mijn achternaam, ik kwam meteen na Dini Langeizen.

Het was donker in het lokaal van meneer Bouwer. Ik was er zo kort na haar, Dini Langeizen met de vijfenveertig cent bij het blikje was nog niet helemaal weggestorven. Ik keek naar het blikje, een klein rood blikje met een gleuf in het deksel. De vijfenveertig cent zat er al in, of niet. Je kon het niet zien. Zoals je niets kon zien aan Dini Langeizen.

Ineens wist ik dat dat was wat ik wilde: iets zijn dat iedereen wil zien, maar dat niemand kàn zien.

Toen de hele klas was geweest haalde meneer Pierik het blikje. Hij telde het geld, en zei dat de vijfenveertig cent niet was teruggedaan.

Nog een jaar, tot ik van school werd gestuurd, heb ik bij Dini Langeizen in de klas gezeten, me afvragend hoe het was om in het lokaal van meneer Bouwer bij het blikje te staan, met die vijfenveertig cent, en als enige te weten dat zíj het was. Maar ik heb het haar nooit durven vragen.

* * *

Alles gebeurde tegelijk. Ik hoorde de sirene van een politiewagen, zag die wagen om de hoek van de flat naast ons komen, voor ons flatgebouw stoppen, met twee wielen op de stoep, twee agenten eruit springen en de hal inrennen – en de telefoon ging. Ik nam op, en tegelijk ging de deurbel. De huistelefoon en de gewone telefoon zeiden hetzelfde: 'Mevrouw Van de Vijver? Politie. Wilt u onmiddellijk meekomen? Het is een zaak van levensbelang.'

De kinderen, dacht ik. Of Harry. Dus zo zeggen ze het. Ik zag Harry voor me, onwel geworden achter zijn bureau, stil op een stoel, met bange ogen. Ik was in één stap alle trappen af. Je kunt later niet geloven dat je nog aan van alles hebt gedacht, je jas aangedaan, de sleutels bij je gestopt, de deur op slot. Ik bleek zelfs het antwoordapparaat te hebben aangezet.

Die agenten stelden me meteen gerust, het ging niet om Harry of de kinderen, ze vroegen of ik een zekere Serge Löschke kende. Ik zat al in de volgende auto, die met tweehonderd kilometer over de Rijksweg vloog, toen die naam tot me doordrong. Serge Löschke, dat zei me inderdaad wel iets, en ook dat het klopte dat de politie over hem begon. Hij zou bij mij in de klas hebben gezeten op de lagere school. Toen ze dat zeiden wist ik het ook wel weer. Maar echt herinneren: nee. Een gezicht kon ik me er niet bij voorstellen.

Er was telefoon in die wagen, ik kon de buren bellen om te zorgen dat de kinderen werden opgevangen als ze uit school kwamen.

Die Serge Löschke was uit de gevangenis ontsnapt, samen met twee anderen. Hij had een bewaker vermoord, en hij was ontdekt in een speeltuin waar hij een vrouw gegijzeld hield. Zijn eis was dat hij met mij mocht praten. Ik vroeg aan de politie waarom, en zij vroegen mij waarom. Ik had geen idee. Het maakte me ontzettend bang, maar ze zeiden dat ik geen gevaar zou lopen. Die gegijzelde vrouw was in gevaar, dit was het proberen waard. Dat ik me die hele naam herinnerde, Serge Löschke, was maar met een puntje van mijn geheugen. Wat hij ook gedaan had, het schokte me dat ze hardop hoopten dat hij het loodje zou leggen. Het moest nogal een bekende crimineel zijn, een inbreker, een brandkastenkraker. En nu dus een moordenaar. Hij had al tien jaar in de gevangenis gezeten. Maar ik volg die dingen niet zo in de krant.

Ik zag er ontzettend tegenop dat ik iemand zou zien die zulke dingen had gedaan, maar het maakte me ook droevig dat ik hem had gekend. Alsof ik een kans had gemist om hem te helpen. Dat je bij zo iemand in de klas hebt gezeten, en je hebt het niet gezien: griezelig. Een jongetje dat je je niet eens kunt herinneren.

In de stad loeiden we met onze sirene door de rode stoplichten. Ineens herkende ik de straat van mijn oude school. We stopten bij een geweldige oploop, een compleet gekkenhuis, mensen achter linten, politieauto's, een ambulance, fotografen, een cameraploeg. Ik zag het poortje naar onze school. En nergens een speeltuin.

Ik begreep het niet – hij hield toch een vrouw gegijzeld in een speeltuin? Ik kreeg geen kans om daarover na te denken, ik zat alweer in de volgende auto, nu een met een luidspreker op het dak. Een man in burger zat aan het stuur, hij zei dat de auto gepantserd was en dat de ruiten van kogelvrij glas waren. Ik hoefde niet bang te zijn, maar ik was heel erg bang.

De auto begon te rijden, door een hele haag fotografen heen, de stoep op, het poortje in. Hij kon maar net tussen de muren door.

Toen we door het poortje waren was ik even de kluts kwijt. Onze school was er helemaal niet. Het was zo onwezenlijk – die jacht over de wegen, die mensenmassa op straat, die cameraploegen, en plotseling was dat allemaal afgelopen, en was ik op een doodstil pleintje, zo stil als ze soms in het zuiden zijn, tijdens de siësta. Het was wel de plek. Ik herkende de achterbalkons van de huizen rondom, maar onze school was weg, verdwenen, afgebroken. Er was nu een speelplaats met een zandbak, schommels, een klimhuis, en een kleine houten keet met tafeltjes en stoeltjes ervoor. Een parasol.

En toen zag ik ze pas. De luiken van de keet stonden open.

Achter de toonbank was het bange gezicht van een blonde vrouw, heel jong, een meisje was het. Achter haar was een man met een pistool dat hij tegen haar hoofd hield. En ineens wist ik alles weer. Vijfenveertig cent. Het lokaal van meneer Bouwer. Het bord met namen. Serge Löschke.

Die man met het pistool, dat moest hem zijn. Een jongetje uit mijn klas, met een pistool in zijn hand. Onvoorstelbaar. Hij keek naar me en glimlachte, op een verlegen manier.

De auto reed heel langzaam een stukje naar voren en bleef staan bij de zandbak. Er was een meter of tien tussen Serge en mij.

De politieman pakte een microfoon en zei: 'Serge, hier is Dini Langeizen. Ze zit naast me. Je kan nu met haar praten. We hebben afgesproken dat je daarna je wapen naar buiten gooit, oké?'

Serge knikte even.

Ik kreeg de microfoon.

'Ben jij Dini Langeizen?' zei Serge.

'Ja.'

'Ik herken je niet.'

'Ik jou ook niet.'

'Hoe heette onze meester in de vierde?'

'Meneer Pierik.'

'Noem eens een paar kinderen uit onze klas?'

Ik wist maar een paar namen en die zei ik. Ik begreep dat hij dat vroeg om te controleren of ik het wel was.

'Hoeveel geld was er toen gestolen?'

'Vijfenveertig cent.'

'Kan je je mij herinneren?'

'Niet echt. Je naam wel.'

'Heb je mij wel eens in de krant gelezen?'

'Ik geloof het niet.'

'Nee? De 26-jarige Serge L.? De 31-jarige Serge L. en zo? Zegt je dat niks? De kluisjesroof in Rotterdam, door het riool? Dat was ik.' Hij probeerde te glimlachen, maar ik zag dat hij verdrietig was.

'Ik lees die dingen niet zo.' Ik keek steeds naar dat meisje. Ik durfde er niets over te zeggen. Eén verkeerd woord van mij en ze kon dood zijn.

'Wat doe jij?' vroeg hij.

'Ik ben getrouwd. Huisvrouw.'

'Die vijfenveertig cent, weet je nog hoe dat ging?'

'Ja. We moesten één voor één naar de klas van meneer Bouwer om het terug te doen.'

'Had jij dat gedaan?'

'Ik?'

'Ja?'

'Welnee.' Hoe kwam hij erbij, híj was de dief in onze klas.

Hij schudde zijn hoofd. 'De hele klas wist dat jij het had gedaan. Je liet je etui vallen, zo zenuwachtig was je.'

Ongelooflijk, ook dat wist ik ineens weer: ik had mijn etui laten vallen. Soms denk ik dat alle klontjes suiker die je ooit in je koffie hebt gegooid nog in je hoofd zitten.

'Dat was ik niet,' zei ik. 'Dat had jíj toch gedaan? Jij hebt toch ook een keer alle jassen leeggehaald?'

'Dat was later.' Hij schudde zijn hoofd, niet naar mij, in zichzelf. Hij had steeds een droevige, maar toch uitdagende glimlach gehad, maar die zakte nu weg en er kwam een diepe teleurstelling over zijn gezicht. 'Dacht jij dat ìk die vijfenveertig cent had gestolen?'

'De hele klas dacht het!'

'Waarom?'

'Ik weet het niet. We dachten het gewoon.'

Er kwam een soort grijns op zijn gezicht, en hij begon te lachen, een beetje griezelig. 'Dan heb ik me altijd vergist,' zei hij. Hij haalde het pistool van het hoofd van het meisje weg. Ze begon te huilen. Hij zette de loop tegen zijn eigen hoofd en haalde de trekker over. Zijn ogen waren dicht, en toch was het of hij omhoog keek. Het was het zieligste dat ik ooit heb gezien.

Er gebeurde niets. Zijn pistool was niet goed. Hij keek er verbaasd naar, en het volgende ogenblik lagen er wel tien man boven op hem, ik had geen idee waar ze allemaal vandaan kwamen.

Het was voorbij. Het meisje zat met opengesperde mond achter die toonbank, haar lichaam schokkend. Ik merkte dat ik ook huilde. Midden in een kluwen mensen die langs de auto kwam ving ik een glimp op van Serge. De ontgoochelde, eenzame blik in zijn ogen zal ik nooit vergeten.

Ik had medelijden met hem. Ze hadden hem een moment van bezinning mogen laten. Een minuut op een van die stoeltjes onder die parasol. Hij ging voorgoed de gevangenis in. Een ter dood veroordeelde mag toch ook een laatste sigaret roken?

MEESTER JACOBSON

In de tram kreeg Jacobson een nieuw idee voor zijn Bodemloze Put. Het liefst was hij nu bij de eerstvolgende halte uitgestapt en had hij de tram terug genomen om thuis op het bord te bekijken wat dat idee waard was. Maar dat ging niet, hij kon niet dertig kinderen voor niets laten wachten.

De rest van de rit, en tijdens de wandeling van de halte naar het schoolgebouw, probeerde Jacobson zich voor te stellen wat de werking van zijn idee zou zijn. Het lukte niet, blind was de Bodemloze Put te ingewikkeld. Misschien kon hij zo meteen, voor het begin van de partijen, de stelling even opzetten. Als er dan wat schakers keken zou hij uitleggen wat de bedoeling was. 'Het is nog niet correct,' zou hij zeggen, 'maar dit is het idee. Mat in negentien. Het mat zelf is makkelijk, maar Zwart gaat het uitstellen. Hij kan er een pion tussen zetten, en deze ook, en nog een, een paard, en dit paard ook. Nu een toren en nog een, de dame, en ook nog de loper, negen stukoffers, allemaal op hetzelfde veld. En nou kan Wit pas mat geven, zie je wel? Prachtig hè? En in de tram hiernaar toe...' Nee, hij zou zeggen: 'Terwijl ik hiernaar toe liep.' In de tram kon hij op een zakschaakspel hebben zitten kijken. Wat duidelijk moest overkomen was dat zo'n idee je óók kon bevliegen als er geen schaakbord in de buurt was.

Dertig jaar was hij er niet geweest, maar die dertig jaar waren opgeheven toen hij in de donkere granieten hal stond en de geur opsnoof: het Erasmus. Het was of hij zijn schooltas onder zijn arm voelde.

De hal was een galmend zwembad van door elkaar hollende leerlingen, sommige met beschilderde gezichten, als poezen of muizen. Ze botsten tegen elkaar en tegen hem aan, zonder op of om te kijken.

Niemand leek ermee belast hem op te vangen.

Aan een pilaar zag hij een met de hand gemaakt affiche:

!! FEEST !!
ERASMUS DIES, 28 OKTOBER
15:00 IN DE KANTINE SCHAKEN TEGEN
GROOTMEESTER DANIËL JACOBSON
INTEKENEN HIERONDER
!! SCHAKEN !! SCHAKEN !!

Er waren elf namen ingevuld.

Jacobson wachtte bij de pilaar. Er gebeurde niets. De klok in de hal wees vier voor drie, één voor drie. Om drie uur had het zullen begìnnen. Als er dan nog niemand was ging hij naar huis, zonder pardon.

Er kwam een jongen aangehold, ook zo'n poes of muis.

'Bent u grootmeester Jacobson?'

'Ja?'

'Jos is nog even bij het pingpongen. Hij komt zo.'

Jos, dat moest Jos Webster zijn: de oud-klasgenoot die hem had uitgenodigd. Webster was een fenomeen geweest; een mollige gymnasium-pias met dikke brilleglazen die zo geaffecteerd sprak dat hij alleen al daarom een keer de klas was uitgestuurd.

Tegelijk was hij een van de beste tafeltennissers van Nederland. Toen al speelde hij in het nationale team, en nog jaren was Jacobson uitslagen van hem in de krant blijven tegenkomen. Webster was – na Peltz natuurlijk – de bekendste sportfiguur die het Erasmus Lyceum had voortgebracht. Het leek vreemd dat zo iemand zich ooit zou hebben beziggehouden met andere zaken dan tafeltennissen en excentriek zijn, maar nu was hij leraar oude talen, en conrector.

Ruimte voor een honorarium was er niet geweest. Een gratis simultaan was tegen Jacobsons principes als beroepsschaker maar hij had toegezegd: je moest weten wanneer je je principes opzij moest zetten. Op het Erasmus was hij schaker geworden; het was redelijk als hij daar nu iets van zijn liefde en kennis overbracht op een nieuwe generatie.

Elf deelnemers was dan wel teleurstellend.

'Peltz, goed hè?' zei de beschilderde jongen.

Jacobson knikte.

'Wordt-ie wereldkampioen?'

'Wie weet.'

'Nee, serieus? Wat denkt u?'

'Voorspellen heeft niet zo erg veel...' begon Jacobson, maar ineens ergerde hem de braafheid van het antwoord dat hij de laatste weken al voortdurend gaf aan Jan en alleman die met hem over schaken wilde praten.

Hij knikte. 'Ja, hij wint van Neishtadt. Peltz wordt wereldkampioen.'

'Echt? Jézes! Wereldkampioen! Goed was die laatste partij hè? De Bom van Brisbane!'

'Doe jij zo ook mee aan de simultaan?' vroeg Jacobson.

'Oh nee,' lachte de jongen quasi-geschrokken. 'Mij te moeilijk, schaken.'

Ineens stond er een kleine man met een rode baard voor Jacobson die hem op beide wangen kuste.

‘Daantje Jacobson? Jezes kerel, wat ben jij lelijk geworden.’

In de kantine dreunde muziek. Niets wees op een schaaksimultaan. Geen schaakbord te bekennen waarop hij zijn Bodemloze Put had kunnen opzetten. Hij had een keurige rechthoek van tafeltjes verwacht, de borden en stukken al opgesteld, deelnemers en toeschouwers vol verwachting naar hem uitziend.

Al in zijn tijd had het Erasmus de naam gehad vrijer te zijn dan andere scholen, maar wat Jacobson nu zag schokte hem. Een meisje van hooguit veertien trapte haar sigaret uit op de vloer, die bezaaid lag met bekertjes, papier, proppen, peuken; in een colaplas dreef een op de grond gevallen slinger. Het meest verbazende aan een paar uitpuilende afvalbakken was dat er dus soms iets werd ingegooid. Was dit een manier om iemand te ontvangen van wie ze dachten dat hij grootmeester was? Hij zou eigenlijk rechtsomkeert moeten maken. Dit was heilige grond – *Peltz* had hier geschaakt; bij het raam aan de binnenplaats had Jacobson zijn onvergetelijke partij tegen hem gewonnen.

Nu stond op die plek een tafel met potjes schmink; een meisje was bezig een ander meisje te beschilderen. Er hing een bord: WORD OOK EEN ERASMUIS – 1 GULDEN.

Het waren dus muizen.

Maar waar waren de schakers?

De muziek hield ineens op en in het protesterende gejoel dat daarop volgde ging Webster naast Jacobson staan en riep: ‘Jongens, jongens, kunnen jullie even stil zijn? Grootmeester Jacobson is gearriveerd, het schaken begint nu. Wie helpt de tafels klaarzetten? Gaat iemand de borden en de stukken even halen?’

Er werd gefloten, ‘wij willen disco’ geroepen. Niemand kwam naar voren, het leek of Webster dat ook niet had verwacht. ‘De schaakclub is hier al een paar jaar ter ziele,’ zei hij met een verontschuldigend lachje naar Jacobson. ‘Had ik je dat niet verteld?’

Webster begon zelf tafeltjes te verschuiven. Alleen een breekbaar jongetje, met een gezichtje waarop de ernst niet door de muizeschmink was aangetast hielp hem bij het opstellen van de rechthoek. Haast had Jacobson ook een handje toegestoken. Maar er waren grenzen.

Het muizejongetje liep ook mee toen Webster de kantine uitging; even later kwamen ze terug met de borden en stukken die ze op begonnen te stellen.

En nu rook Jacobson het Erasmus werkelijk. Het waren de borden en stukken van toen. Misschien was de zwarte dame er wel bij die Peltz in hun historische partij tegen hem had weggegeven. Eersteklasser tegen zesdeklasser, komt dat zien! En Japie Peltz was niet zomaar een eersteklasser geweest; Jacobson liet hem al meespelen in het schoolteam, aan het tweede bord, achter hemzelf. Dat eersteklassertje had zowaar uitzicht gekregen op het schoolkampioenschap; hun onderlinge partij zou beslissend zijn. Schaken wàs toen nog iets op het Erasmus; Jacobson had thuis bordjes gemaakt met PELTZ IC en JACOBSON 6ß erop en die op de speeltafel neergezet, en er waren wel twintig toeschouwers gekomen, ook een paar leraren. Jacobson had genoeg aan remise gehad maar er was natuurlijk geen sprake van dat hij, de drievoudig schoolkampioen, iemand die voor zijn club al in de landelijke hoofdklasse speelde, daar tegen een jongetje van twaalf op aan zou sturen, hoe in het oog springend diens talent ook was.

Hij zag de Japie Peltz van die partij nog tegenover zich: een wegblaasbaar jongetje dat bij iedere zet zijn vulpen open en weer dicht schroefde en dat een beetje muf rook, naar de dierenwinkel van zijn vader.

Waarschijnlijk hadden alleen Peltz en hijzelf beseft dat 'op remise aansturen' geen moment aan de orde was geweest; Peltz had hem, met Zwart nog wel, vanuit de opening onder druk gezet en met zakelijk en ijzersterk spel een gewonnen stelling gekregen.

Toen had hij zijn dame weggegeven. Jacobson had een zucht van verlichting maar net kunnen onderdrukken, en zich meteen aangesloten bij de houding van de omstanders: prachtig volgehouden van dat jongetje, maar op den duur had zoiets niet kunnen uitblijven. Peltz had meteen opgegeven en was met een floers in zijn ogen weggelopen: voor de vierde achtereenvolgende maal was Jacobson schoolkampioen. Hij had een stukje in de schoolkrant geschreven met als kop: JAAP PELTZ: EEN TOEKOMSTIG SCHAAKMEESTER? en als revanche een vluggertjesmatch voorgesteld. Daar was Peltz niet op ingegaan, zijn huiswerk ging voor.

Het was de enige partij gebleven die Jacobson van Peltz had gewonnen, maar: hij had ook nooit van hem verloren. Ze hadden, in Peltz' beginperiode, nog een paar keer tegen elkaar gespeeld, steeds remise. Daarna had Peltz hem ver overvleugeld, te ver om revanche te kunnen nemen. Het had iets mythisch: de zoon die sterk genoeg is geworden om de vader te verslaan is voorgoed van zijn vader gescheiden.

De stand Jacobson – Peltz was voor altijd 1-0.

Ten slotte zaten er twaalf leerlingen en drie leraren achter de vierentwintig klaargelegde borden. Webster deed alsof het hem was gelukt stilte te krijgen en sprak een welkomstwoord.

'Op de diës van een school die Jaap Peltz heeft voortgebracht,' zei hij, 'mag een schaaksimultaan natuurlijk niet ontbreken. En daarvoor heb ik de bekende schaakmedewerker van *De Amsterdamse Tribune* uitgenodigd, de grootste schaker die ooit bij mij in de klas heeft gezeten: grootmeester Daniël Jacobson!'

De schakers klapten. Jacobson legde vlug de simultaanregels uit en begon. Webster speelde zelf ook mee.

Al na een paar zetten was duidelijk dat het Erasmus er niets meer van kon. De geest van Peltz, of zelfs maar die van hemzelf, zweefde hier niet meer. Ook zonder muziek was het kabaal waarin hij moest spelen onverdraaglijk. Een simultaan tegen zwakke tegenstanders handelde je af op je routine, maar het gebrek aan respect dat uit dit lawaai sprak maakte Jacobson in de war. Hij besloot het exemplaar van zijn boek *Mijn schaakbord leeft* dat hij had meegenomen om aan de beste speler uit te reiken, in zijn zak te houden.

Maar het gevoel bekroop hem dat het vooral zielig voor hemzelf zou zijn als de simultaan al na een halfuur was afgelopen, en zonder zover te gaan expres zwak te spelen probeerde hij toch situaties te vermijden waarin zijn tegenstanders al te makkelijk blunders zouden kunnen maken.

Misschien omdat hij daar te veel op lette maakte hij zelf een blunder: tegen een van de leraren gaf hij een stuk weg. Het was een vingerfout, een verwisseling van zetten, het type blunder dat je juist maakte omdàt je een sterke speler was, maar weg was weg. De leraar liet zich niet meer beetnemen, en toen hij alle andere partijen had gewonnen gaf Jacobson op.

Webster, die na vijf minuten onder grote hilariteit als eerste mat had gestaan en die daarna meteen was verdwenen, was er ineens weer. Met als publiek alleen Jacobson, de winnende leraar en het muizejongetje dat met de borden had geholpen noemde hij Jacobsons score van 14-1 fenomenaal, en hij gaf hem een fles whisky.

'Nu moet je met mij pingpongen,' zei hij.

Jacobson stond in het gymnastieklokaal aan een tafeltennistafel, met een batje in zijn hand. Op banken rondom wachtte, betrekkelijk ordelijk, een honderdtal leerlingen.

'Dit is mijn oud-klasgenoot schaakgrootmeester Jacobson,' riep Webster. 'Hij heeft net al zijn partijen van de schaaksimultaan gewonnen.' Er klonk gefluit en gejoel; onwillekeurig keek Jacobson of de leraar die gewonnen had er ook was. 'Dus we moeten hem een lesje leren. Zal ik dat dan maar doen?'

'Jáá,' schreeuwde de zaal.

'Vijf partijtjes tot de elf!' riep Webster.

Jacobson had vroeger weleens gekeken als Webster met een voorgift van 19-0 om vijf gulden speelde. Hij won zo goed als altijd. En dat was iemand van wie je nederlagen met 21-3 tegen Chinezen in de krant las!

Webster haalde een pingpongbatje uit zijn zak met een blad ter grootte van een damschijf en serveerde. Werktuiglijk sloeg Jacobson een paar ballen terug; een ogenblik later had hij met 11-1 verloren. Het leek helemaal geen verschil te maken dat Webster met zo'n klein batje speelde. Er volgden partijtjes met een honkbalknuppel, een badmintonracket en een gong. Webster won alles. Met de gong kon Jacobson haast zijn lachen niet houden, maar Webster speelde grimmig geconcentreerd, en het was verbazend wat hij er nog van kon.

'En nu,' zei Webster, 'schaken.' Hij hield een schaakbord omhoog – een geloei ging op.

'Nee nee,' lachte Jacobson. Dit tastte werkelijk zijn waardigheid aan. Zou Peltz zich zoiets laten welgevallen? Minstens twee kinderen liepen foto's te maken, stel je voor dat zo'n foto in een schaakblad terechtkwam.

Webster lachte en serveerde, het schaakbord bij een punt vasthoudend.

Hij laat me winnen, dacht Jacobson toen hij met 10-8 voorkwam. Een ogenblik later had hij met 12-10 verloren.

'Mat,' riep Webster.

Hij was al bij de buitendeur, nooit meer zou hij een voet in het Erasmus zetten. Maar een jongetje sprak hem aan.

'Meneer Jacobson, ik wou u wat vragen.'

De jongen slikte en hakkelde, was haast onverstaanbaar van verlegenheid.

'Mag ik u uitdagen voor een correspondentiepartij?'

'Nee,' zei Jacobson.

In de ogen van het jongetje verscheen zo'n schok van teleurstelling, meteen al vermengd met berusting, dat Jacobson spijt had van zijn kortaffe reactie. 'Ik heb te weinig tijd,' zei hij. 'Het wordt me wel eens vaker gevraagd, schaken is mijn beroep, maar als ik tegen iedereen...'

'O ja,' zei de jongen. 'Ik dacht... Mijn vader zei...'

Jacobson herkende hem. Het was het muizejongetje dat had geholpen met de borden. Dat bibberende ontzag op zijn transparante gezichtje nu hij tegenover *grootmeester* Jacobson stond!

'Jij hebt toch meegespeeld?'

'Ja meneer. U won.'

'Welke partij was jij?'

'Koningsindisch. U kwam met uw paard op d5 en toen kon ik haast niets meer doen.'

Jacobson haalde zich de partij voor de geest: het was de enige die nog een beetje op schaken had geleken. Het jongetje had een tijdje een bekende partij van Peltz gevolgd, zijn stukken braaf ontwikkeld, geen aperte fouten gemaakt, maar zich ook zonder gevecht laten oprollen. Hij had terecht, maar voor zijn niveau verbazend vroeg opgegeven.

'Ik zou er steeds een geadresseerde envelop met een postzegel bij doen. Dan kost het u niets.'

Dan kost het mij niets! snoof Jacobson in gedachten. De eeuwige onnozelheid van de amateur die dacht dat je al genoeg verdiende als het je niets kostte!

'Nou vooruit dan,' zei hij tot zijn stomme verbazing.

'Echt?' zei de jongen. Een ongelovige blijdschap veranderde het gezichtje totaal. 'Mag ik dan Wit? Dan stuur ik u vlug mijn eerste zet. Dank u wel!'

Bij de tramhalte bedacht Jacobson dat hij zijn fles whisky bij het tafeltennissen had laten staan. Wat een verloren middag. Hoe had hij het in zijn *hoofd* gehaald die correspondentiepartij goed te vinden. Omdat er een flits was geweest waarin hij in dat jongetje een reïncarnatie had gezien van Japie Peltz, twaalf jaar oud? Dan toch niet om het talent.

Maar al vlug herinnerde Jacobson zich zijn idee voor de Bodemloze Put en de ergernis loste op. Hij verlangde ernaar thuis te zijn, de stelling op te zetten, te kijken of het werkte, en daarbij zoveel uren te laten verstrijken als hij maar wilde.

Het werkte niet, wat Jacobson niet verbaasde. Met tussenpozen was hij al een jaar bezig aan zijn Bodemloze Put. Een mooi idee voor een schaakprobleem kreeg je in een flits, een stelling waarin je kon zien wat de bedoeling was zette je op in een kwartier, maar er konden maanden nodig zijn om zo'n idee correct te krijgen. De stukken waren koppige tegenstanders. Zeker bij een gevaarte als de Bodemloze Put, dat het geweld van een oogstmachine moest paren aan de precisie van een dameshorloge.

Er was een zekere haast. Over vijf maanden moesten de inzendingen binnen zijn voor het Wereld Compositie Tournooi. Als de Bodemloze Put dan af was, en in de categorie Meerzetten tot winnaar werd uitgeroepen, dan was Jacobson – op een manier waarvan hij de betrekkelijkheid nooit uit het oog zou verliezen, maar toch – dan was hij wereldkampioen.

Toen Jacobson enkele dagen na zijn bezoek aan het Erasmus een brief kreeg, gericht aan 'IM Jacobson', waarin de schrijver zei Pepijn de Jong te heten, twaalf jaar oud te zijn en 1.e2-e4 te spelen, was hij de correspondentiepartij totaal vergeten.

Zijn eerste reactie was een remisevoorstel te sturen en toen hij dat als kinderachtig verwierp, om gewoon te schrijven dat hij er wegens drukke werkzaamheden alsnog van afzag.

Hij was professional, méér nog dan Peltz. Wie van zijn schaakkennis gebruik wilde maken moest daarvoor betalen. Stukjes, lezingen, analyses, toegang tot zijn archief, simultaans, het kostte gewoon geld. Voor correspondentiepartijen had hij ooit een tarief bedacht: vijftien gulden per zet.

Pepijn had wèl woord gehouden. Hij had een gefrankeerde antwoordenvelop bijgevoegd, en een zelfgemaakt notatieformulier waarop bij Wit: *P. de Jong* en bij Zwart: *IM D. Jacobson* was ingevuld, en bij de eerste zet *e2-e4*. Er waren ook twee tekeningen bij, een origineel en een kopie, van een schaker aan een schaakbord waarop e2-e4 gespeeld is en uit wiens hoofd een gedachtenballon kwam met: *Mijn zet is ..... zegt IM Jacobson.*

Talentloos was het niet voor een jongetje van twaalf.

Kon hij zo'n kind teleurstellen? Een jongetje dat als enige had geholpen de borden klaar te zetten? Dat wel eens een partij van Peltz had nagespeeld? Wiens liefde voor schaken beslissend zou kunnen worden aangewakkerd door een correspondentiepartij tegen een echte meester?

En dan dat *IM* Jacobson. Door hem bij zijn ware titel te noemen trapte Pepijn hem wel een beetje op zijn ziel, maar hij liet er ook mee zien geen vreemde te zijn in de schaakwereld. Het gewone publiek dacht dat iedereen die drie zetten vooruit kon denken, of simultaan kon spelen tegen wel twintig kinderen tegelijk, grootmeester moest zijn. Met hangen en wurgen had Jacobson de Internationale Meestertitel veroverd, maar hij werd zo consequent grootmeester genoemd, door de redactie van zijn krant, organisatoren van simultaans, het publiek in het algemeen, dat hij het had opgegeven iedereen te corrigeren. Wie hem grootmeester noemde had waarschijnlijk ook iets veel minders in gedachten dan de IM-titel die hij werkelijk bezat. 'Grootmeester' was een huiswoord geworden, iets als 'bolleboos', een woord om ontzag in het algemeen mee uit te drukken. Men kwam niet eens op het idee dat het een officiële titel was.

Dat jongetje was het enige waarin de schaakgeest van het Erasmus nog een heel klein beetje voortflakkerde!

Jacobson koos Siciliaans, na 1.e2-e4 de meest geschikte opening om met Zwart snel van een zwakke tegenstander te winnen. Hij kon er echter niet toe komen 'c7-c5' op Pepijns stippeltjes in te vullen, en hij schreef zijn zet op een correspondentiekaart. De tekeningen en het formulier gooide hij in de prullenmand.

Hij postte zijn zet nog dezelfde dag, en vergat de correspondentiepartij opnieuw.

De 'Bom van Brisbane' mocht dan een platte sportkreet zijn, geschikt om een publiek dat niet eens wist hoe de stukken gingen mee te laten gnuiven om Peltz' successen – raak was het wel. Ook schakers hadden het over de Bom van Brisbane en al zou hij het zelf nooit schrijven, in gedachten noemde ook Jacobson Peltz' wonderzet wel eens zo.

In Brisbane, in Australië, had Jaap Peltz, niet lang vóór Jacobsons simultaan op het Erasmus, op tweeënveertigjarige leeftijd het succes van zijn leven behaald door zijn match tegen Feoktistov te winnen, en daarmee uitdager te worden van wereldkampioen Neishtadt. Het was een totaal onverwachte en ook wel onverdiende overwinning, maar het was vooral de manier waarop Peltz die had behaald waar de schaakwereld nog van nagonsde.

Bij gelijke stand had Peltz, met Zwart nog wel, de laatste partij gewonnen dankzij een hoogst brutaal pionoffer in de vroege opening: 8...d5! – precies de zet die Wit met zijn hele opzet heeft willen verhinderen. Het was het Nieuwtje van de Eeuw; in de vijftig jaar dat die stelling al in partijen voorkwam had niemand, van clubschaker tot wereldkampioen, ook maar overwogen dat d5 zou kunnen. Het was alsof Peltz had laten zien dat je ook zonder parachute best uit een vliegtuig kon springen.

Feoktistov had meteen na het offer een dood remise-eindspel kunnen forceren, maar dat had hij niet gedaan, misschien omdat hij dat met Wit te veel eer vond tegen Peltz. Hij had op behoud van de pion gespeeld en dat was onjuist gebleken. Peltz had om die pion heengespeeld alsof het een oude stoel was, hij had Feoktistov verlamd en vernederd, en de mooiste en belangrijkste partij van zijn leven gewonnen.

Er was sinds die partij een kleine maand verstreken, en nog niemand had iets beters voor Wit ontdekt dan de remisemogelijkheid. Dat was raadselachtig; als Zwart na acht gezonde zetten van Wit op zo'n brutale manier minstens gelijk spel kon krijgen, dan deugde het schaakspel niet.

Ook Jacobson had uren naar het pionoffer gekeken, zonder een weerlegging te vinden. Zo moest het schakers over de hele wereld zijn vergaan. Niemand had nog iets gevonden, of in ieder geval: niemand had iets gepubliceerd.

Jacobson vroeg zich af wie de Bom van Brisbane had bedacht. Fantasie en durf waren allesbehalve kenmerken van Peltz' spel. Het moest haast Fajnman zijn, een naar Nederland geëmigreerde Rus die al jaren voor Peltz werkte. Fajnman had nooit toernooien gewonnen, maar hij was beroemd om zijn geniale en bizarre vondsten. Zo zag hij er ook uit: als de krankzinnige geleerde uit een stripverhaal.

Dat had Peltz goed gezien: Fajnman voegde iets toe aan zijn spel dat bij hemzelf ontbrak: het artistieke element.

Op de persconferentie die Peltz bij zijn terugkomst op Schiphol had gegeven was niemand iets wijzer geworden. Meer dan ooit was Jacobson daar getroffen door Peltz' onaanzienlijkheid. Iedere niet-ingewijde zou aan de lange tafel, waar hij met Fajnman, zijn andere secondanten Loyd en Lindgren en zijn zakelijk manager Quinten de Jong zat, zonder aarzelen Peltz hebben aangewezen als degeen die er niet bij hoorde. De schakers zagen eruit als schakers, Peltz als een burgemeester van een kleine stad. Een ontvangst op die schaal was ook voor hem nieuw, maar geen spoor van onzekerheid of opwinding – met superieure nederigheid trad dat burgermannetje de zaal vol verslaggevers, fotografen en televisiecamera's tegemoet, tussendoor met korte stijve knikjes bekenden in de zaal groetend. Ook Jacobson, maar in dàt knikje lag de speciale afstand om hun 1-0.

Met zijn kenmerkende onvermogen tot zelfverheerlijking beschreef Peltz, een eeuwige milde verbazing in zijn wenkbrauwen, zijn overwinning op Feoktistov in termen van toevalligheid. In een schaakmatch werd niet gemeten wie het best schaakte maar wie de meeste punten maakte; Feoktistov had in Brisbane zeker niet slechter gespeeld.

In verschillende bewoordingen werd Peltz de vraag gesteld of hij nu ook wereldkampioen zou worden. Zelf ook steeds nieuwe bewoordingen kiezend zei hij dat hij het hoopte, dat Neishtadt op papier sterker was, maar dat dat niet méér was dan een indicatie voor de uitslag. Al had Neishtadt vier kanten van de dobbelsteen en hij maar twee, het bleef een dobbelsteen, en zíjn kant kon bovenkomen.

Opvallend was dat alleen de gewone journalisten vragen stelden en dat de schaakjournalisten hun mond hielden. De meesten van hen waren persoonlijke kennissen van Peltz; iedereen hoopte natuurlijk exclusief het verhaal van de Bom van Brisbane van hem te horen. Bovendien vroeg je een grootmeester niet naar zijn openingsgeheimen, zeker niet in het openbaar.

Maar zomaar ineens stelde een jonge journalist, geen schaker, de vraag die op ieders lippen lag.

'Meneer Peltz, was die Bom van Brisbane nou bluf?'

Het was alsof iemand de koningin had gevraagd wat haar maat bh was. Na een verschrikte stilte schoot de hele zaal in de lach, zelfs Peltz. Hij boog zich over naar Fajnman, kennelijk om de vraag te vertalen, want ook Fajnman begon hinnikend te lachen. De vraagsteller lachte zelf ook mee, met een rood hoofd. Het duurde zeker een minuut voor het stil genoeg was voor een antwoord.

'Bluffen kan niet bij schaken,' zei Peltz, 'alle informatie is zichtbaar. Je kunt niet doen of je een mogelijkheid hebt als je die niet hebt.'

Voor iets ontnuchterends was je bij Peltz altijd aan het juiste adres, maar dit was onzin. Natuurlijk kon bluffen bij schaken; dat wist zelfs hij. Je kon speculeren dat de ander niet het juiste gebruik zou maken van zijn informatie; suggereren dat je mogelijkheden had die je niet had. En al paste het totaal niet bij Peltz: steeds sterker geloofde Jacobson dat de Bom van Brisbane precies dàt was geweest: pure bluf.

Het was alsof er een schaakgeest boven het Erasmus had gezweefd, wetend dat daar een jongen die van schaken hield met talent besmet moest worden, en die geest geblunderd had. Het klopte gewoon niet: Japie Peltz van de dierenwinkel schaakgrootmeester, één stap van het wereldkampioenschap – en hij, een zoon van schrijvers, met een notitieblokje in zijn hand, luisterend naar wat Japie te vertellen had. *Jacobson* was de schaker, het moment was er nog waarop hij twee jongens had zien schaken en er een explosie van zekerheid was geweest dat hij dat ook wilde, altijd, wat het ook zou blijken te zijn. En als het bestaan van Peltz, zo dicht naast hem, al vroeg duidelijk had gemaakt dat hij geen talent had – dan maar geen talent. Er waren boeken te schrijven, archieven bij te houden, eindspelen te onderzoeken, problemen te componeren. Een echte schaker híeld van schaken – Peltz was dr. Peltz, econoom, auteur van een serie veelgebruikte schoolboeken, jong getrouwd, met vrouw en vier lelijke dochters woonachtig in een voorstad; een man in de wieg gelegd voor treinabonnementen en boterhamtrommeltjes. Geen Bodemloze Putten voor Peltz.

Al kon Peltz tienmaal zo goed schaken, Jacobson was duizendmaal meer schaker.

Problemen componeren was nog veel verslavender gebleken dan partijen spelen. De benaming Bodemloze Put was bij Jacobson opgekomen vóór de dubbele betekenis ervan tot hem doordrong: de grote stukkenverzwelger verzwolg al zijn tijd. Tijd stroomde zijn hoofd binnen en verdampte daar met bakken tegelijk tot niets. Maar wat hinderde het, dit was het echte schaken, niet Wit tegen Zwart, maar de kunstenaar tegen zijn materiaal, tegen Wit en Zwart samen. En al hadden zelfs mensen als Peltz geen benul van waar je mee bezig was – de schoonheid die je najoeg, en soms creëerde, droeg een waarheid in zich die al diens partijen zou overleven.

Partijen speelde Jacobson zelden meer. Alleen Nardus kwam nog wel eens langs om wat rubriekjes uit zijn archief te halen, en te vluggeren. Hij nam altijd wat lekkers mee, maar hij weigerde naar de Bodemloze Put te kijken.

Het was haast verdriet waarmee Jacobson in die partijtjes naar zijn stukken keek. Een grote meester had eens gezegd dat de schaakstukken bezield zijn met wensen en gevoelens. In de partijen van Neishtadt en Feoktistov, zelfs in die van Peltz, in de Bodemloze Put was dat ook zo, maar tegen Nardus waren ze uitgeblust als oude dieren.

Soms dacht Jacobson: ik speel net goed genoeg om te zien dat ik er niets van kan. Ik ben de slechtste schaker die ooit zoveel van schaken hield.

Af en toe hield Nardus een soort schaaksalon; een middag waarop Peltz zijn laatste partijen voorspeelde aan wat schaakkennissen, de meesten journalisten. De stilzwijgende afspraak was dat Peltz' inzichten gepubliceerd mochten worden; zo stuurde hij zijn visie op zijn partijen de wereld in. Zelf schreef hij nooit over schaken.

Tussen Nardus, soms Fajnman, Quinten de Jong, Loyd en Lindgren als die in het land waren, Jacobson en wat andere bevoorrechten, zat Peltz daar met zijn vogelachtige rechtop zitten, zijn kwiekheid, zijn *behoorlijkheid*, als een verdwaalde uit de echte wereld. Hij benadrukte dat door op de suggesties van Quinten, die niet meer dan een huis- tuin- en keukenschaker was, even serieus in te gaan als op die van de aanwezige meesters en grootmeesters. Ook Quinten was een vreemde eend in de bijt; een brede, sigarenrokende, meestal in driedelig kostuum gestoken figuur die je het niet aanzag dat hij zijn carrière begonnen was als balletdanser. Hij had nu een impresariaat en was, als zovelen aangetrokken door de verondersteld mysterieuze sfeer van het schaken, op Peltz afgekomen. Misschien herkende Peltz in hem de broeder niet-schaker, en zocht hij daarom steun bij hem, maar Jacobson vond het onzin dat zo'n figuur erbij mocht zitten.

Bij het voorspelen van de partijen uit Brisbane had iedereen de adem ingehouden bij de laatste, die van de Bom. Zonder met de ogen te knipperen had Peltz daar een eind voorbij gespeeld, en bij de zeventiende zet gezegd: 'Vinden jullie het goed als we hier beginnen?'

'Meneer Peltz, was die Bom nou bluf?' zei Nardus.

Peltz glimlachte even, en zei: 'Loper e2 gaat hier niet, dan slaat Zwart op f2.'

Als Jacobson na zo'n middag naar huis liep duizelde het hem van de snelheid, de helderheid van dat mannetje. Op zich ging geen enkel inzicht hem boven de pet, maar zijn verstand stond stil bij de vanzelfsprekendheid waarmee Peltz uit al die uiteenlopende inhouden van een stelling een plan, een zet destilleerde. Hij rekende niet, hij wist; schaken was zijn moedertaal.

Maar wereldkampioen zou hij niet worden; in het licht van de schaakgeschiedenis was Peltz niet meer dan een grappige laatbloeier die met het bereiken van een match om het wereldkampioenschap meer had gekregen dan hem toekwam. Neishtadt was veel te sterk voor hem.

Bij een van die sessies, toen ter sprake kwam dat Jacobson en Peltz bij elkaar op school hadden gezeten, had Jacobson hun oude partij genoemd, en hun stand van 1-0. Hij zag iets geërgerds in Peltz dat meteen weer verdween, en wist met het noemen van die nooit meer te vereffenen rekening een faux pas te hebben begaan.

De berisping was onmiddellijk gevolgd. Tot Jacobsons verbijstering had Peltz die oude partij meteen op dicteersnelheid voorgespeeld. Het was Jacobson alsof hij hem voor het eerst zag; met Peltz aan de stukken, en meesters en grootmeesters als publiek, sprongen de kromheid, de domheid, de verschrikkelijke talentloosheid van zijn eigen spel hem in het oog. Zeker met aan de andere kant de kristalheldere doelmatigheid van de twaalfjarige Peltz.

Nardus had gevraagd of hij die partij mocht publiceren en na Jacobson even te hebben aangekeken, had Peltz zijn hoofd geschud en gezegd: 'Dat blijft onze partij, hè Daan?'

Zo groot was Jacobsons ontzag voor de schaker in Peltz dat het dagen duurde voor tot hem doordrong wat het betekende dat Peltz die partij op afroep had kunnen voorspelen. Een grootmeester van zijn kaliber kende duizenden partijen uit het hoofd, maar toch niet een dertig jaar oude partij uit een schoolkampioenschap. Hij moest die partij vaker hebben nagespeeld – hij was het wereldkampioenschap tot op één stap genaderd, maar hij kon het nog altijd niet verdragen dat hij dat schoolkampioenschap had verblunderd.

Oh, Jacobson had voor eeuwig achttien willen blijven om Peltz voor altijd twaalf te laten zijn: een klein betraand jongetje dat had gemerkt dat je de gevestigde waarden niet zomaar omstoot.

Bij iedere zet van Pepijn herinnerde Jacobson zich de correspondentiepartij opnieuw. Hij kreeg een verhuiskaart van iemand wiens beroep 'pion' was en die meedeelde van d2 naar d4 te verhuizen; een aquarel die de etalage van een speelgoedwinkel voorstelde waarin, als je goed keek, in miniatuur een schaakbord gepenseeld was met de nieuwe stelling erop; een serie polaroids van Pepijn die bij een reuzenschaakspel in een park een pion versjouwde. In een pakje dat bij Jacobsons afwezigheid was besteld, en dat hij op het postkantoor had moeten afhalen, zat een echt schaakpaard waarvan hij pas na minuten ontdekte dat er op het papiertje waarmee de kop op het onderstuk was geklemd iets stond geschreven: 'Ik ga helemaal van d4 naar b5.'

Pepijn was ongetwijfeld een gevoelige en aardige jongen die dacht dat hij Jacobson een plezier deed met die surprises. Maar ze ergerden hem. Hij had toegestemd in een schaakpartij en er niet om gevraagd in een kinderziel te kijken.

In Sinterklaastijd ontving Jacobson een marsepeinen schaakbord met een pijl erop van b5 naar a3. 'Nu moet u weer marsepeinzen,' schreef Pepijn.

Jacobson at het bord meteen op.

De partij ergerde hem ook. Na een paar zetten was tot hem doorgedrongen, uilskuiken dat hij was, dat hij beter geen Siciliaans had kunnen spelen. Hij had zo snel mogelijk de theorie moeten verlaten. Nu was het te laat. Een correspondentiepartij was geen gewone partij; Pepijn kon de scherpste systemen kiezen en in boekjes opzoeken hoe het moest. Voorlopig zou een oude krant voldoende zijn, want Pepijn had brutaalweg het pad gevolgd dat naar de Bom van Brisbane leidde. En nu, na de marsepeinzet, moest Jacobson beslissen of hij, net als Peltz tegen Feoktistov, 8...d5 zou aandurven.

Dat was toch wel frappant.

Het was uitgesloten dat Pepijn de meest besproken partij ter wereld per ongeluk volgde. Weliswaar volgde hij de verliezer, maar als Jacobson nu de Bom speelde, wat dan te doen als Pepijn de remisevariant koos die Feoktistov te min had gevonden? Heel eenvoudig: die variant was remise tussen grootmeesters; met zijn overwicht aan techniek zou Jacobson geen moeite hebben juist zo'n remise-eindspelletje tegen een schooljongen te winnen.

Hij moest om zichzelf lachen: wat een schaker was hij toch. Wie ging er nu piekeren hoe hij een partij kon winnen die hij helemaal niet had willen spelen! Als Pepijn de remisevariant koos, dan kon hij remise krijgen. Dan stuurde Jacobson hem zijn eigen rubriek uit *De Amsterdamse Tribune* waar die variant in had gestaan, mèt remisevoorstel. Dan moest dat jongetje wel erg brutaal zijn om nog door te willen spelen.

Hoe dan ook, hij kon zich tegen een schooljongen niet laten kennen, en hij speelde de Bom. Het had wel iets moois dat hij, als tegenstander van iemand in wie hij even een reïncarnatie van Peltz had gezien, in de huid van Peltz kroop.

Nu zag Jacobson uit naar de volgende zet van Pepijn. Maar na een week was die er nog niet. En na tien dagen ook niet. En dat terwijl het een gedwongen zet was; eventuele nieuwtjes kwamen pas later aan de orde.

Verheugde Pepijn zich dan niet op een nieuwe zet? Jacobson zag nog de vreugde in het muizegezichtje toen hij de correspondentiepartij had goedgevonden. Ineens kreeg hij het gevoel dat Pepijn de hele partij al zo lang nadacht. Hij pakte zijn agenda erbij. De simultaan op het Erasmus was op 28 oktober geweest. Nu was het 15 december – er was anderhalve maand heengegaan met de eerste zeven zetten! Die stuk voor stuk in de krant hadden gestaan.

Wel allemachtig.

Zelf had hij zijn zet steeds uiterlijk de volgende dag op de bus gedaan; al het treuzelen kwam op rekening van Pepijn. Waarom? Had het feit dat hij geen adres had en alleen een postbusnummer daar iets mee te maken? Duurde het om de een of andere reden lang voor hij Jacobsons zet ontving?

Of was Jacobson bezig in de val te trappen die iedere meester bedreigde die toestemde in een correspondentiepartij tegen een amateur? Die gedachte was vanaf het eerste moment vaag aanwezig geweest. Vaak had die amateur hulp, en sterke hulp. Voor je het wist speelde je tegen een hele club. Dan had je aan de ene kant een meester die eigenlijk geen zin had in de partij, en aan de andere een paar behoorlijke amateurs die niets anders deden dan de stelling analyseren. Jacobson zou de minste niet zijn die zo'n partij verloor, wereldkampioenen waren hem voorgegaan.

Liet Pepijn hem tegen het Erasmus spelen? Webster had gezegd dat daar geen schaakclub meer was. Tegen een gewone schaakclub? Vroeg Pepijn raad aan een sterke schaker in zijn omgeving? Per brief misschien, duurde het daarom zo lang? En wat had de Bom van Brisbane daarmee te maken – stond Pepijn in verbinding met schakers die een weerlegging kenden en volgde hij daarom Feoktistov?

Maar wat er ook achter stak; een jongen van twaalf die een correspondentiepartij tegen een echte meester mocht spelen werd wèl geacht die partij eer aan te doen.

Jacobson pakte een briefkaart en schreef: *De Jong – Jacobson: 0-1 (tijdsoverschrijding.)*

Hij knipte de postzegel van de antwoordenvelop, gooide alle tekeningen en formulieren die hij nog van Pepijn had weg, en deed zijn kaart op de bus.

Hij vergat de correspondentiepartij.

Peltz was kandidaat om tot Sportman van het Jaar te worden gekozen. Zich verheugend op de gêne die hij zou voelen bij het zien van een zo onfeestelijk man als Peltz bij iets zo namaakfeestelijks als een Sportman van het Jaar-show, zette Jacobson zijn televisietoestel aan. Maar Peltz kwam niet, hij liet verstek gaan wegens 'persoonlijke omstandigheden'. Hij werd nog gekozen ook, en de presentator bracht nu de primeur die híj had zullen brengen: Amsterdam had zich kandidaat gesteld om de match Neishtadt – Peltz om het wereldkampioenschap schaken te organiseren.

Negen verdedigende offers op één veld was nooit eerder vertoond, wat deed het er dan toe dat de stad vol was van geluid, en van mensen die met stokbroden onder de arm naar elkaar onderweg waren. Maar als de Bodemloze Put af was, dan was er altijd ook een nevenoplossing – en als Jacobson die verwijderde was het hele mat weg, of kon het in drie zetten in plaats van negentien. Het was of hij een kloppende detective probeerde te schrijven, en ineens merkte dat het tweede hoofdstuk over irrigatiewerken in Ethiopië ging. Schrapte hij dat, dan heetten alle vrouwen Rodrigo, en als hij ze hun eigen namen weer had teruggegeven, dan bleek het lijk op de oneven bladzijden toch te leven.

Het was om gek van te worden. En ten slotte kon het Jacobson niet meer schelen of de Bodemloze Put mooi zou zijn, of gewaardeerd zou worden; het was alleen nog zijn wil om hem te maken tegen de wil van de Bodemloze Put zèlf om niet gemaakt te worden.

Peltz werd vierde in een toernooi in Spanje, twee punten achter Feoktistov, en ook achter Katsnelson, een zeventienjarige Let, en zijn eigen secondant Loyd. Opmerkelijk was dat hij met Zwart geen Siciliaans had gespeeld: alsof hij de vraag wilde vermijden of hij de Bom nog durfde.

Jacobson speelde Peltz' partijen met een zekere ergernis na. Vaak hadden spelers een stijl die tegengesteld was aan hun karakter: de saaien speelden wild, de wilden saai. Peltz wàs saai en speelde saai. Al zijn partijen gingen naar Zandvoort en de Keukenhof, nooit was er eens een noodlanding op de Azoren. Je vroeg je af of hij er de ironie van inzag dat hij zijn grootste succes had behaald met iets dat zo onkarakteristiek voor hem was als de Bom van Brisbane.

Was het omdat hij even niet meer kòn denken? – in de stoel bij de tandarts zag Jacobson ineens hoe de Bodemloze Put gemaakt moest worden. Hij wist dat er nog geweldig veel werk nodig zou zijn, maar vanaf nu zou dat vanzelf gaan: zoals de Bodemloze Put een machine zou zijn die in negentien zetten een matstelling maakte, zo zou hij een machine zijn die op zeker moment de Bodemloze Put zou hebben gemaakt.

Op een avond verschoof hij een paard – en daar stond hij: de Bodemloze Put. Hij bestond, hij leefde, hij deed het. Vol ontzag, met een brok in zijn keel, stempelde Jacobson het zoveelhonderdste diagram, het laatste. Ooit zou een schaakonderzoeker dat diagram tussen zijn papieren vinden, en voor hèm schreef hij eronder: *Mat in 19; 'De Bodemloze Put', Daniël Jacobson*; uur, dag, jaar. Hij stond op van zijn tafel, liep naar het raam en al praatte hij liever niet hardop als hij alleen was, hij zei het toch: 'De Bodemloze Put is af.'

Nu was hij niet meer de maker van de Bodemloze Put, maar de eerste die hem zag. Pion, pion, pion, paard, paard, toren, toren, dame, loper... mat! Steeds opnieuw: uurwerkprecisie, vuurwerkprecisie.

De volgende ochtend, in de tram onderweg naar Nardus, die voor deze ene keer had goedgevonden dat hij hem de Bodemloze Put zou laten zien, kwam er een ontzettende gedachte bij Jacobson op: wat als Zwart op de elfde zet geen toren e4 speelde, maar toren e3?

Hij voelde zich ziek.

Nardus kon hem niet helpen; er was na toren e3 doodeenvoudig geen mat.

Hij moest van voren af aan beginnen.

'Kom op, vluggeren,' zei Nardus.

Bijna twee maanden nadat hij zichzelf tot overwinnaar had uitgeroepen kreeg Jacobson toch weer een brief van Pepijn de Jong.

Zeer Geachte Meneer Jacobson,

Ik moet mijn excuses maken dat ik U een paar keer zo lang liet wachten op een zet. Maar ik moet af en toe een paar dagen naar het ziekenhuis en dan kan ik U niet antwoorden. Ik ben nu net ook een maand in het ziekenhuis geweest, anders had ik U graag eerder geschreven. Ik hoop heel erg dat U toch nog tegen mij door wilt spelen. Voor het geval dat zo is stuur ik U mijn zet: 9.c4xd5
Ik hoop heel erg dat de partij door kan gaan.

Pepijn de Jong

Het was een heel andere brief dan vroeger, een onpersoonlijke computeruitdraai zonder antwoordenvelop of tekeningen. Wat had hij ook alweer geschreven? *Tijdsoverschrijding* – Jacobson kon wel door de grond gaan. In het ziekenhuis, met buisjes uit zijn neus, zijn hoofd één groot wit verband, had Pepijn te horen gekregen dat IM Jacobson ermee ophield. Hij was zo blij geweest met die partij, schaken was het enige plezier in zijn leven.

Jacobson schreef onmiddellijk terug. Hij bood zijn excuses aan, sprak de hoop uit dat Pepijn voor verder ziekenhuisbezoek gespaard zou blijven, en deed zijn tegenzet.

Ditmaal kwam Pepijns antwoord al na twee dagen, en daarna ging de partij in een normaal tempo verder. Net als Feoktistov in Brisbane liet Pepijn de remisemogelijkheid ongebruikt; hij bleef het pad bewandelen dat Wit naar de ondergang had gevoerd. Hij moest een verbetering in petto hebben, of denken dat hij er een had. Het was nu vier maanden na Brisbane, en nog steeds had niemand een weerlegging van de Bom gepubliceerd. Toch moest er haast een zijn – 'Wie nu nog 8...d5 speelt is naïef,' had een Frans blad geschreven. Niemand had het aangedurfd.

De tijdsoverschrijding had wel sporen nagelaten. Jacobson

was geen IM Jacobson meer, maar De Heer Jacobson. Het postbusnummer was vervangen door een gewoon adres. Surprises en antwoordenveloppen waren er niet meer bij. Iedere keer kreeg Jacobson dezelfde kale computeruitdraai, met het partijverloop en onderstreept daaraan toegevoegd de nieuwe zet.

Hij had Pepijns spontaniteit vermoord.

De match Neishtadt – Peltz werd toegewezen aan Amsterdam. Op een persconferentie hield Peltz een toespraakje dat, viel Jacobson na drie woorden in, net zo goed door de derde secretaris van de bond gehouden had kunnen worden. Geen mootjes waarin Neishtadt gehakt zou worden; propaganda voor de schaaksport. Jacobson wist het voorgoed: het was niet uit jaloezie dat hij hoopte dat Japie Peltz geen wereldkampioen zou worden. Schaken was te koninklijk voor het zoontje van de dierenwinkel.

Op de twaalfde zet speelde Pepijn loper e3. Feoktistov had op dit moment gerokeerd – dit was dus Pepijns langverwachte eerste eigen zet, zijn poging tot weerlegging.

Met de envelop nog in zijn hand was Jacobson teleurgesteld. Loper e3 was een knoeizet. Hij kon zich herinneren er destijds, zoals waarschijnlijk iedereen, een seconde naar te hebben gekeken, maar Zwart ruilt gewoon op e3 en Wit krijgt een lelijke verzwakking.

Dus toch. Hij voelde zich haast opgelicht nu duidelijk was dat hij níet was opgelicht – hij had zijn tijd werkelijk verdaan aan een schoolkind. Het schattige zelfbewustzijn van zo'n jongetje: híj liet zich niets wijsmaken. Domme Feoktistov, had Pepijn gedacht, waarom speelt hij niet gewoon loper e3?

Jacobson schreef zijn tegenzet op een briefkaart: loper slaat loper. Maar iets zei hem dat hij moest uitkijken. Voor het eerst in zijn partij tegen Pepijn zette hij de stelling op het bord. Als er in de Bom van Brisbane iets verborgen was, dan was het goed verborgen. Van de simultaanpartij stond hem juist bij hoe braaf Pepijn positionele fouten als loper e3 had vermeden. Als hij niet oppaste ging straks een partij Pepijn de Jong (12) – IM Jacobson de wereld rond waarin de naïeve meester Jacobson de Bom had gespeeld, en de kous op de kop had gekregen van een schooljongen die een sensationele weerlegging had gevonden.

En ineens zag hij het. Als Zwart de loper sloeg, dan sloeg Wit niet terug, maar veroverde hij met een tussenschaakje het zwarte paard. En dan waren al die van strijdlust blakende stukken van Zwart ineens tien jaar ouder en stond hij gewoon een pion achter.

Hoe simpel.

Dit was hem, zomaar op het bord bij hèm thuis: de zet waarnaar de wereld had gezocht. Als Feoktistov dit had gezien, dan had Peltz naar zijn match om het wereldkampioenschap kunnen fluiten – en als het nu bekend werd, dan ging de Bom van Brisbane niet de geschiedenis in als een triomf van de fantasie, maar als een overval met een speelgoedpistool.

Hij sloeg de loper, er was niets beters.

Twee dagen leefde bij Jacobson de hoop dat Pepijn terug zou slaan – dan zou loper e3 een toevalstreffer zijn, en dan zou Jacobson die zet, samen met het tussenschaak, de wereld insturen – dan zou híj de weerlegger van de Bom van Brisbane zijn.

Pepijn sloeg niet terug; hij gaf het tussenschaak.

Hoe kon het dat de wonderzet opdook in een partij van een jongen van twaalf – van wie Jacobson zelf had kunnen vaststellen dat hij niet kon schaken?

In de correspondentiepartij Pepijn de Jong – IM Jacobson stond Zwart zonder compensatie een pion achter.

De inzendtermijn van het Wereld Compositie Toernooi verstreek zonder dat Jacobson de Bodemloze Put correct had weten te krijgen.

Dat was wel een nederlaag, maar steeds meer werd hij nu in beslag genomen door zijn partij tegen Pepijn. Er was iets heel vreemds met die partij – hij doorgrondde de stelling, hij stelde diepe vallen, maar Pepijn trapte nergens in en hield zijn voordeel levend. Goed, het was correspondentieschaak, de normale krachtsverhoudingen golden niet; gebrek aan inzicht viel weg tegen ijver – maar zou Pepijn er dan nòg meer tijd aan besteden dan hij?

Een klassiek schaakverhaal kwam bij hem op. Hij kende het uit een van zijn eerste schaakboeken, en hij had het in een van zijn eigen boeken naverteld.

Drie schaakmeesters reizen per schip, twee jongere en een oudere meester. Die oude meester verliest alle vluggertjes en wordt uitgelachen. Maar dat ligt aan het tempo zegt hij, hij heeft het meeste inzicht en als hij langer kon nadenken zou dat tot uiting komen. Hij stelt daarom een weddenschap voor: in een simultaan tegen de twee zal hij minstens één punt halen. Eén partij met Wit en één met Zwart, *blind.*

Hij wordt nog harder uitgelachen. Een simultaan? En blind? Wat een onzin. De weddenschap wordt aangenomen, en de jonge meesters gaan ermee akkoord dat ze in aparte hutten zitten; anders zouden ze elkaar kunnen helpen. Stewards brengen de zetten heen en weer.

Natuurlijk laat de oude meester de twee tegen elkaar spelen. Hoe het ook loopt, hij haalt precies één punt en wint de weddenschap.

Jacobson had het altijd een zwak verhaal gevonden. Waarom moesten de jonge meesters apart zitten? Alleen omdat voor het verhaal nodig was dat ze elkaars stellingen niet konden zien. Maar nu zouden ze meteen na afloop ontdekken dat ze tegen elkaar hadden gespeeld, wat had de oude meester op die manier aan zijn bedrog?

Met blindschaak was het onzin, maar een correspondentiepartij was geknipt voor zoiets. De hutten waren huizen, de stewards postbodes en in het midden zat lachend de oude meester: Pepijn.

Wie wàs de onbekende tegenstander? Een vermoeden, te wild om hardop te durven denken, kwam bij Jacobson op.

Toen hij zijn negentiende zet op de bus had gedaan snoof Jacobson de lucht in: lente. Hij was in een uitstekend humeur; zijn zojuist geposte zet was het antwoord op een kans die de geheimzinnige tegenstander had gemist om zijn voordeel aan de rand van het beslissende te brengen; zijn eerste zwakke moment.

Jacobson besloot een eindje te gaan wandelden. Bij de ingang van Artis zag hij ineens een meisjesgezicht dat hem bekend voorkwam, en een seconde later naast haar Jaap Peltz en een jonger meisje. Het waren Bianca, Peltz' oudste dochter, en een zusje. Die Bianca was helemaal niet zo lelijk meer, al zat ze nog onhandig in elkaar. Ze moest een jaar of zeventien zijn.

Peltz zag Jacobson ook.

'Dag Daan,' zei hij.

'Hé, dag Jaap,' zei Jacobson.

Ze schudden elkaar de hand en zwegen, nooit waren ze makkelijk met elkaar omgegaan. De 1-0.

Jacobson gaf ook de meisjes een hand en wilde al doorlopen, maar ook Peltz leek de lente te hebben ingesnoven. 'Heb je tijd?' zei hij. 'Wij gaan naar Artis. Kom, ga mee.'

Een paar keer zag Jacobson hoe de gezichten zich naar Peltz draaiden; één keer moest hij zijn handtekening zetten wat hij haastig deed, met een verontschuldigend gebaar naar zijn dochters die doorliepen.

Bij een kiosk trakteerde Jacobson, na Peltz toestemming te hebben gevraagd, op ijsjes. Ze namen er zelf ook een. De meisjes begonnen ineens hoog te lachen; Jacobson zag dat het om een olifant ging die een erectie had, een slijmerige draad hing van zijn reusachtige geslacht omlaag. Jacobson voelde zich hoogst opgelaten dit in het bijzijn van een vader en twee jonge meisjes te moeten zien en hij verwachtte dat Peltz zijn dochters haastig zou meevoeren. Maar Peltz bleef staan en lachte mee. Hij leek losser, meer benaderbaar dan ooit. Zou het succes hem toch veranderd hebben?

Peltz haalde herinneringen op aan het Erasmus. Ze hadden er maar één jaar tegelijk op gezeten, er waren niet veel leraren die ze allebei hadden gehad. Ineens wist Jacobson, tot zijn schrik, dat hij zou gaan zeggen wat al minstens twintig jaar in hem klaarlag, geformuleerd en wel.

Ze waren net bij de dolfijnen toen die gevoerd werden. Met geweldige staartslagen zwommen ze langs, Peltz liet zich lachend natspatten. Jacobson volgde de dolfijn die dat had gedaan en die nu, of je wilde of niet, een rol in de schaakgeschiedenis speelde.

'Hé Jaap,' zei hij. 'Wij hebben nooit veel contact.'

'Nee, dat is waar.'

'Ik bedoel: wij speciaal. Het lijkt soms of we expres langs elkaar heenkijken. Dat is niet nodig.'

'Nee, natuurlijk niet,' zei Peltz. Hij knikte, verlegen; Jacobson besefte dat dit gesprek voor hem net zo moeilijk was.

'Het komt door die één nul. Die partij die ik toen van je won. Die staat nog altijd tussen ons.'

Er verscheen een glimlach op Peltz' gezicht, en hij knikte langzaam. 'Ja, misschien moet ik daar maar eens iets aan doen,' zei hij.

'Weet je wat mijn fantasie is?' zei Jacobson, meegesleurd door de ongekende vertrouwelijkheid: 'Dat het bij jouw laatste partij tegen Neishtadt nog gelijkstaat, en dat er wordt afgebroken in gewonnen stelling voor jou, maar hij heeft een dolle toren. Dat heb ik helemaal in kaart gebracht, dat weet je. Dan bel jij mij op, en dan win je omdat ik je vertel hoe je van die dolle toren af kunt komen.'

'De dolle toren komt niet zo vaak voor in de praktijk,' zei Peltz. 'Maar als het zover komt zal ik zeker van je aanbod gebruik maken.'

Ze zaten aan het water, tegenover een groep stille flamingo's. Peltz vertelde een anekdote waarin Bianca, een eigenwijze leraar, en een van zijn economieboeken belangrijke rollen speelden, maar Jacobson luisterde maar half.

Voor zijn ogen stond een loper op e3 te dansen, omringd door juichende uitroeptekentjes.

'Hé, jouw laatste matchpartij tegen Feoktistov,' zei hij toen Peltz' verhaal even stillag. Hij moest er wel iets voor wegslikken, en hij voelde de ogen van de schaakwereld op zich gericht: niemand kreeg de kans zo losjes met Peltz de Bom van Brisbane ter sprake te brengen.

'Ja, ja,' lachte Peltz.

'Wat doe je eigenlijk als hij 12. Le3 speelt?'

Hij zag een nerveuze flits in Peltz' ogen, maar die had zich meteen weer onder controle. Jacobson hield zijn adem in: hij had iets geraakt.

'Hé pap, jullie gaan toch niet...' zei Bianca.

'Ik sla gewoon op e3,' zei Peltz.

Jacobson wist even niet wat hij terug moest zeggen. Peltz' antwoord was belachelijk. Beledigend zelfs, op het niveau waarop je gewoon op e3 sloeg was loper e3 een knoeizet.

'Dame a4 schaak,' zei Jacobson, en zijn hart ging hevig tekeer.

Peltz probeerde in de plooi te blijven, maar het lukte hem niet, en er verscheen een onhandige grijns op zijn gezicht.

'Jézes,' zei Bianca. 'Ik geloof dat ik dan maar even naar de plee ga.'

'Wc schat, doe jij dat maar.'

'Pion gé zeventien achttien,' zei Bianca, en ze stond inderdaad op en liep weg, gevolgd door het jongere zusje.

Peltz keek Jacobson aan. 'Aha,' zei hij, en hij knikte. 'Goed zetje. Hoe kom je daaraan?'

'Gezien.'

'Hoezo, gezien.'

Het lag Jacobson op de punt van de tong te zeggen dat een jongetje van twaalf dat tegen hem had gespeeld in een correspondentiepartij.

'Wij kruipsels zien wel eens iets.'

'Ik dacht dat jij je alleen nog maar met schaakproblemen bezighield.'

'Soms niet.'

'Ga je dat publiceren?'

'Ga jij dat spelen?'

Peltz haalde zijn schouders op. Hij was al van de schrik bekomen. 'Ze spelen geen d5 meer, hè? Het duikt nog wel eens op in een correspondentiepartij of zo.'

Ze zwegen, keken naar de zwijgende flamingo's. De meisjes kwamen terug, met gezichten klaar om verveeld te zijn zodra hun vader wéér over schaken begon.

Peltz vertelde verder over die leraar, maar juist omdat hij zo zijn best deed het gesprek even ongedwongen te laten lijken als daarvoor, was voelbaar dat het nu stroef was.

Loper e3 had iets geraakt.

Op de terugweg werd Jacobson bestormd door adembenemende gedachten.

Dus Peltz kende de weerlegging van de Bom van Brisbane ook. Op zich was dat niet opzienbarend. Het sprak vanzelf dat hij dat voor zich had gehouden. Maar nu waren een jongetje van twaalf en de uitdager van de wereldkampioen de enigen die, voor zover Jacobson wist, het geheim van 12. Le3 kenden.

Kenden ze *elkaar*? – had Pepijn loper e3 van Peltz?

En nu zag Jacobson iets dat hij altijd al had gezien, maar dat nu pas tot hem doordrong. Pepijn heette Pepijn de Jong. Quinten heette Quinten de Jong. Allebei De Jong, allebei dicht bij loper e3. Ze léken op elkaar, als je het wist.

Pepijn was het zoontje van de manager van Peltz.

De rillingen liepen Jacobson over de rug. *Het duikt nog wel eens op in een correspondentiepartij; misschien moet ik eens iets aan die één nul gaan doen...*

De geheimzinnige tegenstander was Peltz. En Peltz wìst dat hij tegen Jacobson speelde; hij had hem meegenomen naar Artis om te peilen of hij het ook wist.

Hij gebruikte Pepijn om revanche te nemen – hij kon niet leven met hun 1-0.

Thuisgekomen zocht Jacobson het op. Organisatiebureau Quinten de Jong had een postbusnummer dat Jacobson herkende: van Pepijns brieven van vóór de tijdsoverschrijding.

Zo moest het gegaan zijn: Pepijn was de correspondentiepartij zelf begonnen. Misschien had hij Peltz een keer om advies gevraagd of had Quinten iets gezegd; in ieder geval had Peltz van de partij gehoord en daarin zijn kans gezien om revanche te nemen op Jacobson. Het lange zwijgen rond de tijdsoverschrijding moest daarmee te maken hebben: Pepijn had zich zijn partij niet zomaar af willen laten pakken. Maar waarom had het twee maanden geduurd voor Peltz met die smoes van Pepijns ziekenhuis kwam?

Jacobson zocht het na in zijn oude schaakbladen. Meteen na het toernooi in Spanje had Peltz een tournee door Afrika gemaakt. Op 22 februari was hij teruggekomen.

Eind februari had Jacobson Pepijns brief gekregen of hij alsjeblieft door mocht spelen.

Het was natuurlijk oplichterij van Peltz om op zo'n manier revanche te willen nemen, maar Jacobsons boosheid zakte snel.

Het was juist prachtig: niet alleen herkende hij in Peltz de centrale tegenstander van zijn leven – Peltz zag ook in hèm een vader die hij minstens éénmaal moest verslaan.

Wekenlang balanceerde Jacobson aan de rand van de afgrond, maar hij vocht met het gevoel dat het vasthouden van de 1-0 zou betekenen dat hij van hen tweeën de ware schaker was. Hij analyseerde tot in de diepste diepten, schreef vellen vol aantekeningen. Nooit eerder had hij het gevoel gehad een partij zó te doorgronden. En als een zwaar zieke die er langzaam bovenop komt ging zijn stelling vooruit. Hij profiteerde van ieder klein onnauwkeurigheidje dat Peltz toch beging en terwijl de zomer verstreek kreeg hij tegenspel, hoefde hij niet meer te verliezen, kwam remise binnen bereik. Soms had hij het gevoel dat híj de bedrieger was; Peltz had zijn gezin, de naderende match tegen Neishtadt, terwijl Jacobson zich helemaal aan hun partij kon wijden.

De Bodemloze Put was vergeten, hoogstens kon hij er nu zijn schouders over ophalen dat hij zichzelf zo lang had misleid. Die verheven strijd van de kunstenaar tegen zijn materiaal, dat was een uitvlucht geweest; een zelfverbanning voor mislukte schakers. Puzzelritten in plaats van ontdekkingsreizen; het ware schaken was gewoon man tegen man, straatvechten met onbekende afloop.

En als deze titanenstrijd nu eens een metafoor was voor zijn leven? De opening was voorgoed voorbij, en hij was er in verloren positie uitgekomen. Maar hij had de rug gekromd, hij had gevochten, en alles was weer mogelijk.

Hij zou niet de vergissing begaan te denken dat er nog een toekomst voor hem was als toernooispeler – maar waarom niet als correspondentieschaker? De gewone krachtsverhoudingen hadden daar geen betekenis. Inzicht tegen ijver, wat dan nog als hij de ijver vertegenwoordigde? IJver kwam voort uit liefde – dat maakte het juist mooi: in correspondentieschaak werd de liefde voor schaken meegemeten!

Hij schreef de Correspondentieschaakbond om informatie over de te bewandelen weg voor iemand die een gooi naar het wereldkampioenschap wilde doen.

Een enkele keer dacht hij: ik ben gek. Het is Peltz helemaal niet. Ik leg mijn ziel in een partij tegen een jongetje van twaalf.

Begin september kondigde Pepijn een afwezigheid van twee weken aan. Die twee weken hield Peltz in Tunis met zijn secondanten een kort trainingskamp.

Bij zijn aankomst in Amsterdam verklaarde Neishtadt dat hij Peltz een interessante tegenstander vond, en dat het hem niet zou verbazen wanneer Semjon Katsnelson zijn volgende uitdager zou zijn.

Door een nieuwe onnauwkeurigheid van Peltz, een week voor het begin van de match, kwam Jacobson zelfs iets beter te staan. Hij vroeg zich af hoe het nu verder moest. Peltz' omstandigheden deden zich al voelen, en als hij doorspeelde zou hij er misbruik van maken. Misschien zou Peltz zijn secondanten verder laten spelen. Dat zou afbreuk doen aan de partij; het moest een zuivere Peltz – Jacobson blijven.

Maar winnen was onbelangrijk; een gelijkwaardige strijd met Peltz te hebben uitgevochten en daarin de 1-0 te hebben vastgehouden, dat was voldoende. Jacobson besloot een gebaar te maken: hij zou remise aanbieden. In zekere zin was remise ook eervoller dan een overwinning – een mindere god won niet van Peltz zonder dat de suggestie gewekt zou zijn dat die zijn best niet had gedaan.

In het Muziektheater in Amsterdam vond de opening plaats van de match om het wereldkampioenschap tussen Neishtadt en Peltz. Als een van de weinigen ging Jacobson in smoking. Hij had begrip voor de blikken die hij op zich gericht zag; hij zou het niet gedaan hebben als hij daar niet zijn eigen plechtigheid had gehad.

Er was een ballet voor zestien in het wit en zestien in het zwart geklede dansers, een koor zong een speciaal gecomponeerd schaaklied. Onafgebroken keek Jacobson naar het achterhoofd van Peltz, die naast Neishtadt op de eerste rij zat. Zo was dat nu gelopen, het leven van Japie Peltz die een dame tegen hem had weggegeven. Nu waren de minister-president, de Russische ambassadeur en de koningin bijeengekomen om het toeval te vieren dat er in zijn brein een paar verbindingen waren die het ontstaan van schaakinzichten vergemakkelijkten. Geen van hen kon vermoeden dat binnen datzelfde brein het idee-fixe woedde van een verblunderde schaakpartij om een schoolkampioenschap.

Jacobson voelde zich aangenaam sentimenteel nu de laatste minuten verstreken van de laatste, de beslissende partij tussen Peltz en hem. Het was haast of die dansers en zangers voor hèm en Peltz optraden. Wat een schitterend decor voor het grote moment: tegelijk zou Peltz aanvaarden dat het voorgoed 1-0 voor Jacobson was, en híj dat de schaakgeest die fout had gemaakt door Japie Peltz uit te kiezen.

Peltz won de loting en koos Wit in de eerste partij.

In een met koorden afgeschermde ruimte was een ontvangst voor hoogwaardigheidsbekleders, schaakofficials en andere speciale genodigden. Jacobson zag, aan zijn kant van het koord, hoe de koningin werd voorgesteld aan Neishtadt en diens gevolg. Even later stond ze in een groepje met Peltz en zijn vrouw en kinderen. Ze schaterde een keer, misschien had een van de meisjes gezegd dat ze schaken maar vervelend vond.

Pas toen de koningin de receptie verlaten had lukte het Jacobson de aandacht van Peltz te trekken.

Ze stonden tegenover elkaar, het koord tussen hen in. Jacobson stak zijn hand uit en Peltz, ietwat verbaasd, schudde die.

'Ik bied remise aan,' zei Jacobson.

'Remise? Wat bedoel je.'

'Ik vind het niet redelijk om nu nog door te spelen.' Hij moest zich weerhouden te zeggen: ik sta beter.

'Waar heb je het over.'

'Onze partij.'

Peltz' blik verstarde. 'Onze partij? Welke partij.'

'Onze correspondentiepartij. Ik weet dat jij Pepijn bent. Ik voelde het al vóór loper e3, maar toen durfde ik het niet te geloven. Jij bent Pepijn in februari geworden.' Maar het was alsof Peltz' blik zijn woorden zwaarder en zwaarder maakte.

'Pepijn wie.'

'Pepijn de Jong.'

Peltz deinsde terug. Hij schudde zijn hoofd en keek Jacobson aan alsof hij bang voor hem was. Het was even stil.

'Ik kan nu dame c6 spelen,' zei Jacobson. 'Dan sta ik beter. Maar ik geef remise.'

'Er is een vergissing,' zei Peltz. Hij aarzelde, wilde nog iets zeggen, maar draaide zich met een ruk om en liep weg.

Jacobson stond bij het koord, en keek naar hem. Een paar keer keek Peltz terug, maar het leek alsof hij dan alleen maar keek of Jacobson er nog stond – zodra hij hem zag wendde hij zijn blik weer af.

Bij organisatiebureau Quinten de Jong stond het antwoordapparaat aan. Jacobson belde tien, twintig keer, maar kreeg steeds dezelfde levenloze stem. Op zijn schaakbord, met de stelling na 51...Dc6, stonden de stukken bijeen alsof de schaakregels niet meer bestonden. Hij hield het niet uit in huis, beende over straat, kreeg een idee, rende terug naar zijn telefoon.

Webster vroeg of Peltz wereldkampioen zou worden.

'Ik wil iets weten over een leerling,' zei Jacobson.

'Dat hangt ervan af, ik mag je niet zomaar alles aan je neus hangen.'

'Pepijn de Jong. Hij schaakt. Hij speelde toen mee in die simultaan.'

Nog terwijl hij praatte hoorde hij dat Webster stil werd.

'Pepijn de Jong?'

'Ja.'

'Hoe dicht sta je bij die jongen?'

'Niet speciaal.'

'Hou je toch maar even vast. Die is dood.'

'Dood? Dat kan niet.'

'Ik ben bij de begrafenis geweest,' zei Webster. 'Heel naar.'

Pepijn was bijna een jaar geleden gestorven, op 8 december. Vlak na Sinterklaas; vlak na het marsepeinen bordje dat de laatste zet voor de 'tijdsoverschrijding' was geweest. *Tijdsoverschrijding* – hoe moest dat niet zijn aangekomen bij de ouders? De gefrankeerde enveloppen, de tekeningen, waren opgehouden omdat Pepijn dood was. Iemand anders had voor hem verder gespeeld. Maar niet Peltz.

Jacobson belde opnieuw Quinten de Jong, en nu sprak hij een boodschap in.

Een paar minuten later werd hij teruggebeld.

De muren hingen vol met schilderijen, maar Jacobson kon alleen kijken naar een grote ingelijste foto van Pepijn, lachend, met een pion in zijn armen bij een reuzenschaakspel in een park.

'Twee weken voor zijn dood,' zei Quinten. 'Toen hebben we ook die polaroids voor jou gemaakt.' Híj had de correspondentiepartij verder gespeeld, en nu bood hij zijn excuus aan. 'Ik ben te ver gegaan. Maar hij leefde nog een beetje op die manier. Daarom deed ik het.'

Pepijn had leukemie gehad, hij had altijd geweten dat hij de twintig niet zou halen. Hij was de koning te rijk geweest met zijn correspondentiepartij tegen Jacobson, maar in dezelfde tijd was zijn ziekte snel erger geworden; de laatste weken was hij het ziekenhuis in- en uitgegaan.

Een tijd na zijn dood, na thuiskomst van een reis met Peltz naar Spanje en Afrika, was Quinten op het idee gekomen om voor Pepijn verder te spelen. Loper e3 had hij een keer gezien toen Peltz met Fajnman zat te analyseren. Hij had Peltz nooit om advies gevraagd omdat die zou hebben gemerkt dat hij een geheim als loper e3 had gejat, maar vooral omdat hij helemaal zelf voor Pepijn wilde spelen.

'Maar soms vergat ik hem bijna,' zei Quinten. 'Ik heb volle dagen zitten analyseren, ik heb er werk voor laten lopen. Het was ook zo'n spannende partij, vond je niet?'

Jacobson knikte.

'Jaap vroeg wel eens wat er met mij aan de hand was dat ik de hele dag op een zakschaakspel zat te kijken. Dat hij geen manager kon gebruiken die zijn tijd verdeed aan schaken. Ik weet heus wel dat jullie me een belachelijke prutser vinden. Maar nou heb ik toch wat laten zien. Tegen een meester als jij!'

'Je speelt heel behoorlijk,' zei Jacobson.

'In een echte partij zou het me nooit gelukt zijn, maar in zo'n correspondentiepartij ligt het anders. Ik begon natuurlijk met een voorsprong, door loper e3. Ik stond beter, maar nou is het volgens mij remise. Ik bied remise aan.'

Hoe komt hij erbij, dacht Jacobson, het is echt een knoeier. Hij ziet niet eens dat hij slecht staat.

Maar hij voelde dat het in dit bijzondere geval onjuist zou zijn remise te weigeren. Wat deed het ertoe. Hij schudde Quintens uitgestoken hand: remise.

Quinten maakte een raar geluid en verdween zeker vijf minuten uit de kamer.

'Ik heb misbruik van je gemaakt,' zei Quinten. 'Je bent tenslotte professional. Ik neem aan dat je normaal een honorarium vraagt voor correspondentiepartijen tegen amateurs. Wat ben ik je schuldig?'

Jacobson maakte een snelle berekening. Als hij betaald zou willen worden voor wat hij er werkelijk had ingestoken dan kon hij wel honderd gulden per zet vragen. De partij had eenenvijftig zetten geduurd, maar door de te vroege remise miste hij een paar zetten. Eenenvijftig maal vijftien... als hij eens brutaal was en vijftienhonderd vroeg?

Zijn blik viel weer op de foto van Pepijn met de pion in zijn armen; een jongetje dat hij had gedacht te gebruiken als loopjongen. Pepijn was geen naam om op je twaalfde mee dood te gaan.

'Zou tweeduizend gulden in orde zijn?' vroeg Quinten.

Jacobson schudde zijn hoofd. 'Het was voor niets,' zei hij.

'Dank je,' zei Quinten. 'Dat vind ik een geste.'

Ze analyseerden tot diep in de nacht. Het was Jacobson vreemd te moede de stukken van zíjn partij in de handen van die rare kwibus van een balletdanser te zien. Maar Quinten was geen vervelende bewijzer van het eigen beter staan, en hij behandelde Jacobson met het respect dat hem als schaakmeester toekwam. Hij legde zich neer bij zijn oordeel, en bij sommige vondsten die Jacobson had gedaan zei hij: 'Pòhh, wat mooi.' Natuurlijk kon hij, zo rechtstreeks aan het bord, op den duur niet verbergen dat hij een amateur was, een beginner, een knoeier. Maar dat maakte het alleen maar bewonderenswaardiger hoe taai hij was geweest, hoeveel hij in naam van Pepijn had gezien.

Voor een knoeier had Quinten een topprestatie geleverd.

Jacobson was de drukte van de perskamer ontvlucht en keek vanuit de donkere zaal naar het podium waar Peltz en Neishtadt hun eerste matchpartij om het wereldkampioenschap speelden.

Voor Neishtadt was het al bijna de honderdste keer, maar al zat híj voor het eerst op dat podium, Peltz bleef Peltz, onaanzienlijk en onaangedaan, iemand die er zich niet goed raad mee wist het vat te zijn waarin zoiets raars als schaaktalent gegoten was. Schaken, dat kon hij nu eenmaal, zoals een ander een pot met goud in zijn tuin vindt.

Misschien werd Japie Peltz wel wereldkampioen.

Jacobsons gedachten dwaalden af naar zijn partij tegen Quinten. Hij was gek geweest dat hij remise had gegeven. Hij had er nog naar gekeken; na dame c6 stond Zwart zo goed als gewonnen. Het ergerde hem ook dat hij die tweeduizend gulden had afgeslagen. Een misplaatst gebaar – Quinten betaalde zijn psychiater toch ook?

Hij moest proberen dat geld alsnog te krijgen, hij was tenslotte beroepsschaker.

FLESJES

De nieuwslezer haalde adem en zei: 'Bij een gewapende inbraak in het Sterckx Glasmuseum in Utrecht is vanmiddag een inbreker om het leven gekomen.'

Het was alsof ik in een ravijn werd geduwd. Ik keek naar Cecile, en zij naar mij.

'Het Sterckx!' zei Francine. 'Daar zijn jullie gisteren geweest!'

Met de rover, maar dat wist ze niet. Het moest hem zijn. Wat een schoft, wat een verrader. En nu was hij dood.

'Dat moet een ravage...' zei Francine.

'Ssst mam,' zei Cecile.

Twee gewapende overvallers – en ineens was Thijs misschien toch niet dood – waren kort na sluitingstijd het gebouw binnengedrongen. Ze waren gezien, de politie was erop afgegaan, ze hadden proberen te vluchten, en bij een vuurgevecht was een van hen dodelijk geraakt. Een bewaker was zwaargewond, de identiteit van de twee mannen was nog niet vastgesteld. In Drenthe staakten buschauffeurs.

Mannen – het schokkendst van alles was het Ceciles vriendje een *man* te horen noemen. Nog maar gisteren had ik me afgevraagd hoe, als ze jongens zou krijgen, die jongens eruit zouden zien en nu was ze de vrouw van een dode man. Gruwelijker nog: van een man wiens dood kruis of munt was. Dat had ze nog maar af te wachten. Wat moest er in haar omgaan – een meisje dat naar school rolschaatste, en dat kwaad werd als Francine zei dat dat niet mocht als het regende?

Het was nog warm, de deuren naar de tuin stonden open, op het IJsselmeer gingen de bootjes nog heen en weer, al waziger, maar de nummers op hun zeilen waren nog te lezen. Ze hadden gewoon doorgezeild, terwijl hier het oude leven was opgehouden. Ik schaamde me, tegenover Cecile, Francine, het Sterckx, zo ontzettend dat ik niet eens wist wat ik moest voelen. Het was mijn schuld, ik had het veel te ver laten komen met Thijs, ik had gewéten dat er zoiets moest gebeuren – en nu zat Cecile daar, de Spaanse reisgids van haar plotseling opgeheven vakantie op haar schoot, een meisje van zestien dat ineens met roof, verraad, dood te maken had.

Achter Francine langs keek ze me weer aan, bekomen van haar eerste ontzetting, met die stille, sterke, ondoordringbare blik van haar, die zei: Wij weten dit. Francine niet. Wij moeten hierover praten. Of misschien: Hij is dood. Nu stopt het leven.

'Koffie?' vroeg ze, en ze liep naar de keuken.

Boven stonden haar tassen ingepakt voor haar vakantie naar Spanje, morgen met Thijs, een rugzakje met een embleem van het Muiderslot, zelf erop gestikt, de jutezak van haar zeilkampen, een canvas citybag met in viltstiftblokletters de namen van muziekhelden – kindertassen voor in een BMW met autotelefoon.

'Ben je niet bang voor de schade?' vroeg Francine.

Ja, dit verwoest haar leven, dacht ik – het drong niet eens tot me door dat ze de Sterckx-verzameling bedoelde. Daar moest heel wat kapot zijn, maar meer nog greep de aanranding ervan me aan – de verbroken stilte, de aanwezigheid van ogen die zonder liefde gekeken hadden. Ik zag het voor me: geschonden vitrines; amforen, karaffen, schalen, amuletten, met één haal in de dievenzak geveegd, hindert niet wat er breekt dat tweeduizend jaar heeft geleefd. Voor één Helleens weegschaaltje kan je een BMW krijgen! Verwoest maar, het Sterckx waar mijn vader mij had laten ronddolen, waar ik Cecile mee naar toe had genomen toen zij klein was, haar vragen beantwoordend zoals mijn vader het de mijne had gedaan, maar vooral haar vrij latend in het duistere kleurenavontuur van flessegroene vazen, Venetiaans ijsglas, knalgele Egyptische knikkers – kleuren die, waar je ze later ook zag, dat eerste moment nog in zich droegen dat je ze had gezien, in het Sterckx. De 'flesjes' zoals Cecile ze noemde, en zoals ze in onze familietaal waren gaan heten – levenslange liefde van mijn vader, van mij, en toch ook van haar. Ze had zèlf haar kleine verzameling die ze met blijdschap van verjaardag tot verjaardag zag groeien. Sla maar aan gruizels, de kindertijd van je vriendinnetje, de band met haar vader.

Francine zette Teletekst aan, maar dat had geen extra bijzonderheden.

'Kun je Boomgaardt niet bellen?' vroeg ze.

'Nee,' zei ik.

Hoe kon ik ooit nog het Sterckx binnengaan, Boomgaardt onder ogen komen? Ik had de verwoester zijn museum binnengehaald. Of hij dood was of niet, dat zou uitkomen. De politie zou hier vragen komen stellen. Ik zag het voor me: GLASROVER BLIJKT BEKENDE VAN GLASVERZAMELAAR.

Cecile kwam terug met koffie, zelf nam ze ook. Ik zag dat Francine wilde zeggen: Neem nou geen koffie meer. Het is een vermoeiende reis morgen, je moet goed slapen. Voor haar bestond de vakantie nog. Ze hield zich in – omdat in alles wat ze zei haar nederlaag zou zitten. Ik had haar het gevecht om de vakantie laten verliezen, wetend dat zíj hoorde te winnen, dat het onzin was een schoolmeisje op vakantie te laten gaan met een figuur als Thijs.

Thijs dood! – wat een opluchting zou dat zijn, de enige nette manier om van hem af te komen. Het was een waardeloze figuur, al zevenentwintig, niet eens een mooie jongen, met een smal pokdalig gezicht en domme ogen, en de geringschattende glimlach van de onwetende. Hij beweerde dat hij computerprogrammeur was, maar hij kon niets, las niets, programmeerde niets. En altijd zeilen, dure jasjes, dure auto's. Volgens Cecile zat hij in zaken. Wat precies wist ze niet: 'Dat hoeft hij mij niet te vertellen. En ik jullie niet, als ik het wist. En ik weet het niet.' Ik had een collega bij de rechtbank zijn doopceel laten lichten, maar meer dan kruimelhandel in hasj, op zijn negentiende, een maand voorwaardelijk, was daar niet uitgekomen.

Een half jaar geleden had ik in Ceciles ogen het licht gezien van Ontmaagd Zijn, en op het behang boven haar bed waren in potlood de omtrekken verschenen van twee gezichten, het een omhoog kijkend, het ander zich daar overheen buigend, de lippen aan elkaar.

'Neem hem een keer mee,' had ik gezegd.

'Als je belooft dat jullie niet zullen schrikken.'

Het was bij een keer gebleven, en hij mocht niet blijven slapen, maar we zagen hem vaak genoeg, met zijn BMW op onze oprit, met een hondje dat hij voor Cecile had gekocht en dat hij kwam afgeven, en dat Francine hem meteen weer had laten meenemen, en één keer zag ik hem 's nachts in de tuin, nog even naar boven kijkend, naar Ceciles kamer, voor hij wegsloop.

Hoe bang was ze dat hij dood was? – te bang om te beseffen hoe ontzettend hij haar verraden had? Zíj had naar het Sterckx gewild, met hem erbij. Ik had me afgevraagd waarom; ze ging de laatste jaren niet zo vaak meer mee. Om me te belonen voor de vakantie? Om onbewust nog even de geborgenheid van het Sterckx te voelen nu ze voor het eerst zo ver weg zou zijn zonder ons? Om Thijs in te wijden in wat haar heilig was?

Dat te vertrappen, daarvoor verdiende hij het dood te zijn.

Hoe kwam een meisje van zestien de uren door tot de bijl viel – of niet? Ze verdween een tijd naar haar kamer, ongetwijfeld om in haar dagboek te schrijven. Privacy was heilig bij ons, maar de laatste tijd liet ze dat dagboek zo vaak slingeren dat ik me wel eens afvroeg of ze wìlde dat we het lazen. Stonden er twijfels in over Thijs die ze ons alleen op die manier kon laten weten – een besef van wat ze had aangericht met haar vakantie?

Ik moest haar spreken, maar toen ik met een smoes naar mijn werkkamer ging kwam zij net terug, en we konden alleen haastig wat fluisteren in de gang.

'Misschien is het hem helemaal niet,' zei ik.

'Hij is dood,' zei ze.

We keken naar een film waarvan niets tot mij doordrong. Ik kon me niet voorstellen dat Francine niet hoorde wat er in me brulde, maar ze liet niets merken. Het beste zou zijn om haar alles te vertellen, met z'n drieën te bespreken wat ons te doen stond, wat we zouden antwoorden op de vragen van de politie, maar ik zei niets. Ik durfde niet. En ik gunde het haar niet, het was iets van Cecile en mij samen.

Het was donker geworden. Over het water dat zelf niet meer zichtbaar was bewogen nu lichtjes, nog een paar bleekgeworden zeilen. Af en toe dwaalde mijn blik af naar mijn eigen vitrine, maar dan keek ik vlug weer weg. Mijn flesjes waren niet mooi meer, het reserve-elftal van een sterrenploeg die is verongelukt.

Toen het late journaal kwam durfde ik nauwelijks te kijken. Maar er was geen nieuws: één dode, één zwaargewonde, geen identiteiten. Wel kwam Boomgaardt nu in beeld, een gebroken man, waarschijnlijk had hij gehuild. Hij zei dat de overvallers recht op de meest waardevolle voorwerpen waren afgegaan. De schade was niet in geld uit te drukken.

Hoe moest Cecile de nacht doorkomen?

Hoe moest ik de nacht doorkomen?

Ik wachtte tot de ademhaling waarmee Francine deed of ze sliep zou zijn overgegaan in de ademhaling van haar slaap.

Zoals zo vaak de laatste tijd zag ik dat moment voor me, vijf jaar geleden in New York, waarop we Fifth Avenue overstaken naar Central Park. We waren er met z'n drieën, en Cecile liep hand in hand met mij. Bij het voetgangerslicht maakte ze haar hand los. Ik voelde nog mijn gedachte: Ja, bij oversteken heb je allebei je handen nodig, maar aan de overkant gaf ze me niet weer een hand. En nooit meer.

'Je bedelt om haar liefde,' had Francine de laatste tijd vaak gezegd. 'Kijk hoe je op foto's met haar staat. Scheef.' Het was waar: hoe Cecile ook zat of stond, ik leunde naar haar toe. Je dochter van zestien op vakantie laten gaan met een halfcriminele scharrelaar van zevenentwintig – ik wist heus wel dat ik de ruimdenkende vader uithing terwijl het verderfelijke verwennerij was; dat ik de belachelijke strijd streed van de vader die nog niet weet dat hij zijn dochter móet kwijtraken.

Francine wist niet eens dat Thijs een kamertje had gehuurd op de Veemarkt, waar hij Cecile na schooltijd soms mee naar toe nam. Ik had een anonieme tip gekregen, en had ze er een keer naar binnen zien gaan. Wat moest ik doen – de trap op stormen? Soms dacht ik: Thijs is een mens, hij heeft gevoelens. Misschien had híj die lijnen boven haar bed wel bedacht; in ieder geval had hij het een leuk idee gevonden om ze te trekken. Je zou vergeten dat hij ook nog jong was, pas zevenentwintig – te jong om te zien hoe reddeloos mislukt hij al was, om te weten dat hij, als hij Cecile over tien jaar nog eens tegenkwam, de meewarigheid in haar lachje zou moeten dulden.

'Dure glasbak,' had hij in het Sterckx gezegd, en daar had ik de humor dan maar van ingezien, maar dat burgerlijke gevraag bij alles wat het nou op zou brengen... en pas nu zag ik het: hij had mij laten aanwijzen wat hij moest stelen.

Het was een gedachte om duizend jaar van wakker te blijven.

Cecile wachtte in de keuken, met een bakje cornflakes. Ze had haar kleren van die avond nog aan, ze had niet eens geprobeerd om te slapen.

'Heb je het aan Francine gezegd?' vroeg ze.

'Nee.'

'Ze zal wel blij zijn. Nou gaat de vakantie niet door.'

'Ik denk dat ze daar liever een andere reden voor zou willen.'

'Het spijt me Frits,' zei ze. 'Het is mijn schuld.'

'*Jouw* schuld?'

'Ik heb hem meegenomen naar de flesjes.'

'Waarom is het daarom jouw schuld?'

Ze keek me even aan, met een droevig schouderophaaltje, alsof er een misverstand was dat nooit meer opgehelderd zou kunnen worden. Toen ze haar cornflakes op had waste ze het bakje en haar lepel en ruimde alles op, maar haar hele houding was zo troosteloos dat ik haar tegen me aan trok. Met onze voorhoofden tegen elkaar wiegden we even heen en weer.

Geen woord over Thijs' verraad zou over mijn lippen komen – dit was de nacht voor een terechtstelling, en zij een vrouw die nog hoopte.

Ze zag er ongelooflijk jong uit. Ik kende geen gezicht dat zo helder was, zo vrij van maniertjes, leukheden, sarcasme, maar mooi was ze eigenlijk niet. Sexy ook niet, ze was niet zoals sommige meisjes uit haar klas al een vrouw. Ik had me wel eens afgevraagd wat Thijs in haar zag. Het moest de onaantastbaarheid in haar blik zijn, de onverschilligheid of ze begeerd zou worden, die maakte dat je haar wilde breken, wilde dwingen te zeggen waar ze de kracht vandaan haalde om zo te zijn.

'Die bewaker,' zei ze. 'Denk je dat die ook doodgaat?'

'Nee.'

Ze haalde diep adem.

'Ik heb het fout gedaan.'

'Wat.'

‘Je weet het niet. Je weet het niet, Frits. Ik kan het nooit meer goedmaken. En de flesjes zijn kapot.’

‘Een paar. De grond zit vol met oud glas, dat komt allemaal nog wel eens te voorschijn,’ zei ik door haar heen pratend, en na een paar woorden liet ze me. ‘Het is niet jouw schuld. Je hebt gedaan wat je hart je ingaf. Ik zal je zeggen wat je hebt gedaan. De flesjes zijn belangrijk voor je, ze zijn iets van toen je klein was, iets van jou en mij samen. We moesten daar met z’n drieën zijn, jij, ik, en jouw eerste man. Het was een ritueel, er moest iets van mij op hem overgaan, en dat moest daar. Dat heb je aangevoeld.’

‘Ik heb het totaal verpest. Ik kan het nooit meer goedmaken. Frits, je moet me iets beloven.’

‘Goed.’

Ze legde haar hand op de mijne, een ongewoon vertrouwelijk gebaar voor haar.

‘Je mag hierom nooit boos op me worden.’

‘Beloofd.’

‘Wat er ook gebeurt.’

‘Ik beloof het.’

Het was pas kwart voor één; we konden niets doen, niets praten, niets denken. Ons leven was opgeheven tot we zouden weten of Thijs dood was. Laat hem dood zijn, dacht ik, laat haar niet ook nog jarenlang naar de gevangenis hoeven gaan, of wroeging moeten hebben dat ze dat niet doet.

Ik zette Teletekst weer aan en toetste de nummers in, een code van leven of dood. Het bericht over het Sterckx was nog hetzelfde. Morgenochtend zouden we, geradbraakt na de doorwaakte nacht, bij de voordeur zitten, wachtend tot de krant met het vonnis in de bus viel – en dat bracht me op een idee. In Amsterdam werd de ochtendkrant ’s nachts al in de cafés verkocht. Dat was maar twintig minuten rijden.

Ook op het Leidseplein was het nog warm, en vol, met afgeladen terrassen, cafés met drinkers op straat, lachende agenten bij een politiebusje, een oerwoudritme van onzichtbare trommels ergens anders op het plein, achter een haag toeschouwers.

Cecile liep naast me, voor me uit, in haar spijkerjekje met capuchon, een frêle meisje met een geheim – een meisje dat morgen op vakantie had zullen gaan.

In een zijstraat gingen we een café binnen dat ik van vroeger kende. Het was er stil, er zaten wat mensen van mijn leeftijd, misschien kennissen van toen voor wie er nooit iets was veranderd. Ik ontdekte meteen dat ik me had vergist. De krantenverkoper was al geweest, op het afgedekte biljart lag een ochtendkrant met op de voorpagina een bericht over de roof, maar daar stond niets in dat we niet al wisten. Hoe had dat ook gekund – die krant was misschien al gedrukt toen we het late journaal zagen, het was een veredelde avondkrant. We waren voor niets naar Amsterdam gegaan – of we moesten tot een uur of drie wachten. Dan waren de echte ochtendkranten er; bij een krantengebouw zouden we er een kunnen kopen.

Cecile wilde niet terug naar huis, niet proberen ergens op een andere manier informatie te krijgen. Ze wilde wachten, tot we om drie uur de uitslag konden halen.

Ze nam me mee naar donkere ruimten met harde muziek, vol blote armen en benen, getatoeëerde schouders, bleekgeschminkte meisjes in zwarte T-shirts, bikers met hoeden en baarden, kale kerels in worstelpakken; naar een met houten vlonders belegde tuin aan een kanaal; een café waar een meisje in wielerbroek in haar eentje biljartte, met kleurige ballen die me aan kralen uit het Sterckx deden denken – plekken die ik me had proberen voor te stellen, de plekken waar ze in Amsterdam met Thijs was geweest.

In haar spijkerbroek en mouwloze T-shirtje was Cecile overal waar we kwamen de enige die geen moeite deed er mooier of ouder uit te zien dan ze was, en toch dwong ze tot kijken – om het gemak waarmee ze zichzelf was. Zo moest Thijs haar hebben opgemerkt, provocerend met haar weigering mee te doen aan het pronken, een drang opwekkend om haar tot de orde te roepen en te dwingen mooi en leuk te zijn, zoals iedereen.

Een paar keer, als ze aan de bar stond om drankjes te halen, raakte ze even in gesprek, en dan vroeg ik me af of dat kennissen waren, mensen die haar met Thijs kenden. Eén keer was dat zo, en ik bekeek die jongen daarna als een sprookjesfiguur. Haar zo te hebben meegemaakt als hij!

In een pakhuis met kale, donkere verdiepingen, begon Cecile op een kleine dansvloer te dansen, in haar eentje, om half drie in de sterfnacht van haar eerste geliefde. Ik had haar nog nooit zien dansen. Ze danste met de blik naar binnen gericht, bijna op één plaats, met kleine bewegingen waarvan ik me, had ik ze bij een ander meisje gezien, zou hebben afgevraagd of ze niet belachelijk waren. Bij Cecile waren ze groots, trots. Iedereen keek. En dan wist men nog niet eens wat voor een nacht dit was. Een jongen begon wild met haar mee te dansen, maar ze schonk hem geen aandacht en hij ging vlug weer zitten, weggevaagd door haar eenvoud.

En ineens besefte ik dat ze voor míj danste – dat dit was waarnaar ik had verlangd. Ze deelde deze nacht met mij, de meest bijzondere nacht van haar leven. Altijd zou ze zich deze nacht herinneren, en altijd zou ik in die herinnering zijn.

Op zoek naar mijn auto, die we ergens achter het pakhuis hadden laten staan, rook ik een scherpe zoete geur die me aan winters op het platteland deed denken. In het licht van de lantaarns, en een flatgebouw verder weg, zag ik boven de daken een sliert mist, of rook.

'Brand,' zei Cecile.

We gingen sneller lopen, sloegen een hoek om, en ik herkende de straat waar ik de auto had gezet. Ongeveer waar hij moest staan was een huis dat donker hoorde te zijn, maar dat een gloed in zich had. Glas kletterde omlaag, uit het open raam kwamen rookwolken naar buiten. Binnen viel iets met een doffe bonk. Er klonk een verstoorde kreet. We waren bij de eersten die de brand zagen, maar heel snel kwamen er ook anderen, tien, twintig, honderd, sommigen met fietsen aan de hand. De rook in dat huis was kleurig, door vlammen die daarachter moesten zijn. Meer ruiten knapten, de scherven vielen op straat, op mijn auto. En ineens, toen de wind de rook even wegblies, zag ik de eerste vlam, midden in een kamer, dreigend en rustig, als een leeuw in een drukke straat die om zich heen kijkt.

In andere huizen gingen ramen open, mensen staken hun hoofd naar buiten, het smalle straatje raakte vol. Het huis straalde een warmte uit die ons terug dwong. Binnen klonken stemmen, op de bovenste verdieping ging het licht aan en meteen weer uit.

Ik bedacht dat ik mijn auto zou moeten wegzetten, maar de deur ging open en er kwam een man naar buiten met op zijn arm een baby en aan zijn hand een kind. Hij gaf mij de baby en ging terug, en Cecile ging achter hem aan.

Sprakeloos van angst zag ik haar naar binnen gaan.

Iemand nam de baby uit mijn armen. Opnieuw blies de wind de rook weg, en nu waren in alle kamers vlammen. Vanachter een raam op de tweede verdieping keek ineens een man naar buiten, een oude man, angst en verbazing in zijn ogen. 'Spring,' werd er geroepen. Tussen mijn auto en het huis lagen matrassen die misschien uit het huis omlaag waren gegooid, maar die man sprong niet, en na een tijdje verdween hij weer.

Het vuur drong naar voren, de rook verdrijvend. Vonkjes, zwarte vlokken vlogen door de straat, een vlam pakte een gordijn en sloeg naar buiten als iemand die bijna gestikt is en die zich nu te goed doet. Een plantenbak kwam omlaag, een heel raam brak uit zijn sponningen en stortte neer. De hitte dwong ons verder achteruit. Dat huis ging eraan. Eerst het Sterckx, nu dit, het was een dag van verwoesting van huizen. Ik hoorde sirenes. De man met wie Cecile het huis was ingegaan kwam weer naar buiten met een vrouw in een nachthemd en even zag ik Cecile in de deuropening, iemand naar buiten duwend. Ze ging weer naar binnen, duwde weer iemand naar buiten. Ze had haar jekje niet meer aan, een smal figuurtje met blote armen.

'Blijf hier!' riep ik. 'Cecile!' Ze keek even naar me, met een glimlach, en ging weer naar binnen. Het was gekkenwerk, de hitte drong ons al naar de overkant.

Goddank kwam ze vlug weer naar buiten, nu met twee kinderen. De sirenes loeiden vlakbij, zwegen, we werden opzij geduwd, roodwitte linten werden gespannen, slangen uitgerold. Ineens werd er gespoten, de stralen spatten terug van het brandende huis, het water sproeide warm over me heen.

Wat een heldin. Wie waren wij om zo iemand te vertellen wat voor een vakantie ze kon hebben.

Er verbrandden daar mensen, dat kon niet anders, het vuur brulde nu uit alle ramen. Niemand kon het huis nog in. Er zou ook niemand meer uit kunnen. Een plafond kwam omlaag, bleef scheef naar binnen hangen in de verdieping eronder. Twee ladders werden uitgeschoven, in elk ervan klom een brandweerman met een spuit, maar ze moesten nog ver van het huis blijven.

'Cecile!' riep ik. Ik stond vastgeklemd; de brandweerauto's en de linten hadden een wig in het publiek gedreven, de mensen aan de andere kant kon ik niet zien. We werden verder weggeduwd, nieuwe sirenes loeiden het straatje in, ik zag politiewagens, een ambulance.

Langzamerhand begonnen de vlammen te wijken, water gutste van de gevels omlaag, de rook nam weer toe, en er bleven vlammen over die kleiner en gelijkmatig waren, waarschijnlijk van kapotte gasleidingen. De ladders werden naar het dak gedraaid, de twee brandweermannen hakten een zolderraam kapot en gingen naar binnen. Ook door de voordeur gingen brandweermannen naar binnen. Twee van hen kwamen vlug weer terug met een draagbaar waar een deken over lag.

Ik wilde hier niet meer zijn, ik wilde naar huis, naar Francine. De auto zouden we niet kunnen gebruiken, we moesten een taxi zoeken, ik zou de chauffeur een krankzinnige fooi geven, we zouden Francine alles vertellen, niet meer geïnteresseerd zijn of Thijs dood was of niet, alleen maar blij zijn dat we met z'n drieën waren.

'Cecile!' riep ik. Ineens wist ik dat ik haar, als ze buiten was, zou hebben gezien zodra ik haar wìlde zien. 'Mijn dochter is er misschien nog in!' riep ik. Ik vocht mij los, voelde dat ik stompen gaf en kreeg, werd teruggeduwd bij het lint, maar ineens was ik er toch langs. Een geüniformeerde vrouw vroeg: 'Woont u hier?'

'We kwamen langs, ze heeft mensen gered, ze moet hier zijn!'

Ik riep haar naam, ging op het wiel van een brandweerauto staan om de andere kant van de linten zien, maar ik zag haar niet.

'Is ze het huis ingegaan?' vroeg de vrouw.

'Ja,' zei ik. Ze zei me te wachten. Ik mocht binnen de linten blijven staan. De vrouw kwam terug, en nam me mee naar een ambulance. Een deken werd teruggeslagen, en ik zag Cecile. Haar ogen stonden verschrikt, alsof ze schrok dat ze me zag. Op haar gezicht zaten zwarte vegen. Iemand zei dat er iets op haar hoofd was gevallen, dat ze bewusteloos was geraakt en gestikt. Niet verbrand.

'Is dat uw dochter?' zei de vrouw. 'Sorry, meneer.'

'Vijf doden,' hoorde ik zeggen, en terwijl ik wist dat dat veel was, maar toch minder dan bijvoorbeeld tien, kwam er een verdriet over me, te groot om zulke dingen te weten, om wat dan ook te weten.

* * *

Ze werd wakker, en voelde dat ze alleen was.

De wekker stond op drie uur.

Ze wachtte op een geluid, het doortrekken van de wc, voetstappen op de trap. 'Frits?' riep ze zacht. Ze stond op, liep naar het trapgat, riep gedempt naar beneden, om Cecile niet wakker te maken.

Geen antwoord. Ze ging de trap af en deed het licht aan, riep nog eens: 'Frits?' Hij was er niet. Hij was het huis uit gegaan, midden in de nacht. Maar er lag geen briefje. Omdat hij dacht zo weer terug te zijn? Was hij naar Utrecht, naar het Sterckx? – maar wat dacht hij dan daar te kunnen uitrichten?

'Frits!' riep ze hard.

Bang dat ze Cecile wakker had gemaakt ging ze weer naar boven en deed voorzichtig de deur van haar kamer open. Door het licht waren haar ogen de duisternis ontwend, en haar ademhaling was te luid om die van Cecile te horen.

'Cecile?' zei ze.

Ze liep naar haar bed en duwde zachtjes op de dekens, maar haar hand ging door het verwachte lichaam heen.

'Ooh!' zei ze van schrik, een rilling liep over haar rug. In één stap was ze bij het lichtknopje. Ceciles bed was leeg.

'Frits,' riep ze, voluit. 'Frits! Cecile!'

Ze rende de gang in, in de badkamer gooide ze koud water in haar gezicht. Ik moet bedaren, zei ze tegen zichzelf. Je man en je dochter allebei weg, midden in de nacht, dat is griezelig, maar er kan niets zijn gebeurd dat niet begrepen kan worden. Er is geen reden om bang te worden.

Ze ging terug naar Ceciles kamer, het afschuwelijke moment weer voelend dat ze door haar had heen gevoeld. Haar tassen stonden er gewoon, en op haar bureau lag haar dagboek, opengeslagen.

Wat betekende deze verdwijning? Iets dat ook betekende dat de vakantie niet doorging? Het was moeilijk genoeg een houding te vinden wanneer je zestienjarige dochter verliefd werd op iemand van zevenentwintig zònder dat het een halve crimineel was, zònder dat je man je in de steek liet wanneer je niet alles goedvond. Het was verachtelijk goed te vinden dat ze met hem op vakantie ging, inlikken, een meisje van zestien had recht op ouders die haar dingen verbodėn, al was het maar om later niet op ze terug te hoeven kijken als slappe allesgoedvinders.

Frits had wèl bereikt wat hij wilde – het was alsof er toch een briefje lag, van hen samen, waarop stond: 'Wij zijn iets gaan doen en jij bent er niet bij.'

Haar zo ongerust te laten!

Het moest iets met het Sterckx te maken hebben. En met Thijs. Dan moest Thijs iets met het Sterckx te maken hebben – en dat had hij. Gisteren, toen Frits en Cecile er waren geweest, had ze op het tafeltje in de gang heel even de vertrouwde groene toegangsbiljetten gezien – drie. Thijs was meegeweest, wie anders zouden ze verzwegen hebben. Ze had er niets van gezegd, om scènes te vermijden, om te kunnen denken dat het toch niet zo was.

Maar waarom hadden ze dat niet gezegd toen de roof op de televisie kwam?

Omdat ze hetzelfde hadden verondersteld als zij nu?

Thijs wist dat het antieke glas fortuinen waard was – misschien had híj naar het Sterckx gewild. Hij had zijn ogen goed de kost gegeven, en zijn criminele vriendjes getipt. Die waren erop afgegaan, en dat was fataal afgelopen. Frits en Cecile hadden zich gerealiseerd hoe Thijs hen bedrogen had, hadden gewacht tot zij sliep, en waren verhaal gaan halen.

Een ontzettende woede kwam in haar op. Je liet je vrouw, je moeder, niet zo ongerust, je sloot haar niet zo buiten – en als je dat wel deed, dan waren er andere wetten die overtreden mochten worden.

Ze ging naar Ceciles kamer, en pakte het dagboek, een Chinees schrift met een harde zwarte kaft en rode hoeken. Op de opengeslagen bladzijde, de laatste die beschreven was, las ze de laatste alinea. *Dit kan ik niet meer goedmaken. En zo slecht ben ik dat ik de bewaker dood zal laten zijn als Thijs mag blijven leven.*

Thijs blijven leven?

Kon Thijs dan doodgaan? Het was vanavond geschreven. Puzzelstukjes, die je zover uit elkaar zou willen smijten als mogelijk was, pasten zich aaneen: was Thijs een van de rovers? Ceciles vriendje een man met een pistool? Die op mensen schoot? Was zìj daarom het huis uitgegaan, had Frits ontdekt dat ze weg was, en was hij haar gaan zoeken? Lag het dagboek open omdat hij erin had gezocht naar aanwijzingen waar zij zou kunnen zijn?

Ze bladerde naar het begin, weer terug, kriskras, te bang om veel meer dan losse woorden te zien. *Thijs*, op iedere bladzijde. *Veemarkt. – Weer naar de Veemarkt geweest*, hij woonde toch ergens anders? Was Frits dáárheen? Stond er ook ergens een huisnummer in het dagboek, of liep Frits op dit moment de hele Veemarkt af? *Weer zo'n scherf van Frits gekregen, laat hij daar eens mee ophouden. Frits, ik heb geen* ZIN *meer in je flesjes. Ga alleen naar je glasbak. (Ik noem het Sterckx nu: 'de glasbak'.)*

Bluffer – wie, Thijs? *Eén slag waarmee hij binnen zal zijn. Sla dan, eikel.* Regel wit, datum: Cecile staat naakt op een bed in een kamertje aan de Veemarkt, lachend, een pistool in haar hand. *Frits is gewoon jaloers. En toch hou ik meer van hem dan van mamma.* Bladzijde verder: *Ik zei dat hij dan gewoon de flesjes moest pakken. Als hij durft. Maar hij durft niet. Laf van hier tot Pluto.* Bladzijde verder: *Vanmiddag geweest, morgen doet hij het. Zegt hij. He'd better!*

En dan, het televisienieuws. *Dit kan ik niet aan ze vertellen. Dit kan ik niet meer goedmaken. En zo slecht ben ik dat ik de bewaker dood zal laten zijn als Thijs mag blijven leven.*

De mens is ook op de ergste momenten in staat tot kalmte, dacht ze. Zie maar, ik ben kalm. Ik denk. Ik ken haar niet en ze houdt niet van mij, maar er zijn erger dingen. Ze is mijn dochter. Ik bescherm haar.

Ze nam het dagboek mee naar beneden, scheurde de bladzijden eruit, brak de kaft in stukken, versnipperde het papier, en legde alles in de open haard. En terwijl ze het vuur zag branden, zag hoe Ceciles woorden zich krulden en verteerd werden, vroeg ze zich af of ze nu toch niet net zo slap was als Frits – of het niet veel beter voor Cecile zou zijn wanneer ze de gevolgen van haar misstap ten volle zou dragen.

STANNEKE

Op een avond werd ik gebeld door een dame die zei: 'U spreekt met Storm. U kent mij niet, neemt u mij niet kwalijk dat ik u bel.' Haar stem was jeugdig-oud, licht geaffecteerd, met iets stouts erin.

'Kunt u zich meneer Storm herinneren?' vroeg ze.

Lentewind, zee, eiland vulden mijn hoofd. De Slufter die we voor het eerst zagen bij harde wind, het zonlicht schuin over de vlakte, meeuwen scherend boven de glinsterende golven, een wereld klaar om door dinosaurussen te worden betreden. De voetbalwedstrijd. De grap met Storm bij het eten. Het feest. Stanneke.

'Ja,' zei ik.

'Eize is ongeneeslijk ziek,' zei ze. 'Hij heeft geen half jaar meer te leven. Hij zou u graag nog eens zien, u was altijd een bijzondere leerling voor hem. Hij had een zwak voor u.'

We maakten een afspraak.

Ik vroeg me af hoe ze aan mijn nummer was gekomen; Storm en ik waren geen mensen die elkaars adressen hadden. Bij de begrafenis had ik het kunnen vragen, maar toen heb ik er niet aan gedacht. Dan vraag je zoiets ook niet.

Ik had wel eens iets van hem gelezen, en hem in de krant en op de televisie gezien, maar na school was ik hem maar twee keer tegengekomen, één keer op de grote vijver van het Amsterdamse Bos, waar ik met een vriendin en hij met vrouw en kinderen waterfietste, de andere keer in het Stedelijk Museum in Amsterdam. Beide keren had het me verbaasd dat hij wist wie ik was. In het Stedelijk zag ik hem herkend worden, om hem heen was een vacuüm van ontzag en gewoon-doen. Maar hij stapte op me af, breed, groot, een schallende lach klaar voor gebruik, leven twinkelend in zijn ogen.

'Eize Storm,' zei Gerry, toen ik haar van het telefoontje vertelde, '*de* Eize Storm?'

Ze vond het vreemd dat ik haar in de twee jaar dat we samen waren nooit had verteld dat ik hem kende. Maar toen ik biologie van hem had wàs hij nog niet Eize Storm, de botanist, de zeiler, de schrijver, maar gewoon meneer Storm, en dat was hij voor mij gebleven. De laatste jaren was hij ook niet veel meer in de publiciteit – het moment waarop ik hem met Gerry op de televisie zou hebben gezien, en had kunnen zeggen: 'Hé, Eize Storm, weet je dat ik daar nog les van heb gehad?' had zich nooit voorgedaan.

En nu riep hij me, nu hij stierf. Ik vroeg me af waarom. Hij kon zich mij niet herinneren als een leerling met een passie voor biologie. Waarom niet Ferry Wongsoredjo, de coryfee van onze klas, die een wereldberoemd gitarist was geworden? Of Jet Hendriks die hij negens en tienen had gegeven?

Misschien vroeg hij die ook, misschien nam hij afscheid van iedereen.

Maar als ik bijzonder voor hem was, dan waren er twee manieren waarop dat zo kon zijn.

Toen Storms voorganger De Pré het Gijsbrecht verliet was er een afscheidsbijeenkomst geweest, en daarbij was ik als hoofdredacteur van de schoolkrant aangewezen om namens de leerlingen iets te zeggen. Ik had toen ook Storm verwelkomd, en ik herinnerde me mijn zinnetje: 'Wie De Pré uitzwaait zal Storm oogsten,' en dat ik op dat moment Storms blik opving, verrast lachend en trots.

Gerry dacht niet dat hij me daarom een mensenleven later aan zijn sterfbed zou roepen. Dat dacht ik zelf ook niet – misschien was het de grap bij het eten.

Bij die werkweek op Texel – met kinderen uit de derde, vierde en vijfde; een veredeld schoolreisje – was Storm een van de leiders. Hij was met zijn zeilboot gekomen; af en toe nam hij groepjes mee om op zandplaten naar vogels en zeehonden te kijken. Bij de gemeenschappelijke maaltijden was hij degeen die om stilte vroeg. Terwijl dan sommige kinderen hun ogen sloten en hun handen vouwden keek hij de zaal rond, met die open, levendige blik van hem, waardoor je dacht: hij is jong. Toen zijn blik een keer de mijne kruiste, net op het moment dat de stilte afgelopen moest zijn, knikte ik hem toe, alsof ik hem toestemming gaf om de stilte te beëindigen. Dat deed hij, hij kon niet anders. Ik vroeg me af of ik te ver was gegaan, maar toen de vorken en messen begonnen te klikken, en het gepraat en gelach opklonk, grinnikte hij naar mij.

En bij alle volgende maaltijden op Texel, als de stilte bijna afgelopen moest zijn, keek hij mij vragend aan. Dan knikte ik hem toe, en hij zei: 'Smakelijk eten,' en glimlachte naar mij.

'Aardige man,' zei Gerry.

's Avonds in bed dacht ik aan Stanneke.

Storm woonde in de Beemster, in een soort burcht van donkere baksteen, een beetje somber en verwaarloosd op een lage glooiing, omgeven door bomen en weilanden.

Zijn vrouw ontving me. Ik herkende haar zowaar, van die ene keer op die waterfietsen, bijna dertig jaar geleden. Een wonderlijk jeugdig iemand aan wie je toch kon zien dat ze eind zestig moest zijn. Ze ging me voor naar een groot vertrek met aan alle wanden boekenkasten tot aan het plafond, met laddertjes aan rails, en met een biljart, het vilt bedolven onder boeken en kranten. Aan de achterkant was een serre, en achter de ruiten daarvan een grote, enigszins wanordelijke tuin waar een heerlijk fris licht in scheen.

Vóór de serre, in een diepe stoel, zat Storm. Ik zag onmiddellijk de dood in hem, en toch: hij was nog Storm, een boom van een kerel met een volle kop met haar, zee in zijn ogen, levendig en levend zoals hij voor het eerst onze klas was binnengestapt.

Toen hij me zag zette hij zijn handen op de leuningen, maar het was een beleefdheidsgebaar, hij kon niet meer overeind komen.

'Dit is niet leuk hoor Hans,' zei hij. Hij maakte een aangeslagen indruk, als een kind dat weg moet uit een speeltuin waarin het had gedacht nog uren te kunnen spelen.

Hij vertelde over zijn pijn, zijn woede dat hij zijn kleinkinderen nu niet zeilen kon leren, maar hoe vertrouwelijk hij ook was, toen ik 'je' tegen hem zei voelde dat niet makkelijk, en ik was hem dankbaar dat hij geen bezwaar maakte toen ik weer 'u' ging zeggen. Hij tutoyeerde – van alle ongelijkheden scheidde die van leraar tegenover leerling ons het meest.

Hij had de politionele acties in Indonesië als soldaat meegemaakt, de Elfstedentochten van 1954 en 1956 gereden, was vergaan en gered in de Golf van Biskaje, had een jaar op een atol in de Stille Zuidzee geleefd, vijf kinderen grootgebracht – maar wat hij zich het liefst en het best herinnerde, leek het, was onze werkweek op Texel, en de voetbalwedstrijd die we toen tegen de plaatselijke jeugd hadden gespeeld.

Ik herinnerde me die wedstrijd ook, het te hoge gras, het schelpenweggetje waarover we, met onze voetbalspullen al aan, naar het veld fietsten, het doffer klinken van onze stemmen toen het donkerder werd, waar Stanneke stond, de examenvrees die dagenlang om mij heen had geheerst omdat ik aanvoerder en samensteller van het elftal was – maar op welke plaats ik had gespeeld, en zelfs of we gewonnen hadden, dat wist ik niet meer.

Storm wist alles.

Met lichtende ogen, alsof hij het líet gebeuren, beschreef hij de aanval over rechts die een penalty voor ons had opgeleverd, die ìk had benut. 'En dat terwijl je keeper was! En met je grote handen hield jij alle ballen van hun eruit!' We hadden met 1-0 gewonnen.

Het maakte me verdrietig – wat had je eraan een held te zijn als je het later niet meer wist?

'Maar biologie, dat was niet echt je lievelingsvak, hè?' zei hij, een beetje verlegen, alsof hij hoopte dat ik na al die jaren zou zeggen: 'Juist wel! Ik was gek op biologie!'

Ik noemde Jet Hendriks, Ferry, maar uit Storms reactie begreep ik dat ik de enige van school was die hij zou uitnodigen.

Hij wist nog dat wij 5D waren, wie naast wie had gezeten, welke andere klassen hij had gehad, de nummers van de lokalen. En terwijl hij plekken en mensen noemde, en de voetbalwedstrijd nog een keer aan ons voorbij liet trekken, realiseerde ik me dat het voor al die herinneringen de laatste keer moest zijn dat hij ze ophaalde, als een oude jongleur die de knotsen van een oud nummer nog één keer voor de dag haalt.

Zijn vrouw bracht thee, en we praatten even over die waterfietsmiddag, de mooie tuin, het biljart, maar je kon niets zeggen waar de dood niet in zat; de nieuwe seizoenen die hij niet zou zien, de ballen die niet meer over het biljart zouden rollen, de boeken die hij niet meer zou openslaan.

Toen ze weg was liep het gesprek niet meer zo. Reisavonturen kon ik tegenover de zijne niet stellen; kinderen had ik niet. Hij was ook maar twee jaar bij ons op school geweest, veel gezamenlijks viel er niet te herinneren. Hij liet me over de krant, Gerry, ons aanstaande huwelijk vertellen, maar hij kon niet verbergen dat het hem niet interesseerde. Hij werd moe, het was tijd om te gaan. Maar net toen ik daar iets over wilde zeggen praatte hij door me heen.

'Ach, het feest,' zei hij. 'Weet je nog, het feest? Wat een feest was dat.'

Hij kon maar één feest bedoelen, het feest van de werkweek, waarop hij met Stanneke had gedanst, vóór ik dat had gedaan. Ik had er zelfs een foto van, waar Stanneke en ik haast per ongeluk op stonden, in een hoek, met op de achtergrond, onscherp, lachend, Storm – de enige foto die ik van haar had.

'Kunt u zich Stanneke Pruis herinneren?' vroeg ik.

Hij keek me aan alsof hij had gewacht tot ik haar zou noemen. 'Stanneke, natuurlijk kan ik me die herinneren,' zei hij. 'Jouw vriendinnetje.'

'Het begon op dat feest.'

Hij knikte. 'Ze bleef zitten dat jaar. Heb je haar nog wel eens gezien?'

'Nee.'

'Nee,' zei hij. Hij verzonk weer in gedachten. 'Ach, het feest...' zei hij, maar hij schudde zich los uit zijn sentimentaliteit, en zei dat ik uit het raam moest kijken. 'We hebben een prachtige tuin.'

Ik begreep het niet, maar toen ik naar de tuin keek zag ik uit een ooghoek dat hij zijn handen op de leuningen van zijn stoel plaatste, en nu werkelijk overeind probeerde komen. Het was een naar gezicht, als het gegrijp van een halfkapotte tor.

'Heb je gekeken?' vroeg hij toen hij stond.

'Nee.'

'Jammer. Dan zou je hebben gezien dat god niet bestaat.'

Steunend aan de tafels, een deur, liep hij voet voor voet naar een boekenkast waar hij een groot boek uit pakte. Hij wil me ons oude klasseboek laten zien dacht ik, maar het was een plaatwerk over Texel dat hij me als aandenken gaf.

‘Nou Hans,’ zei hij, ‘weet je het nog? Er gaat maar één ding boven de Gijsbrecht, en dat is...?’

‘Hèt Gijsbrecht,’ zei ik.

Ik weet niet meer hoe we het klaarspeelden, voor een foto of iets anders dat hij me misschien nog zou opsturen, maar het was ergens voor nodig dat ik mijn adres voor hem opschreef.

Het was voor de rouwkaart.

Ik had een klein bandrecordertje meegenomen om op de terugweg aantekeningen in te spreken voor een mooi stuk als Storm stierf, maar het bleef ongebruikt naast me op de voorbank liggen. Ik zag het trappenhuis van onze oude school voor me, galmend en duister, op die middag dat ik verliefd op Stanneke werd. Ik liep de trap af en zij, aan de andere kant, zeker twintig meter van mij vandaan, de trap op. Zij zette haar voet op een volgende trede, en daarbij viel haar jurkje over haar knie in een lijn die me op slag verliefd maakte. Ik wist niet hoe ze heette of in welke klas ze zat, ik had haar gezicht niet eens gezien, maar ik wist dat zij, wat zij ook zou blijken te zijn, voor mij bedoeld was.

Ze was dertien, ontdekte ik later. Ik veertien.

Wat kon ik daar een leven later, terugrijdend in een Volkswagen Golf langs het Noordzeekanaal naar Amsterdam, aan toevoegen? Anderhalf jaar verliefd geweest, pijnigend en heerlijk, en onvervuld, de werkweek, het feest, samen in een paar weken seks ontdekt – *verzonnen* – , uit, verhuizing, nooit meer gezien.

En, vreemd genoeg: ook niet zo vaak meer aan gedacht. Alsof alles was teruggekeerd tot de oorsprong, het moment op de trap. En zelfs dat was verdroogd tot één betekenis, een pluim voor mijn subtiele geest: ik werd verliefd op *lijntjes*.

Voor het eerst in jaren dacht ik langer aan Stanneke dan nodig was om dat moment voor me te zien. Waarom was zij eigenlijk niet ‘mijn grote jeugdliefde’ geworden? Dat was Leonie – maar nu leek het alsof ik Leonie op die plaats had gekózen, en ik net zo goed Stanneke had kunnen nemen, zoals je uit een catalogus de ene vakantie kiest, en toch maar niet de andere. Leonie voldeed uitstekend. Waarom een nieuw verleden nemen als er niets mis was met je oude?

Ik kon me niet eens precies herinneren waarom het was uitgeraakt. En als ik me al eens had afgevraagd hoe het Stanneke verder was vergaan, dan had ik waarschijnlijk gedacht: het doet er niet toe. Wat haar werkelijkheid ook is, het had een andere kunnen zijn. Ik kan net zo goed over haar fantaseren.

Maar ik had niet eens over haar gefantaseerd.

Wat was er eigenlijk van haar over?

De encyclopedie die mijn moeder op mijn bed vond, opengeslagen bij 'hymen', de deurbel als ze kwam, de eerste keer dat ze me aftrok en ik niet wist wat er gebeurde, hoe de inkt opdroogde toen ze iets schreef in *On the Road* van Jack Kerouac dat ze me voor mijn verjaardag gaf, de modderplas die ik me voorstelde toen ik haar, dansend op het feest op Texel, vertelde dat ik eens in de modder was gevallen, mijn arm om haar schouder, de neus die zij ineens tegen mijn wang drukte, met twee koude neusgaatjes die ik nog voel.

'Hoe was het met Storm?' vroeg Gerry, toen ik thuiskwam.

Ik wist niet waar ze het over had.

On the Road stond nog in de boekenkast, half uit elkaar gevallen, met losliggende bladzijden vol zwarte vlekjes, alsof het een huidziekte had. Waarschijnlijk had het in het water gelegen. Sommige bladzijden zaten er op verkeerde plekken, of ondersteboven in.

Hoe ik ook bladerde, de bladzijde waarop Stanneke haar naam had geschreven kon ik niet vinden.

Het toeval wilde dat ik niet lang na mijn bezoek aan Storm op het Gijsbrecht moest zijn, om op een beroepsvoorlichtingsdag door oud-leerlingen iets te vertellen over journalistiek.

Het Gijsbrecht – als je dat zo wilde noemen. Het gebouw waar ik les had gehad van Storm was al jaren geleden afgebroken, en de school was opgegaan in een 'Scholengemeenschap Nieuw-West', ver weg in een buitenwijk.

Maar het archief van het Gijsbrecht was daar nog.

Onder de ringweg door, langs beboomde lanen, reed ik naar het opgegeven adres. Ik had het gebouw nog nooit gezien. Het was ruim en licht, zonder geheimen. Vanuit lokalen die één en al raam waren keken kinderen mij aan. In de hal hingen aanplakbiljetten met in grote letters de naam van Ferry Wongsoredjo.

Het was stil; ik was een uur eerder gekomen, om in het archief te kijken. Dat had men mij, als tegenprestatie voor mijn gratis medewerking, moeilijk kunnen weigeren.

De conciërge bracht me naar een klein hok waar ik me tussen de kasten vol dozen, ordners, mappen en hechtbanden nauwelijks kon wenden, en waar een zoete papiergeur hing die me zelf al naar het Gijsbrecht terugvoerde. Hier kwam nooit iemand; de gegevens van de laatste tien jaar waren ergens anders opgeslagen in een computer. Wat hier stond zou wel eeuwig blijven staan. In een hoek op de grond zag ik een oude stencilmachine, misschien de machine waarop wij de schoolkrant hadden gemaakt.

De conciërge liet me alleen.

Daar stond ik, eenenvijftig jaar oud, een man die het einde van zijn carrière al in zicht had, met een lieve aanstaande tweede vrouw, in de illusie dat hier iets terug te vinden zou zijn van een meisje dat me haar borstjes (ze had heel kleine, en altijd zwarte behaatjes) had laten liefkozen. Wie weet lagen onze oude roosters en plattegronden hier nog ergens, en zou ik kunnen herleiden tussen welke uren Stanneke en ik wisten elkaar in de gangen te zullen zien, wegkijkend als het gebeurde. Al die kasboeken, correspondenties, mappen vol met verleden – het was haast alsof er ook een doos moest zijn waarin de school zèlf nog zat, met ons erin, lopend van lokaal naar lokaal, onsterfelijk.

Ik pakte de doos '54-'55, het jaar waarin ik op school was gekomen, en bladerde langs de grijswitte kaarten waarop in elkaar opvolgende inkten en handschriften onze levens waren geboekstaafd: rapportcijfers, adressen, opmerkingen, omstandigheden, plannen.

Op iedere kaart zat een pasfoto, maar bladerend langs mijn jaar- en klasgenoten herkende ik nauwelijks gezichten, en maar weinig namen. *Wil natuurkunde gaan studeren; wil filmregisseur worden; gaat in de diplomatieke dienst* – die filmer kwam ik regelmatig tegen, die schreef nu filmrecensies in een damesblad. Ernst Bemelman, ons wiskundegenie, moest hier zijn tienen nog maar eens komen bekijken – hem was ik ook nog wel eens tegengekomen, een man in ribfluweel die percentages berekende op een verzekeringskantoor. Filosoof, rechercheur, advocaat – al die bedrogenen met hun ernstige gezichten, wat zou er van hen geworden zijn? Er waren er ook die niets wilden, en dat waarschijnlijk geworden waren. En dan was er natuurlijk Ferry Wongsoredjo: *Heeft veel talent voor muziek. Wil '59-'60 overslaan om een jaar aan het conservatorium in Sevilla te studeren.* En Nico van Geel, die ik me absoluut niet herinnerde, maar die in een parallelklas moest hebben gezeten, iemand zonder plannen, met gemiddelde cijfers, en die na die twee jaar weer van school was verdwenen, onwetend dat hij jaren later de voorpagina's zou halen als de beroepsgokker die bij een onderwereldruzie was doodgeschoten.

Hans Wilborts: onverwachts was daar de zonnige zaterdagochtend waarop ik met mijn moeder pasfoto's had laten maken. Een vriendelijke jongen, met dik zwart haar, achterovergekamd in een golf, die je zou hebben uitgelachen als je hem had verteld dat een jaar als 1994 ooit echt zou bestaan. *Wil schrijver worden.*

Ik zette de kaart terug, de doos weer in de kast, en pakte met bonzend hart de doos waarvoor ik gekomen was, '55-'56. Martha Pennings, Theo van Wermeskerken, Trix Galesloot, Roel Offringa, Wim Grintjes, namen die me hooguit vaag iets zeiden, en die toch alleen namen van middelbare scholieren konden zijn – en dan de steek in mijn borst: Stanneke Pruis.

Constance Désirée – nooit geweten. Geboren 28 september 1943 – ondanks de twee klassen lager maar een half jaar jonger dan ik. Moeder geboren in 1924. Ik kon me niet herinneren dat ze zo'n jonge moeder had, of was dat toen nog niet jong? *Stanneke woont bij haar moeder; vader afwezig.* 'Moeder' doorgestreept, vervangen door 'grootmoeder', daarvan weer 'groot' doorgestreept. Had ze geen vader? Wist ik ook niet meer. Matige cijfers, de laatste voor het wezen dat in mijn armen lag. Blijven zitten in de tweede, blijven zitten in de derde. *Praterig. Moeder werkt in café; thuis weinig stimulans. Stanneke heeft een behoorlijk verstand, maar laat zich makkelijk afleiden.*

En toen zag ik het pas – op haar kaart zat geen foto.

Ik kon het niet geloven. Ik keek terug naar de andere kaarten, maar daar zaten wel foto's op. En op Stannekes kaart hàd er een gezeten: linksonder en rechtsboven waren gaatjes van verwijderde nietjes.

Iemand had haar foto weggenomen.

Na afloop van de voorlichting die, zoals ik had kunnen verwachten, neerkwam op een uurtje Ferry-aangapen en handtekeningen aan hem vragen, schoot hij me aan. Een aardige man met het hinniklachje van vroeger. Hij verbijsterde me door een regel uit een gedicht van mij in de schoolkrant te citeren, en was aangedaan toen ik hem vertelde dat Storm ongeneeslijk ziek was. Hij vroeg me zijn adres. De meeste namen van onze klas wist hij nog wel, maar Stanneke Pruis zei hem niets. 'Er was wel zo'n huppeltje uit een lagere klas waar jij verkikkerd op was. Bedoel je die?'

De voetbalwedstrijd op Texel wist hij ook nog, maar niet meer hoe die was afgelopen. 'Een voetbalwedstrijd van vijfendertig jaar geleden? Een voetbalwedstrijd van vijfendertig seconden geleden weet ik al niet meer.'

Ik zei dat we met 3-0 hadden verloren.

Ze was Stanneke Pruis, uit 2B. Het duurde weken voor ik haar stem hoorde, de verkleuring in haar boventanden zag die me nog verliefder maakte. Er was een natuurkunde-uur waarbij ik haar, als het mooi weer was, op het gymplein zag als haar klas softbal speelde. Ze had een blauw gympakje aan, en stond altijd in het verre veld, met haar rug naar me toe, en een enkele keer verdween ze uit zicht als ze achter een bal aan moest rennen, mijn kant op. Of ze zat op de bank, wachtend tot ze aan slag was, 'praterig', en aan niets kon je zien dat ze wist dat ik keek. Ze woonde niet ver van mij vandaan, maar aan de overkant van een drukke verkeersweg. Soms haalde ik haar in als ze met een ander meisje naar huis fietste, en dan zei ik: 'Dag' en zij zei: 'Dag' terug. Ik voelde een tintelende verlamming als ze alléén fietste, en ik niet zomaar voorbij haar zou kunnen. Een paar keer hebben we samen een stukje op gefietst, weinig zeggend, en als we dan ieder onze kant op waren gegaan voelde ik het wonder nog dat ik de naam die ik de hele dag dacht hardop had gezegd, met háár erbij: 'Hé, Stanneke.'

Ze liep altijd een beetje voorovergebogen, en haar glimlach had iets spottends. Ze droeg armbanden, vaak een sieraad in haar opgestoken blonde haar, en ze had nylons. Een vriend, aan wie ik had verteld dat ik verliefd op haar was, zei dat ze mooie benen had. Als ik haar zag, wist haar te zullen zien, voelde ik een heerlijke zenuwachtigheid. Ik verwachtte niets, ik vroeg me niet af of zij ook verliefd was, ik dacht dat het altijd zo door zou gaan. Het hoorde bij hoe ik was: ik was Hans Wilborts, met dàt huis, die ouders, uit die klas, en ik was verliefd op Stanneke Pruis uit 2B, 3B. Het werd zomer, en daarna ging het gewoon verder, met een nieuw rooster voor onze ontmoetingen in de gangen. Wonder boven wonder was er weer een natuurkunde-uur waarbij ik haar op het gymplein kon zien. Soms kwam ze een paar dagen niet op school, en dan miste ik haar vreselijk. En als ik zelf ziek was stelde ik me voor hoe zij tevergeefs in de gangen naar mij uitkeek. Ik ben nooit meer zo verliefd geweest, zo zonder me af te vragen òf ik het was.

Ik was verrukt en bang toen ik hoorde dat 3B meeging op de werkweek. Op de boot stond ik in haar buurt toen ze per ongeluk een broodje had genomen dat ze niet wilde, en ze gaf het aan mij. We waren samen in een groep die met Storm de duinen introk, op zoek naar scholeksternesten, onze dassen achter ons aan klapperend, soppend in onze kaplaarzen. En toen iemand er een vond, met twee eieren erin, wees Storm háár aan om te zeggen hoe groot zij dacht dat het was. Ze zei: 'Veertig centimeter,' en dat zijn de enige woorden waarvan ik zeker weet dat ik ze haar heb horen zeggen. We gingen naar een café in Den Burg waar Storm het goed vond dat we wijn dronken. Hij stopte een kwartje in de jukebox, en speelde 'Red Sails in the Sunset' van Fats Domino. Ze stond langs de kant bij de voetbalwedstrijd, en op het feest vroeg ik haar ten dans. Toen het afgelopen was en we buiten stonden legde ik mijn arm om haar schouders.

Onze laatste weken waren begonnen.

Met Gerry voor de televisie zittend keek ik soms naar Storms Texel-boek op de koffietafel, al onder een laag bladen, of langs het toestel heen naar de boekenkast, naar het verbruinde bandje van *On the Road*.

Ik dacht voortdurend aan de verdwenen foto. Hoeveel mannen

ze ook had gekend, alleen ik en degene die hem had weggenomen telden. Ik was jaloers op die ander, op de geheimzinnige manier waarop hij met haar verbonden was geweest. Wie was het? Waarom had hij het gedaan? Wanneer?

Misschien wist zij het.

Ik zie me nog fietsen over de Munt, zoals ik al jarenlang bijna dagelijks deed, onderweg naar de krant. De zon scheen met een schel licht, er stond een koude wind, en ik verlangde ernaar binnen te zijn.

Routes hebben hun vaste gedachten, maar al maanden had de Munt twee nieuwe; dat ik daar met mijn moeder de pasfoto had laten maken die op mijn kaart in het Gijsbrecht zat en dat ik, in plaats van rechtdoor te gaan ook rechtsaf zou kunnen slaan, langs de Amstel naar het Waterlooplein zou kunnen fietsen, en bij het Bevolkingsregister zou kunnen proberen Stanneke op te sporen. En op die dag deed ik het. Ik maakte mezelf niets wijs, en tegelijk alles.

Alsof ik een misdaad ging plegen liet ik mijn fiets aan de overkant van het water staan. Ik liep het laatste stukje over de brug en het plein naar de ingang van het stadhuis waar tussen de kale pilaren bij de ingang een zwerver mondharmonica speelde – mijn laatste passen van niet-weten over Stanneke.

Ik gìng ook een misdaad plegen; een meisje van vijftien eenenvijftig maken.

Ik was meteen aan de beurt. Een meisje tikte Stannekes gegevens in, keek van haar scherm even naar mij, liep naar een printer, en kwam terug met een papier dat ze me tegen betaling van 13 gulden 50 door het luikje toeschoof.

Ik las het staand, zonder mijn bril op te zetten, het velletje laag in het licht houdend. Stanneke was in 1966 getrouwd met Rudolf Beekman, negen jaar ouder dan zij. Ze had het laatst gewoond in het stadsdeel Geuzenveld, Lijsterbesstraat 14-II, en was daar uitgeschreven wegens overlijden, op 26 mei 1974.

Ze was al twintig jaar dood.

Ze kwam altijd bij mij. Ik ben nooit bij haar geweest, ik heb haar moeder of wie dan ook van haar familie nooit gezien. Ze kwam na school, en dan moest ze om zes uur thuis zijn, of ze kwam na het eten, en dan ging ze om kwart voor negen weer weg. Ik liet haar binnen, nam haar mee naar mijn kamer, en we gingen op bed liggen. Ik had altijd Radio Luxemburg aan, en soms hoor ik een liedje dat uit een droom lijkt te komen.

We hebben nooit op een bankje gezeten, op een dijkje gelegen, nooit samen in de tram gezeten. We zijn nooit naar een film of een feestje geweest, ze heeft nooit bij ons meegegeten. Ik heb haar nooit zien slapen. We moeten gepraat en gelachen en gek gedaan hebben, maar ik weet alleen dat ik haar wilde vasthouden en voelen en kussen. Alles wat er was was de ander, het lichaam van de ander, het feit dat die ook verliefd was, en dat we iedere keer weer verder zouden gaan.

We gingen ongelooflijk langzaam verder, bijna maar een knoopje per keer. Het was niet zo dat zij tegenstand bood als ik haar verder wilde uitkleden – de tegenstand die er was boden wij samen, voorzichtige pioniers, door iets gewaarschuwd dat we zouden komen waar iedereen komt, maar dat het alleen deze keer langs dit pad zou zijn. We hebben dingen met elkaar gedaan die ik nooit meer met een ander heb gedaan. Onder haar truitje gaan, op haar rug, het haakje van haar beha per ongeluk aanraken, en denken dat ik misschien te ver was gegaan. Het haakje losmaken, de naakte huid voelen waar het bandje geweest was. Kussen geven die eenvoudigweg niet meer ophielden. De gloeiende warmte tussen haar dijen voelen, me afvragend of dat door mij kwam.

Op een avond ging ze met haar hand in mijn broek. Eerst op mijn onderbroek, dan erin. Haar hand kroop een vingertop verder, bleef liggen, ging weg, kwam weer terug. Ze maakte mijn broek niet los, en ik ook niet, om het wonder niet minder een wonder te laten zijn. We zeiden niets, we haalden geen adem. Ze raakte mijn lul per ongeluk aan. Raakte hem expres aan, pakte hem vast, ging heen en weer met haar hand.

Later heb ik gelezen dat ik een van de weinige mannen ben die aftrekken van een vrouw hebben geleerd. Maar het was niet iets dat ze al wist; ze leerde het zelf ook, ze ontdekte het aan mij. Alles ging vanzelf. We waren het enige wat we wilden. En toch kon het niet zó langzaam gaan en zó kort duren dat er niet ook een periode is geweest waarin we iedere dag naakt in elkaars armen lagen en elkaar liefhadden, in de krankzinnige veronderstelling dat het het heden was.

En vervolgens hebben we ook samen ontdekt hoe een liefde weer uit moet. Dat was kort voor de vakantie, en na die vakantie kwam ze niet meer op school. Ze was verhuisd, ik heb haar nooit meer gezien. We hadden anderhalf jaar gespaard voor een vreugdevuur van een paar weken.

Haar dood maakte me verdrietig, maar dat ik haar nu nooit meer zou zien luchtte me op: nu was er geen karikatuur die ik kon ontmoeten, met wie ik een farce zou kunnen opvoeren, naar wier mening over ons ik zou moeten luisteren.

In het telefoonboek stond geen Beekman of Pruis op de Lijsterbesstraat 14. Er waren wel een paar Beekmannen met een R. als initiaal op andere adressen, maar die zou ik niet opbellen. Rudolf Beekman, die wel niet zou weten dat scholeksternesten een middellijn van ongeveer veertig centimeter hebben, moest zestig zijn; niet iemand om van een liefdesspeurtocht mee thuis te komen. En als er kinderen waren, wat zou ik tegen ze moeten zeggen? Ik kon niets bedenken waarop niet 'o' het beste antwoord zou zijn. Nu was de stad vol jonge vrouwen die misschien Stannekes dochter waren – waarom die vrouwen verjagen?

De Lijsterbesstraat in Geuzenveld was niet zo ver van de Scholengemeenschap Nieuw-West. Ik reed er door dezelfde lanen heen, en parkeerde mijn auto bij een hoek van de Sloterplas.

Ik had me haar in het buitenland voorgesteld, of minstens ergens anders in Nederland, maar we waren dus altijd vlak bij elkaar gebleven. Ik was wel eens langs deze plek gekomen, misschien tegelijk met haar. Misschien hadden we elkaar wel eens gezien, hadden we elkaar zelfs aangekeken zonder te weten dat wij het waren. Misschien hebben we *toen* een keer samen in een bioscoop gezeten.

De Lijsterbesstraat was een smal en kort straatje met een bocht erin, en met aan weerskanten huizen van vier verdiepingen met donkere portieken. Het was er stil en schoon. De zon bescheen een helft van haar trottoir; ik liep aan de andere kant. Ik zag de verbleekte cijfers en lijnen van een hinkelbaan, kartonnen dozen met kranten langs de trottoirbanden; waarschijnlijk kwam er vandaag een oud-papierophaaldienst. In manteltjes van gaas groeiden een paar bomen, maar ik wist dat ik weg zou kunnen gaan met alleen de herinnering aan steen.

Zij had dit ook gezien. Maar we hadden zo vaak dezelfde televisieprogramma's gezien.

Nummer 14 was aan de buitenkant van de bocht. Ik keek naar de ramen van tweehoog. Er stonden plantjes in de vensterbank. Voorbij de bocht was alweer het einde van de Lijsterbesstraat. Ik liep erheen en weer terug, en nog een keer heen en weer. Vanuit een bovenhuis nam iemand mij op – de Lijsterbesstraat was geen straat waar onbekenden liepen.

Ik haalde adem en ging het portiek van de nummers 14 en 16 in. Op de deur van éénhoog was een bordje met Kropholler, op twee en drie woonden Rahal en Vonk. Rahal, dus. En nu? Aanbellen? Vragen of ik even mocht zijn waar zij was geweest? Terwijl ik daar stond, bedenkend hoe schitterend het zou zijn als ik hier ineens stierf, een onoplosbaar raadsel achterlatend, kwam er een vrouw de trap op met een plant, de pot ingepakt.

We stonden tegenover elkaar, de plant tussen ons in. Ik voelde me doorzien. Ik verontschuldigde me voor mijn rare vraag en vroeg of ze hier al lang woonde.

'Vierentwintig jaar,' zei ze aarzelend.

'Dan heeft u hier tegelijk gewoond met de familie Beekman.'

Ik zag dat ze dat had zien aankomen, en dat het haar raakte.

'U hoeft niet bang te zijn dat ik zal schrikken,' zei ik. 'Ik weet dat Stanneke Beekman overleden is.'

'Bent u familie?' vroeg ze.

'Een schoolvriend,' zei ik. En in de stilte: 'Ze was mijn eerste meisje.'

Mevrouw Kropholler van éénhoog, die Stannekes grootmoeder kon zijn, was een iets oudere buurvrouw geweest, een vriendin. Stanneke was op een zondagmiddag door een dronken automobilist doodgereden, vlakbij, tijdens een wandelingetje met haar man en twee kinderen langs de Sloterplas. Melanie van vijf en Rutger van drie. Niemand een schrammetje, zij verpletterd. Ze was in verwachting geweest van een derde. Ruud Beekman was een paar maanden daarna verhuisd. Ik zag haar aarzelen of ze moest aanbieden mij het adres te geven. Ze deed het niet, en ik vroeg het niet. Hij was sous-chef van een supermarktfiliaal geweest. Stanneke had een paar dagen per week achter de tap gestaan in de bowling bij het zwembad. Haar hobby was fotograferen; ze volgde cursussen. Ruud bridgete. Het was een leuk gezin geweest, ze dacht nog vaak aan haar.

Boven bij Rahal hoorde ik zacht voetstappen.

'Ze kwamen wel eens langs in Ermelo, als we daar op de camping stonden,' zei mevrouw Kropholler. 'Dan nam ze altijd taart of cake mee. Ze kon goed bakken.' Ze dacht na. 'Daar heb ik nog foto's van. Die kan ik u wel laten zien.'

Ze stond op en liep naar een kast. Ik voelde me duizelig. Ze had meteen het goede album te pakken, legde het op tafel, sloeg het al open. Ik stamelde dat ik mij vergist had, dat ik weg moest. De ketel van de thee die ze voor me zette floot. Ik stond op. Ik zie haar nog tegenover me staan, de mond opengevallen, een vrouw met een fotoalbum, opengeslagen op een bladzijde waarop Stanneke leeft.

Toen ik thuiskwam begroette Gerry me met een bezorgd gezicht. Ze zei dat ik me op een kleine schok moest voorbereiden: ze had op de radio gehoord dat Storm was overleden. Hij was 67 jaar geworden.

De Lijsterbesstraat! Wie zou nu zijn eerste meisje toewensen in de *Lijsterbesstraat* terecht te zijn gekomen, op tweehoog! Het was alsof ik weer de trap in mijn oude school afdaalde en zij niet meer de andere beklom. Alles wat ik in haar had gezien had ik zelf gemaakt. En terwijl ik een scherp verdriet voelde om de vergissing van mijn eigen liefde, was ik sentimenteel om Storm. Hij had ons gekend, ons zien dansen op de avond dat het begon, ons in zijn klas gehad, fracties van seconden voor we in elkaars armen lagen.

Terwijl ik een stuk over hem schreef belde mevrouw Storm om te vragen of ik op de begrafenis iets wilde zeggen. Alles was Storm in die dagen: ik las over hem, dacht aan hem, zag hem op de televisie. En terwijl ik mijn toespraak voorbereidde en voor het eerst bedacht dat Stanneke ook in de aula moest hebben gezeten toen ik De Pré uitluidde en Storm verwelkomde, wist ik het ineens, en begreep ik niet hoe ik het ooit níet had kunnen weten.

Storm had de foto gepakt. Hij had met haar gedanst op het feest. Hij was geschrokken toen ik haar noemde. Ons hele gesprek had hij haar voor zich gezien. Net als ik was hij getroffen geweest door haar, zíj was zijn voornaamste herinnering aan het Gijsbrecht, niet ik. Hij had mij niet laten komen om mijn toespraak, of de grap van het smakelijk eten, of de voetbalwedstrijd, maar om háár – ik was zijn aandenken aan haar. Maar voor hem was zij onbereikbaar geweest, en toen hij van school ging en wist haar nooit meer te zullen zien had hij haar foto weggenomen.

Eize Storm was verliefd geweest op Stanneke. Hij maakte dat ik me niet had vergist.

Het was prachtig weer bij de begrafenis, helder en zonnig, symbolisch voor Storm – maar ieder weer bij een begrafenis is symbolisch. Er waren honderden mensen, de aula was vol, langs de wanden stond men rijen dik. Er was niet eens voor iedereen plaats; velen wachtten buiten. Ik zag veel bekende gezichten, van schrijvers, filmers, politici, en in al die gezichten, ook die van zijn familie, zag je naast het verdriet en de spijt om zijn te vroege dood vreugde om zijn volle, leuke leven.

Ik vroeg me af of er behalve ik nog andere leerlingen van het Gijsbrecht zouden zijn, vermoedend dat ik ze niet zou herkennen. Ferry Wongsoredjo zag ik niet, misschien was ik wel de enige. Storms leraarscarrière had maar twee jaar geduurd, een voetnootje in zijn leven. En toch had mevrouw Storm mij ook als spreker gevraagd, niet wetend dat in alle herinneringen die ik oplas, de voetbalwedstrijd, het smakelijk eten, Red Sails in the Sunset, een meisje aanwezig was dat ons allebei iets had gedaan, dat ons al die jaren verbonden had. En toen ik weer zei: 'Wie De Pré uitzwaait zal Storm oogsten,' en een zacht gegrinnik hoorde, en even de zaal inkeek, ving ik de blik op van mevrouw Storm: verrast en vertederd.

In de condoleantierij bedankten mevrouw Storm en haar kinderen mij voor mijn stuk en mijn toespraak, en zij zei me nog eens dat Storm mijn bezoek buitengewoon op prijs had gesteld.

Ik kende daar niemand. Maar terwijl ik met koffie en cake stond werd ik, met een stralende lach zoals je die alleen bij begrafenissen ziet, aangesproken door een kleine, gegroefde vrouw die me vroeg of ik haar herkende.

Ik schudde mijn hoofd.

'Trix Galesloot! Zegt je niets hè. Stanneke Pruis, dat zegt je waarschijnlijk wèl wat? Daar heb ik bij in de klas gezeten. Ik woonde bij haar in de buurt, we fietsten wel eens samen naar huis.'

Het was alsof ze bij ons stond, alsof ik mijn arm om haar schouder zou kunnen leggen, zou kunnen vragen of ze bij me thuis kwam.

We vertelden elkaar voorzichtig dat Stanneke dood was, maar zij had dat meteen geweten; ze had contact met Stanneke gehouden. Ze was hier niet zozeer als oud-leerlinge, ze werkte bij de uitgeverij waar Storms boeken verschenen. Ze had hem een leuke leraar gevonden. 'Maar dat was niets voor hem. Hij verpieterde daar. Het was natuurlijk wel zo'n leraar voor wie menig meisjeshart sneller klopte! Dat van mij in ieder geval wel!'

'En Stanneke?'

'Stanneke was verliefd op jou. Al jaren, voor je eindelijk eens op het idee kwam om iets te doen.'

'Het was heerlijk om verliefd te zijn, ook zonder dat er iets gebeurde.'

'Echt iets voor een man. Verliefd zijn op een idee. Een echt mens erbij, dat is maar lastig, hè? Jongen, als Storm jou op dat feest niet in haar armen had geduwd dan was er nóóit iets gebeurd!'

'Wat voor een meisje was ze?'

'En dat vraag jij?'

'Ik heb haar niet op een gewone manier gekend.'

Trix haalde haar schouders op. 'Ze was leuk. Ze had het niet makkelijk thuis. Alleen een moeder. En die was in en uit het gekkenhuis.'

'O ja?'

‘Wist je dat niet?’

‘Ik ben zoveel vergeten. Ik weet niet eens meer precies waarom het uit ging.’

‘Oh, dat kan ik je wel vertellen,’ zei Trix. ‘Het was te veel voor haar. Een hersenspoeling. Ze was gek op je, maar ze had ook wel eens de frisse lucht met je in gewild. Je nam haar ook nooit mee naar je ouders, ze had het gevoel dat je haar daar niet goed genoeg voor vond.’

‘Weet je wat ik denk?’ zei ik, ineens gegrepen door het dichtbijzijn van die tijd. ‘Dat Storm een oogje op haar had. Ik heb laatst iets heel raars ontdekt. Ik heb in het oude archief van het Gijsbrecht gekeken, en toen zag ik dat Stannekes foto van haar kaart is afgehaald. Alle andere kaarten hadden wel foto’s. Ik weet bijna zeker dat híj...’

Trix begon te lachen. ‘O, die heb ik gepakt toen Stanneke dood was. Ik had geen foto’s van haar. Ik was er nogal kapot van, toen heb ik een smoes verzonnen om bij dat archief te kunnen. Mijn eigen foto heb ik maar laten zitten. Maar als jij het leuk zou vinden om daar een kopietje van te hebben? Doe ik!’

Het kwam al een paar dagen later, een klein zwart-wit kiekje van een kind: Stanneke elf, of twaalf. De koontjes van haar lach, stoutheid in haar ogen, een toefje haar tot aan een wenkbrauw, en het geheimzinnige dat alle jonggestorvenen op foto’s hebben. De plekken waar de nietjes hadden gezeten waren hier kleine donkere puntjes.

Storm was niet verliefd op haar geweest, hij had haar niet voor zich gezien toen we praatten. Hij had me laten komen omdat ik een held bij het voetballen was geweest.

Een paar maanden na Storms dood trouwden Gerry en ik, en verhuisden we. Ik heb ongelooflijk veel oude troep weggegooid, boeken, tijdschriften, bakken vol schroefjes en moertjes, potjes, vaasjes, sierprullen waarvan iemand ooit had gedacht: 'Leuk voor Hans.' Toen ik in een doos met oude schriften en blocnotes keek of dat ook niet allemaal weg kon, zag ik ineens mijn oude schoolagenda's, alle zes, keurig op jaar gerangschikt, een stapeltje met twee elastieken eromheen, een ongeschonden nest met dinosaurus-eieren.

Ik pakte de op een na bovenste, die van het jaar van Stanneke, en keek naar de letters die waren gezet door een hand die haar liefkoosde. Er stond geen woord over haar in. Bij de dagen van de werkweek stond: 'werkweek.' Maar achter in die agenda was een bladzijde met de twee jaarkalenders van dat schooljaar, en op de tweede stonden data omcirkeld. De eerste daarvan was de laatste dag van de werkweek. Daarna was er een paar weken lang om de drie of vier dagen een cirkel. En dan: een explosie van cirkels. Dag na dag, schooldagen, zaterdagen, zondagen, bijna drie weken lang, tot iets voorbij mijn verjaardag. En na de laatste van die reeks: niets meer.

Toen ik de agenda's weer terug wilde leggen in de doos zag ik onderin een blaadje dat ik niet meteen had gezien. Het was verbruind, met zwarte spikkels erop: de titelpagina van *On the Road* van Jack Kerouac. In inkt stond erop geschreven: *Voor Hans, die ook verre reizen gaat maken, en daarover schrijven, met foto's erbij van Stanneke.*

Ik zette mijn auto bij de Sloterplas, en liep naar de Lijsterbesstraat. Bij nummer 14 keek ik omhoog en stelde mij de minachting voor die een man als Storm zou voelen voor iemand die de goedkeuring van een ander nodig heeft voor zijn liefde, die te bekrompen is om te kunnen zien dat een leven in de Lijsterbesstraat een zinnig leven kan zijn.

Te voet ging ik verder naar de Scholengemeenschap Nieuw-West, en even later stond ik in het archiefhok. Ik pakte de doos '55-'56, vond Stannekes kaart, en haalde de foto te voorschijn die Trix me had gestuurd. Ik kuste hem, en met het nietmachientje dat ik had meegenomen niette ik hem vast op haar kaart. Ik zette de kaart terug in de doos, de doos in het gelid van de jaren, en sloot de deur. Ik ging naar de conciërge om hem de sleutel terug te geven.

DE ROTS

Het was de laatste zomer dat Vincent kon toveren.

Hij stond boven op een groepje stenen, niet ver van de tent; een stenencirkel met verkoolde houtschilfers ertussen, eerdere gasten moesten daar een kampvuur hebben gemaakt. 'Mick!' riep hij. 'Het gaat weer gebeuren! Kom!'

Het jongetje kwam er aangerend, ontzag en opwinding in zijn ogen.

'Dra übel, dra znübel, dra vregenplop,' riep Vincent, rare stappen makend en op de stenen in de rondte draaiend. Zijn armen hield hij voor zich uitgestrekt, de vingers bezwerend gespreid, en Mick probeerde te zien waarheen hij wees. Een paar keer verloor Vincent zijn evenwicht en moest hij even een voet aan de grond zetten – hij hoopte dat Mick het niet zou zien, of niet zou opvatten als een verbreking van de toverban. Hij liet zijn stem laag en dreigend klinken, niet zó dreigend dat hij Mick bang zou maken, maar genoeg om zelf ook een beetje te geloven dat hij toverde.

'Zar büdel, kna üdel, barzenbaab,' riep hij. Hij bleef stilstaan, armen en blik strak gericht op een handdoek die over de waslijn hing, aan de andere kant van de tent. 'Zal dong, zal bong, zal dèt – dáár is het!'

'Is het gelukt Vincent?' vroeg Mick.

'Zna üüb.'

Mick maakte een sprongetje, opgelucht dat het toveren ook dit keer niet mislukt was. 'Zna üüb!' zei hij juichend, en hij holde naar de tent, en begon in de ruimte tussen buiten- en binnentent te zoeken.

'Koud!' riep Vincent. Hij trok zijn tovergezicht, en strekte zijn armen weer naar de handdoek, nu duidelijk over de tent heen. Mick was niet erg goed in zoeken, en Vincent moest nog verschillende keren warm en koud roepen en wijzen, voor het hem lukte Mick op het idee te laten komen dat het om de handdoek ging.

Toen Mick ten slotte de handdoek wegtrok, die los hing, verscheen daaronder een popje, met één oor bungelend aan een wasknijper. Vincent tilde Mick op en liet hem het popje losmaken, een blauw hondje met lange oren.

'Ooh! Precies die we in Ravignac zagen, en die ik zo graag wou hebben!' riep Mick. Hij drukte het ding tegen zich aan.

'Hoe heet hij?' vroeg Vincent.

'Weet ik niet.'

'Dat moet jij toch bedenken? Jij geeft je knuffels toch altijd zelf een naam?'

'Maar deze is getoverd. Dat kan niet, die heeft al een naam!'

'O.'

'Heb je dan niet gekeken hoe hij heette toen je hem toverde?' Mick leek ineens bang dat de knuffel, nu Vincent dat moment voorbij had laten gaan, nooit een naam zou hebben.

Vincent ging weer op de stenencirkel staan, zijn armen gericht op de waslijn, zijn gezicht naar de hemel, waar één wolk dreef, en dacht: 'Half elf. Nog tien uur vandaag.' Er stonden mensen op de Rots, zag hij.

Hij keek weer naar Mick, en zei: 'Ingmar Bworpe.'

'*Hoe?*'

'Ingmar Bworpe.'

'Ingmar Bworpe,' zei Mick hem langzaam na. 'Hoe wéét je dat?'

'Dat staat op die wolk.'

Mick keek omhoog. 'Daar staat niets op!'

'Maar daarnet wel.'

Vincent ging bij de tent zitten, en begon de krant te lezen die hij die ochtend tegelijk met het popje had gekocht. Uit een ooghoek zag hij hoe Mick rondliep, het popje met twee handen vasthoudend. Af en toe gooide hij het in de lucht, en huppelde dan naar de plek waar het was neergekomen.

Goede God, dacht Vincent, ik weet nu al niet meer hoe het heet. In een reflex keek hij omhoog, maar het wolkje was al weggedreven.

Een tijdje stond Mick stil bij het groepje stenen, de pop tegen zijn borst gedrukt. Onderzoekend keek hij omlaag, ging op de stenen staan, en keek vandaar naar de waslijn. En daarna heel oplettend naar de pop zelf.

'Vincent,' riep hij ineens. Hij kwam er aangerend. 'Kijk! Er zit nog een prijsje op Ingmar Bworpe.'

'Ja? Laat eens kijken.'

12 FR. 90, las hij op een voorpoot. Vier gulden. Hij zag een fabriek in Korea voor zich, met duizenden Ingmar Bworpes aan een lijn, in dozen gestopt door meisjes met uitgebluste ogen. Ingmar Bworpe, Ingmar Bworpe, zei hij in zichzelf.

'Hoe kan dat?' vroeg Mick.

'Als ik ze tover, dan worden ze zoals ze anders ook zouden zijn, dus gewoon met een prijsje erop.'

'Toen je begon met toveren,' zei Mick, 'was het toen leeg onder de handdoek?'

'Natuurlijk! Anders was het geen toveren.'

'Hoe tover jij eigenlijk?'

'Ja, als je dàt wist.'

'Vertel je het me later?'

'Ja.'

'Wanneer?'

'Als je achttien bent.'

Voor hij was uitgesproken sprong Mick juichend, jéjé roepend weg. 'Als ik acht ben, als ik acht ben, dan kan ik ook toveren!' riep hij, en Vincent wist wat Mick nu voor zich zag: alle knuffels die hij maar wilde, stripboeken, gameboyspelletjes, geld, snoep – hij zou de hele wereld toveren zoals hij die wilde.

'Ho ho, als je achttíen bent,' riep Vincent, maar Mick hoorde hem niet en danste door, en Vincent liet het maar. Wat maakte het ook uit. Acht moest oud genoeg zijn om te kunnen aanvaarden dat je vader niet kon toveren, dat er geen boodschappen op wolken stonden.

'Wat gaan we vandaag doen?' vroeg Mick.

'Zwemmen?' zei Vincent.

Vincent was er zo van doordrongen dat niets iets betekende dat hij het zich kon permitteren bijgelovig te zijn. Een kilometerstand, de plek waar een uitgeschopte schoen terechtkwam, het vangen van een bal, kon bepalen hoe lang hij zou leven, of hij een vrouw zou veroveren, of zijn vliegtuig neer zou storten. Zo wist hij al vijfentwintig jaar, sinds hij hem voor het eerst had gezien, dat de Rots van Ravignac iets speciaals voor hem betekende – maar wat, dat wist hij niet.

De Rots rees recht en zwart uit het landschap omhoog, als een gevaarlijke, sombere schildwacht. Je zag hem overal, je kon niet in Ravignac zijn zonder gedachten over hem te hebben, zoals er mensen in een gezelschap kunnen zijn over wie je móet vragen: 'Wie is dat?'

Er was eens een Duitse toeriste afgevallen; er waren *tien*

toeristen afgevallen; er sprong ieder jaar minstens één zelfmoordenaar af; de Hugenoten, de Duitsers hadden hem als burcht gebruikt; terdoodveroordeelden waren er afgeduwd – en terwijl je die verhalen aanhoorde stond de Rots op de achtergrond, rustig, zichzelf – iemand die ze niets konden maken.

Als je op de stafkaart keek zag je dat het afschrikwekkende van de Rots voor een deel optisch bedrog was. Er wàs niet eens een Rots – er was een rotsige heuvelrug die bij Ravignac iets omhoog glooide, en precies daar door het riviertje werd doorsneden. Daar was die wand, tweehonderd meter hoog.

Op de stafkaart zag je ook, beter dan in werkelijkheid, dat de Rots een spiegelbeeld had. Aan de overkant van de rivier zette de heuvelrug zich voort, zelfs iets hoger. Maar die wand was lichter van kleur, minder recht, minder in het oog springend. Het was een rots zonder verhalen en zonder naam – de rots aan de kant van het stadje was de Rots van Ravignac, dáár stonden mensen op, daar vielen mensen af.

Vincent had hem nooit beklommen. Hij was het altijd vaag van plan geweest, maar nooit genoeg om er werk van te maken. Een paar keer was hij naar het hoogste straatje gelopen waar, achter een opening tussen twee huizen, het pad begon dat naar de top van de Rots voerde. Maar dat was hij dan niet opgegaan. Omdat hij geen zin had, omdat de vrouw met wie hij was geen zin had, omdat ze verkeerde schoenen aanhadden, of gewoon omdat ze niet echt durfden – en langzamerhand was Vincent gaan geloven dat de beklimming van de Rots een speciale betekenis voor hem zou hebben, en dat hij die voor iets moest bewaren.

Voor Mick, besefte hij nu. Dat Julie, Micks moeder, de enige belangrijke vrouw in zijn leven was met wie hij nooit in Ravignac was geweest, was een extra teken. Misschien had hij de hele vakantie in Ravignac wel bedacht òm de Rots met Mick te beklimmen. Natuurlijk was zo'n klim te gevaarlijk, of zelfs te moeilijk voor een jongetje van zeven, maar juist dat maakte het onontkoombaar. Alsof hij met Mick een beproeving moest doorstaan om werkelijk met hem verbonden te zijn.

Ook Mick had de Rots onmiddellijk herkend als een hoofdfiguur, al bij het binnenrijden van Ravignac, nog voor ze naar de camping gingen.

'Wat een hoge berg,' had hij gezegd.

'Dat is de Rots van Ravignac.'

'Is dat de hoogste berg van de wereld?'

Het was even bij Vincent opgekomen om ja te zeggen. Hij glimlachte in zichzelf – dat zou opscheppen zijn, doen alsof hij een kampioen kende.

'Nee.'

'Is hij dan de tweede hoogste berg?'

'Nee.'

'De derde?'

'Ergens middenin.'

'Kan je daar op klimmen?'

'Ja. Zullen we dat een keer doen?'

'Als je daar af valt, ben je dan dood?'

'Ja.'

'Gebeurt dat wel eens?'

'Een keer of tien per dag.'

'Is dat vaak?'

Het kostte Vincent enige moeite zijn grap weer ongedaan te maken.

Ze zagen de Rots op het pleintje van Ravignac, op alle weggetjes en zwemplekjes, zelfs vanuit de opening van hun tent, maar Mick was er niet meer over begonnen. Ik heb hem bang gemaakt, dacht Vincent – en het kwam bij hem op dat de beproeving misschien omgekeerd was: dat hij zich moest verzetten tegen de onontkoombaarheid van een beklimming met Mick; dat hij het teken van de Rots zou gehoorzamen als hij hem níet beklom.

Het was Vincents eerste vakantie alleen met Mick, en al op het moment dat hij Ravignac was binnengereden had hij beseft dat dat een vergissing was. Alles wat hem als leuk van Ravignac bijstond was niet iets leuks voor een kind. Ruige wandelingen, het café, oude vrienden, mooie ruïnes. En zelfs het kampeerterrein. Lang geleden had hij een prachtig veld bij het riviertje gezien, met bloemen, en hoge bomen bij het water, en gedacht dat hij daar ooit zou willen zijn met iemand die hij liefhad. Later was daar een camping gekomen, maar toen kampeerde hij niet meer. Nu was hij er dan toch, met Mick. De camping was ondertussen uitgegroeid tot een kleine stad, met een zwembad, minigolf, een restaurant, een disco. De baas, die hij uit het café in Ravignac kende, had hem het meest idyllische plekje gegeven, aan de oever, onder de bomen die hij de eerste keer had gezien. Maar er waren daar geen andere kinderen, en ze deelden de droom met een groep opgeschoten landgenoten die bij hun tenten een berg lege bierflesjes deden verrijzen die, zo ving Vincent op, hoger was dan het jaar daarvoor, en die Mick met ontzag bekeek.

Mick vroeg weinig naar Julie, maar Vincent wist zeker dat hij de hele dag aan haar dacht. Hij was een schat; hij deed zijn best alles waarvan Vincent zei dat het leuk was, leuk te vinden. Maar hij kon niet goed tegen de hitte, en lag soms op een luchtbed onder een boom voor zich uit te staren. De bierdrinkers vertrokken en werden opgevolgd door andere mensen zonder kinderen. Mick had zijn gameboy; de tas met tekenblokken, kleurpotloodjes, *Donald Ducks* en spelletjes die Julie had meegegeven. Ze speelden memory, kindermonopoly, mikado; ontdekten cafés met tafelvoetbal en vechtvideokasten. Voor het eerst maakte Vincent gebruik van het folkloristische stoomtreintje, maar de hele rit ging op aan het verwijderen van een roetdeeltje dat op het station in Ravignac in Micks oog was gewaaid.

De dagen kwamen moeilijk om. Vincent ging tegelijk met Mick slapen. Samen met hem voelde hij zich als iets eenzaams, en ook daarom had hij Ingmar Bworpe getoverd. Dat bleek een goede greep. Mick nam het popje overal mee naar toe. Ingmar Bworpe voer in een rubberen badslipper door het riviertje, was doelpaal als ze voetbalden, deed mee met monopoly, zat op de flipperkast bij het flipperen, en Vincent maakte foto's van hem, en met de zelfontspanner van hen drieën. Met verbazing zag hij hoe ruw Mick bij alle liefde met het popje omging. Hij gooide het voortdurend in de lucht, en twee keer moest Vincent Ingmar Bworpe uit een boom halen. 'Pas nou op, straks raken we hem nog kwijt,' riep hij, maar dat hielp niet. Mick propte Ingmar Bworpe met zijn kop omlaag in een halfvolle beker melk, 'omdat hij dorst had', en Vincent maakte hem onder de kraan schoon, en hing hem aan de waslijn te drogen. Ingmar Bworpe werd viezer en viezer en geliefder – Vincent, Mick en Ingmar Bworpe werden een onafscheidelijk trio.

Op een dag, in de hoop dat dat leuk zou zijn, reed Vincent naar Ste. Marie de Ruffèges, een kleiner plaatsje in de heuvels. Ze vonden een café met een andere flipperkast dan in Ravignac, liepen een rondje, en in een klein supermarktje, met rimpelige appeltjes en rottende pruimen, deed Vincent boodschappen. Mick vermaakte zich door Ingmar Bworpe tegen het plafond te gooien en dan weer terug te vinden. Vincent moest hem onder een wijnrek vandaan halen en van een hoge plank pakken, en verbood het Mick daar nog met hem te gooien. Maar terwijl hij stond af te rekenen kwam Mick hem vertellen dat Ingmar Bworpe toch weer verdwenen was.

En ditmaal was hij niet een twee drie terug te vinden. Vincent keek op en onder kasten, achter pakken maizena en tussen bontgevlekte oude bananen, en vroeg Mick de worp waarbij Ingmar Bworpe verdwenen was na te spelen, maar de pop was weg en bleef weg. Mick was stil, alsof hij wist dat hij ditmaal het lot te erg had getart.

Vincent vertelde de bazin van het winkeltje wat er gebeurd

was, en ze haalde een trapje voor hem. Maar ook op de bovenplanken, waar het stof centimeters dik op pakken instantpudding lag, was Ingmar Bworpe niet. De bazin liet zich vertellen hoe Ingmar Bworpe eruitzag en ging ook zoeken, en toen haar man kwam hielp hij ook mee, maar Ingmar Bworpe was onvindbaar. En ten slotte gaf Vincent het op. De baas en de bazin beloofden naar de pop uit te kijken, en hem te bewaren als ze hem vonden. Vincent bracht dat over aan Mick, maar die was te verslagen om het te horen, en van het snoepje dat hij kreeg haalde hij het papiertje niet eens af.

Op straat begon hij te huilen. Vincent tilde hem op en drukte hem tegen zich aan, zelf ook troosteloos zielig en verdrietig. Mick huilde hartverscheurend, met hete tranen die over Vincents wangen stroomden. Hij huilt omdat we niet meer met z'n drieën zijn, omdat we Julie kwijt zijn, dacht Vincent, maar hij schaamde zich meteen diep voor die gedachte. Ingmar Bworpe als een symbool te zien voor iets anders was een belediging, zo'n miskenning dat Vincent er bijna zelf om moest huilen. Het ging om Ingmar Bworpe zelf. Ze hadden van hem gehouden en nu hadden ze verdriet om hem. Hij zou in een afvalbak terechtkomen, nachtenlang in een stinkende container liggen, worden verbrand.

Ze zouden hem nooit meer zien.

Met Mick leeggehuild op de achterbank reed Vincent naar Ravignac, biddend dat zijn geniale plan zou lukken. Toen hij die ochtend zijn krant had gekocht, hadden er nog altijd twee Ingmar Bworpes in het stalletje gehangen. De kleur kon hij zich niet herinneren, er móest een blauwe bij zijn. Die zou hij kopen, ze zouden naar het winkeltje in Ste. Marie de Ruffèges teruggaan, en daar zou hij doen alsof hij hem terugvond. Dan moest hij hem wel eerst net zo vies maken als de oude Ingmar Bworpe was geweest.

Nee, veel mooier nog: hij zou hem terug *toveren*, bij de tent.

In Ravignac zei hij Mick in de auto op hem te wachten. Hij liep vlug naar het stalletje, maar er was maar één Ingmar Bworpe over, een rode. Met loden schoenen liep hij terug.

'Ging je kijken of er nog Ingmar Bworpes waren?' vroeg Mick.

'Nee? Had je er een gewild?'

'Nee.'

'Zullen we een andere knuffel kopen?'

'Nee. Kwam de getoverde Ingmar Bworpe hiervandaan?'

'Nee, natuurlijk niet.'

'Mocht ik niet mee omdat het een geheim was dat je een nieuwe Ingmar Bworpe voor me wilde kopen?'

Vincent gaf het toe.

'Kan je hem niet terugtoveren?'

'Nee.'

'Ingmar Bworpe heeft zichzelf weggetoverd,' zei Mick.

De rest van de dag was hij stil, in rouw, en Vincent zag dat hij zich afvroeg wat de Ingmar Bworpes in het stalletje te maken konden hebben met de getoverde Ingmar Bworpe.

Vincent liet het filmpje in zijn camera voortijdig ontwikkelen. De mooiste foto van Ingmar Bworpe, aan het ontbijt, met een eigen croissant, gaf hij aan Mick. Die droeg hem steeds bij zich, in het portemonneetje dat hij om zijn nek had, en vaak in zijn hand, en hij sprong er al even slordig mee om als hij met de pop zelf had gedaan. Er kwamen vlekken op, vouwen in. Als Mick ernaar keek zei hij soms: 'Oh, Ingmar Bwòrpe,' alsof hij een vader was, en Ingmar Bworpe een kind dat iets stouts en rampzaligs had gedaan dat het niet echt kon helpen.

Een paar dagen reden ze iedere dag de dertig kilometer naar het winkeltje in Ste. Marie de Ruffèges, om te kijken of Ingmar Bworpe gevonden was. Vincent zag het hoofdschudden van de man of de vrouw van de winkel dan al van verre, klom toch nog eens op het trapje dat ze zelf al voor hem haalden, en keek tevergeefs op planken waar hij al eerder gekeken had. De vrouw vroeg of ze volgend jaar terugkwamen, en toen Vincent dat niet wist vroeg ze zijn adres, dan zouden ze Ingmar Bworpe opsturen als ze hem vonden. Mick maakte die tochten, net als Vincent, zonder hoop, en hij was niet teleurgesteld als ze zonder Ingmar Bworpe weer weggingen; het was alsof ze een begraafplaats bezochten.

Toen Vincent na een paar dagen die ritten staakte protesteerde Mick niet.

De ochtend voor ze naar huis zouden gaan zei Mick, zodra hij uit de tent was gekropen, nog wankelend van het wakker worden: 'Ik wil de rots beklimmen.'

Vincents hart sloeg een slag over. Als Mick het zei, dan moest het.

Vol zekerheid stond het jongetje voor hem.

Meteen na het ontbijt reden ze naar Ravignac. Vincent zette de auto op het grote parkeerterrein bij de rivier, kocht een magnumfles bronwater, en liep met Mick aan zijn hand langs de steile straatjes omhoog. Ze zeiden geen woord. Mick was ernstig, en Vincent vroeg zich bij iedere stap af of hij niet krankzinnig was dat hij zijn kind zo in gevaar ging brengen. In het hoogste straatje liepen ze tussen de twee huizen door naar het niemandsland, met lage struiken en grijze rotsen, waar de klim begon.

Hij liet Mick beloven dat hij geen stap buiten het pad zou zetten, steeds dicht in zijn buurt zou blijven, onmiddellijk zou doen wat hij zei – bij de eerste overtreding zouden ze rechtsomkeert maken. Hij zette hem een petje op tegen de zon, het petje met de propeller.

Het begin van het pad voerde van de top vandaan, door hoog gras, met witte en paarse bloemen. Mick liep dapper door, zonder om te kijken of hij wel dicht genoeg bij Vincent bleef, en Vincent liet het maar, want het pad maakte zulke wijde slingers dat het nauwelijks steeg. Er waren voorlopig geen afgronden te bekennen. Twee oudere echtparen kwamen omlaag, de vrouwen met versgeplukte boeketten.

Af en toe liet Vincent Mick rusten; dan gingen ze aan de rand van het paadje zitten, en dronken wat uit de fles. Beneden hen, al snel zo klein als steentjes, waren de fletsrode daken van Ravignac, de oude brug over de rivier, vissers die daar in het water stonden, blinkende speldeknop-auto's. Het was stil, alleen het gonzen van insekten, het gonzen van je hoofd was te horen. De zon stond al bijna recht boven hen.

In een half uur waren ze boven. Het was een klim van niets, zonder enig gevaar; je zou er nog geen enkel kunnen verstuiken. Vincent grinnikte in zichzelf, het was alsof hij de Rots betrapt had.

De top was een klein plateau, met platgetrapt bruin gras, waarin peuken, lege sigarettenpakjes en blikjes lagen. De daken van Ravignac waren niet meer te zien, maar wel de vlakten naar de zee daarachter, de rivier, de zielige rots aan de overkant, de kaarsrechte weg die in heuvels verdween, de rotsrug zelf met daarachter blauwige heuvels, bossen, ruige bergen waar niemand woonde. De camping was ook te zien, met zijn hoge bomen, en Vincent dacht dat hij de tent zag, maar hij wist het niet zeker.

Toen hij zich afvroeg waar dan eigenlijk de steile wand was die al die slachtoffers had gemaakt, zag hij dat Mick een eindje van hem vandaan was gelopen en naast de resten van een oud muurtje stond. Hij had zijn handen langs zijn lichaam, de propeller op zijn petje bewoog licht in de wind, een plooi van zijn T-shirt rimpelde.

Daar was de afgrond, zag Vincent. De grond hield daar op, hij had het niet meteen gezien omdat de bossen, ver daarachter, er een groene voortzetting van leken.

Mick stond één stap van de diepte.

Vincent riep niets, zei niets, maakte geen geluid. Smekend dat hij geen steentjes zou wegschoppen die Mick aan het schrikken zouden maken was hij in een paar passen bij hem. Hij sloeg zijn arm om hem heen en drukte het jongetje tegen zich aan. Hij voelde zijn hart kloppen, nog van de klim, het brandende zweet in zijn hals.

Vincent keek omlaag – een val van tweehonderd meter. Zijn knieën knikten, zijn maag voelde leeg. Met zijn vrije arm hield hij zich vast aan het muurtje.

'Hé, sta jij niet een beetje dicht bij de afgrond?' zei hij.

Hij trok Mick achteruit, en met een lange stok die op de grond lag trok hij een streep. 'Daar ga jij niet voorbij!' zei hij.

Ze stonden een tijdje rond te kijken.

'Mag ik daar wèl naar toe?' vroeg Mick. Hij wees naar een plek waar lange stengels stonden met bruine bloesems aan steeltjes: wilde bamboe. Vincent vond het goed, en keek toe hoe Mick aan de stengels schudde; de bloesems zwaaiden heen en weer. Eén stengel brak af, en Mick gooide hem bij Vincent op de grond. Er lagen er al een paar, zag hij nu; de stok waarmee hij de streep had getrokken was ook een bamboestengel.

'Mag ik er nog een paar afbreken?' vroeg Mick.

'Ja hoor,' zei Vincent. Mick rende heen en weer om stengels bij hem neer te gooien.

'Net mikado-stokjes,' zei Vincent.

'Ja, mikado!' riep Mick. 'Zullen we een potje reuzenmikado?'

Samen haalden ze nog meer stengels, en ze begonnen te spelen, ernstig en geconcentreerd. Reuzenmikado met bamboestengels was niet makkelijk. Ze waren zo buigzaam dat het maar zelden lukte er één te pakken zonder dat je iets anders aanraakte. De bloesems waren ook hinderlijk. Maar het kon. Als ze er een hadden noemde Mick de nieuwe stand. Ze waren even strenge scheidsrechters voor elkaar, maar ook even toegeeflijk als een stengel zo weinig had bewogen dat het eigenlijk geen bewegen was. Vincent wist dat Mick het niet leuk vond als je hem liet winnen, en hij protesteerde soms als Mick een stengel van hem afkeurde, of maakte bezwaar als Mick dacht al een punt te hebben. Ze gingen op in hun spel, ze waren wel een uur op de Rots. Het was er stil, en heerlijk koel. Soms hoorden ze op de weg beneden een auto of een motorfiets. Af en toe stopten ze even om iets uit de fles te drinken. En ineens wist Vincent het. Dit was wat de Rots hem had beloofd: dat hij er met bamboestengels reuzenmikado zou spelen met zijn zoon.

Ze reden recht van de Rots naar Ste. Marie de Ruffèges. Ze waren er een paar dagen niet geweest – maar ook in de tussentijd was Ingmar Bworpe niet gevonden. Mick aanvaardde het verlies. Hij was zonnig, vrolijk, een kampioen die de Rots had bedwongen; winnaar van de eerste wedstrijd reuzenmikado ooit gespeeld.

De volgende dag reden ze zingend en spelletjes spelend terug naar Nederland.

Ingmar Bworpe arriveerde een maand later, in een pakje met een touw eromheen. De bazin van de winkel schreef dat ze hem kort na hun laatste bezoek had gevonden, tussen het paneermeel, en verontschuldigde zich dat ze hem niet eerder op de post had gedaan.

Mick nam het popje met blijdschap aan, maar ook alsof hij nooit aan Ingmar Bworpes terugkomst getwijfeld had. 's Avonds, toen hij in bed lag, en Vincent het licht al uit had gedaan, riep hij hem weer bij zich. Hij wilde iets vertellen.

'Weet je nog dat we reuzenmikado speelden op de rots?' vroeg hij.

'Ja.' Maar hij zag dat Mick hem niet daarom had geroepen.

'Zal je niet boos op me worden als ik het je vertel?' zei Mick. Hij praatte heel zacht, een beetje schor, met een wijs lachje, alsof hij het uur op de Rots weer beleefde.

'Nee.'

'Ik wou toen naar beneden springen.'

'*Wat*?'

'Ik wou naar beneden springen.'

'Van de rots af springen?'

'Ja.'

'Waarom? Dan ga je dood!'

'Daarom juist. Ik wou weten hoe het er in de hemel uit ziet, en dat was ik dan te weten gekomen.'

'Alsjeblieft! Er is geen hemel.'

'Dat kan je nooit zeker weten Vincent.'

'Maar waarom heb je het dan niet gedaan?'

'Omdat jij misschien zou zorgen dat ik het niet deed. Echt Vincent. Ik wou kijken of je kwam. Je had maar één stapje later moeten komen, dan was ik gesprongen!'

INHOUD

VERANTWOORDING

Van de twaalf verhalen in *De Paardentekenaar* zijn er negen afkomstig uit eerdere verhalenbundels: 'De Paardentekenaar' uit *De Stad in het Midden* (1978) en 'De Muur', 'Tussenlanding', 'Full-prof', 'De Matador', 'De Sloop', 'Twee Pelgrims', 'Vijfenveertig Cent' en 'Meester Jacobson' uit *De Matador* (1991). Niet eerder in boekvorm verschenen 'Flesjes', 'Stanneke' en 'De Rots', alle uit 1995.

De meeste verhalen werden eerst in tijdschriften gepubliceerd: 'De Muur' en 'Tussenlanding' in *Intermagazine* (1982), 'Full-prof' in *Zero* (1982), 'De Matador' in *Intermagazine* (1984), 'De Sloop' in *Intermagazine* (1986), 'Twee Pelgrims' in *De Tweede Ronde* (1990), 'Vijfenveertig Cent' in *Playboy* (1991) en 'Flesjes' in *KIJK* (1995).

'Stanneke' en 'De Rots' verschijnen hier voor het eerst.

Alle eerder gepubliceerde verhalen bewerkte ik opnieuw voor deze bundel; de oudere het minst. Ik heb de verhalen in volgorde van eerste publikatie gerangschikt.

TK